嘘つき女さくらちゃんの告白

青木祐子

集英社文庫

もくじ Contents

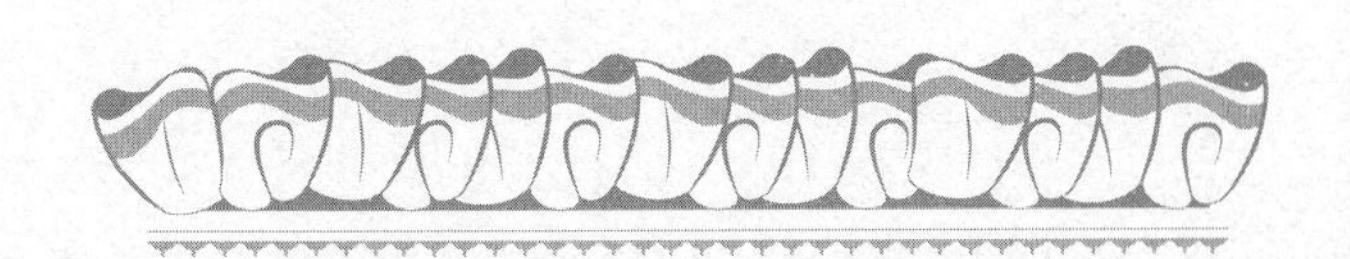

嘘つき女さくらちゃんの告白

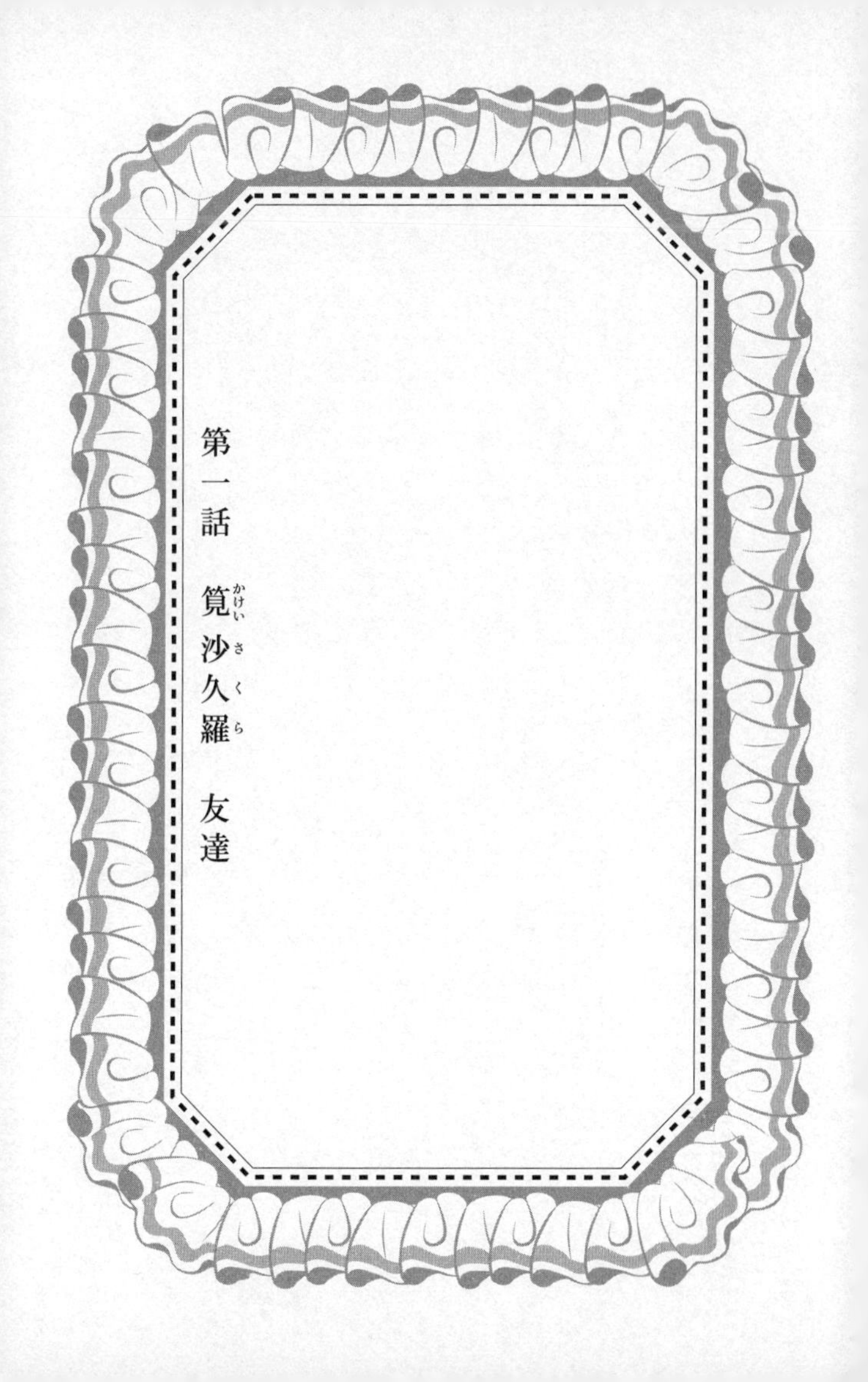

第一話　筧沙久羅（かけいさくら）　友達

さくらちゃんのことですよね。

イラストレーターのｓａｃｒａ。知っています。友達でしたから。

同い年で、同級生で、中学校の美術部で一緒でした。

最後に会ったのは——今わたしが三十三歳だから、十六——十七年くらい前でしょうか。高校二年生のときです。

さくらちゃんが転校してきたのは、中学校二年生の夏休み明けでした。八月下旬です。——ああ、東京の人にはわかりませんよね。このあたりって夏休みがお盆までしかないんです。

その日のことは、よく覚えています。

暑くて、みんなだらんとしてました。わたしは亜弥と話していたんだけど、山口先生が、東京から転校生が来ることになった、って言ったので、教室がちょっとしゃきっとしましたよ。

そう。先生が言ったんですよ。クラスに入って来るなり、東京から転校生が来るって。

変ですよね。山口先生は若い男の先生ですけど、そのとき廊下に、さくらちゃんを待たせていたんです。普通は転校生と一緒に入ってくるし、紹介するときにわざわざ、東京からとか言うこともないと思うんですけど。

どうしてなのかはすぐわかりました。

さくらちゃんが、すごく可愛かったから。

先生が、いいぞ入って来いって言って。黒板の前にさくらちゃんが立って、顔をあげた瞬間、ぴたりと教室が静かになったくらいです。

いちばん前に座っていた岳が、めちゃ可愛い、と言いました。クラス委員の奥村大輝くんとか、それまで話していた亜弥まで、口をあけてさくらちゃんを見ていました。

「東京から来た、権田です。さくらって呼んでください」

「――あれ？ 権田……八重子じゃなかったか？」

山口先生が慌てて名簿を見ました。

さくらちゃんの本名は、権田八重子っていうんですよね。今はもう、亜弥なんかと話すときも、さくらちゃんって言っちゃいますけど。似合っていますよね。あんなキラキラした子を、権田さん、八重ちゃんなんて呼べませんよ。

楓なんかは、ひそひそと隣の席の奈々美と話していました。

ちらっとわたしのことを見る子もいました。わたしも名前は沙久羅ですから。

わたしは気にしませんでした。当時、わたしを名前で呼ぶ人はいなかったんです。

筧沙久羅って名前、嫌いではないけどわたしには派手すぎました。中学校に入ってからはずっと、筧さんとか、ユカロンとか呼ばれていました。

「はい。権田八重子です。でも、東京では、さくらって呼ばれていたんです。よろしくお願いします」

そう言って、さくらちゃんは、ニコッと笑いました。

こんなに可愛い子はじめて見た。みんなそう思ったと思います。男の子も女の子も。さくらちゃんのほうこそユカロンみたいでした。

わたし、あのときのことは今でも、すごくはっきりと思い出せるんです。

あれからさくらちゃんは有名になって、本を出したり、テレビにも出るようになりましたけど。髪やお化粧に凝って、綺麗なドレスを着ていることもあるけど、あのときほど可愛いと思ったことはありません。

髪は肩よりも少し長いくらいのストレートでね。お化粧していないはずなのに、目なんかすごく大きくて、真っ黒なんです。膝から下の足がまっすぐで、白いソックスを履いて。小柄なのにスタイルがよくて、夏用のセーラー服がよく似合っていました。

うちは野暮ったいブレザーだから、なおさら垢抜けてみえたんだと思います。

ユカロンっていうのは、知っているかどうかわからないけど——あ、知っていますか。そうですよね。さくらちゃんのことを調べているくらいですもんね。

しましまユカロン。しましまが大好きで、しましまを見ると変な力を出しちゃう女の子。

筧誠一郎（せいいちろう）の漫画の中で、いちばん有名な女の子ですよね。

ユカロンは、筧誠一郎——祖父が、わたしの叔母をモデルにして描（か）いたんです。

叔母の名前は由香（ゆか）といいます。筧由香。わたしの母の妹で、ユカロンの元祖モデルです。東京に住んでいます。きれいな人です。

わたしが生まれたとき叔母は中学生でした。祖父がわたしを見て、叔母よりもユカロンにそっくりだっていうんで、二代目のモデルは沙久羅だなって言ったんですって。

わたしの子どものころの写真、しましまの服ばかりなんですよ。

優しいおじいちゃんでした。わたしが物心ついたときには大御所の漫画家になっていましたけど、偉ぶるようなところもなくて。たまに仕事で東京に行くときは、兄とわたしのために、お菓子やおもちゃを必ず買ってきてくれました。

あとで博物館をご案内します。この家の二階です。博物館っていうか、おじいちゃんが子どものころに漫画を描いていた部屋をちょっと改造して、ノートとか原画とか、ほかの漫画家さんに書いていた手紙とか、そういうのを飾っている場所です。

祖父が亡くなったのはわたしが高校生のときでしたが、さくらちゃんはわざわざ東京から来て、遺品の整理を手伝ってくれました。新聞で訃報を読んだからって。この部屋はそのままにしておいたほうがいい、見に来る人がいるかもしれないから、入場料をとったらどうかしらって、アイデアを出したのもさくらちゃんです。

行動力がある子でした。思い立ったらさっと動くんです。きっと今もそうですね。

そういうところは羨（うらや）ましかったです。わたしはおろおろしてしまうたちなので。

クラスメイトだったのはたった一年半ですけど、さくらちゃんが迷ったり、悩んだりしているところを見たことがありません。

さくらちゃんとはすぐに仲良くなりました。

転校してきてすぐ、しましまユカロンのアニメの再放送が始まりました。九月だったと思います。そのときさくらちゃんは、白いセーラー服を着ていましたから。あれってちょっとエッチだし、わたしがモデルだってことはみんな知っているものだから、岳や楓たちがわたしをからかったんです。

二クラスしかない田舎（いなか）の公立中学校なので、みんなが幼なじみみたいなものです。

「筧さん、どうしてユカロンって呼ばれているの？」

さくらちゃんはわたしに無邪気に尋ねました。

「おじいちゃんが筧誠一郎なんだよ。こいつ、雑誌に写真が載ったこともあるんだよ」

放課後でした。そのとき教室にいたのは、さくらちゃんと、奈々美と、わたしと、亜弥と、楓。男子は岳と、クラス委員の奥村大輝。

女子五人、男子二人――わたしとさくらちゃん以外は、バスケ部とバレー部です。体育館を何かで使うので、部活動が休みになっていたんです。わたしは亜弥と帰るために一緒にいて、男子はなんとなく――たぶん、さくらちゃんがいるので、すきあらば話の輪に入ろうとしてうろうろしていたんだと思います。

さくらちゃんはまだそのとき、美術部に入っていませんでした。

「雑誌って?」

「筧誠一郎がインタビューされたんだよ。ユカロンって筧さんがモデルなの。写真も載ったんだよね」

「筧さんがいなきゃ、しましまパワーはなかったってことだよね」

奈々美が言いましたが、それは違います。ユカロンの最初のモデルは叔母ですから。

祖父の腕に抱かれたわたしの写真が雑誌に載ったことはありますが、小学校にもあがっていないころの話です。カメラマンは来ましたけど、撮影したのは自分の家だし、ぼんやりした記憶しかありません。

そんなことを言いたくなくて、わたしは黙り込みます。

当時のわたしは、筧誠一郎やユカロンの話をされるのがとても恥ずかしかったのです。わたしは叔母のような美人ではありません。ユカロンのように、わがままでお茶目な性格でもありません。

絵を描くのは好きだけれど才能はないようです。父と母だって、祖父や叔母とは違って平凡な勤め人と主婦。それらのことを、十四歳のわたしは、そろそろと自覚しつつありました。

「ユカロンのモデルなんて、すごい。わたしなんて、さくらちゃんとしか呼ばれたことがないのに」

さくらちゃんは声が通るんですよ。転校してきたときもそうだったけど、みんなの前で何かを話すと、注目されてしまいます。

「なんでさくらちゃんなの？　本当の名前は八重子なのに」

そのときいちばんさくらちゃんと仲のよかったのは奈々美でした。

さくらちゃんと比べると、腕も足も、二倍くらいある子です。勉強はそれほどできないけれど、バスケ部で目立っていた子でした。

「東京の家の庭に、大きな桜があったの。屋根みたいに大きく広がる桜。四月になると、花びらが雨みたいに降ってくるの。庭がピンクのじゅうたんを敷き詰めたみたいになって。わたしはそこが好きで、立って空を眺めていたの。そうしたらパパとママとお兄ちゃんが、わたしのことは八重子じゃなくて、さくらって名前にすればよかったねって」

さくらちゃんは夢見るような瞳をして言いました。

舞い落ちる桜の花びらと、ピンク色の地面。その中に、セーラー服のさくらちゃんが立っている。

わたしの頭の中に、絵が浮かびました。なんてきれいなんだろう、と思いました。

「権田さんって、お兄ちゃんがいたんだ」

「東京の家って、すごく大きかったんだね」

わたし以外のクラスメイトにとっては、花びらなどどうでもいいみたいでした。はじめて聞くさくらちゃんの東京の話に夢中になりました。

「引っ越してくる前の話だよ」

「ね。権田さんはどうして、こっちにきたの？」

亜弥が訊(き)いたときは、みんなはっとしました。

亜弥はその場で思ったことを無邪気に口に出してしまう癖があります。わたしにとってはそういうところが安心できるのですが。

さくらちゃんが東京からこの町へ引っ越してきた理由。それはみんなが、なんとなく知りたいと思っていたことでした。

さくらちゃんは両親と一緒に住んでいませんでした。ちょっと離れたところにあるマンションに、親戚の女性と暮らしているらしいのです。これは山口先生がぽろっともらしたことです。

両親が事故にあった、離婚したのだという噂(うわさ)や、東京で虐(いじ)められていたという噂、体が弱いから静養に来て、丈夫になったら東京に戻るのだという噂もありました。

要はみんなが勝手なことを言っていたのですが、何にせよ両親と住めないというのは辛(つら)いことには違いなく、知りたいけれど訊けずにいました。当時、クラスの雰囲気は悪くなく、クラスメイトたちには、転校生を気遣って優しくするだけの分別がありました。

「うん、いろいろあったの」

さくらちゃんはふっと視線を陰らせて、つぶやきました。

いろいろあった。これはさくらちゃんの口癖です。少し悲しげに言うんです。

そして急にニコッと笑います。

「わたし、桜の花が大好きなの。桜の木をみると、元気になれる。このクラスには筧さんがいるから、なかなか呼んでもらえないけど」

さくらちゃんは言いました。そのときはまだ転校してきてから日が浅くて、みんながさくらちゃんを遠巻きに眺めているようなところがありました。

「筧さんのことは、誰も名前で呼ばないから大丈夫だよ。たまにユカロンって呼んじゃうときはあるけど」

「しましまユカロン。ユカローン、しましまパワー！」

奈々美の言葉を受けて岳が言って、みんなはどっと笑いました。

「――でも、紛らわしいじゃん。筧さんだって、沙久羅だよ。権田さんは八重ちゃんでいいじゃん。あとから来たのに」

さくらちゃんの言葉に水を差したのは思いがけず、楓でした。

楓は奥村くん――大輝と一緒に少し離れたところにいて、話の輪には入らずに黙っていました。

楓は、さくらちゃんのことが好きではないのです。

わたしは楓の言葉が意外でした。それまでいちばん、わたしをユカロンと言って、からかってきたのは楓なのです。

楓とは小学校から同じクラスだったのですが、中学校に入ったら派手になってきて、そのときには同じグループではなくなっていました。

「名前なんて、なんだっていいよ。権田さんは権田さんで。さくらがふたりとか、面倒くさい」

そう言ったのは大輝です。大輝は楓のとなりにいました。

「うん、そうね。筧さんに悪いもんね。ただ、昔、そう呼ばれていたっていうだけだし」

「どっちだっていいなら、さくらちゃんでいいじゃん」

「筧さんは気にならないんでしょう？」

「うん。わたしはどっちでもいいよ。これまで名前で呼ばれたことはないし」

岳と奈々美にうながされて、わたしは言いました。

わたしはこのとき、少し面白がっていたのかもしれません。

それまでクラスの中心は、楓と大輝でした。どうやらその潮目がかわりそうだということを感じ取ったのです。

わたしの一言が、楓と大輝を孤立させることができる。それはわくわくするような誘惑でした。だから不自然に明るく、言い切ってしまいました。

このとき楓は、ちょっと分が悪かったのです。

さくらちゃんを、軽く虐めていたことがばれたばかりだったので。

転校生って、理科室とか体育館とか、わからないでしょう。さくらちゃんが楓に聞いたら、楓は、わざと別の場所を教えたんです。それでさくらちゃんは、理科や体育の授業に遅刻してしまいました。隣のクラスの誰かが教えてやらなかったら、ずっと迷っていたところだったのです。

そういうことが何回かあって、ついに楓は、山口先生から注意されたようです。山口先生はいわゆる熱血教師だったので、転校生が虐められていないかどうか、常に気にかけていました。

だからみんな、楓がまたさくらちゃんに意地悪をしていると思ったわけです。

大輝がずっと楓と一緒にいたのは、楓がそのことで落ち込んでいるのがわかっていたからだと思います。大輝は楓と幼なじみで、ふたりでクラス委員をしていたこともあって、仲がよかったのです。

わたしとしては、最初に、楓と一緒になって遅刻したさくらちゃんを非難していた奈々美が、半月もしないうちにさくらちゃんとべったりになっているほうが不思議だったのですが。

「なんか暑いね。わたし、汗かいちゃった」

さくらちゃんは軽く首をかしげ、セーラー服をバタバタと仰ぎました。白いセーラー服がめくれて、ちらっとなめらかなお腹(なか)が見え、岳が慌てたように目をそらせました。

「ユカロンの載った雑誌、わたし、見たいな。写真、可愛かった?」

「今度、見せてあげるよ。楓が持っているよね。さくらちゃんが見たいって」

奈々美がさっそく、さくらちゃん、と呼びました。

さくらちゃんは奈々美に続いて楓に目をやり、ニコッと笑って言いました。

「じゃあ楓ちゃん、今度見せて。ユカロンが、おじいちゃんと一緒に載った本」

楓はちょっとだけ間をあけてから、

「──わかった。今度持ってくる」

と、言いました。

ああ、とわたしは思いました。

たぶんそこにいた、亜弥以外の女子は全員、感じたことだと思います。

クラスの中心は楓から、さくらちゃんに移っていく。そう了解したわけです。

楓とはそのあと、ちょっと話す機会がありました。楓がさくらちゃんに屈して、雑誌のカラーコピーを渡したあとだったと思います。わざわざ、わたしのいる美術室を訪ねてきて、言ったのです。

「筧さん、権田さんとあまり仲良くしないほうがいいよ」

わたしは、楓の言うことをとりあいませんでした。

楓はさくらちゃんのことが気にくわないんだろうと思いました。女王様の座を奪われたのだから当たり前です。さくらちゃんが来るまでは、クラスでいちばん可愛いのは楓ということになっていたのですから。

そんな楓から突然、わたしのためを思っているようなことを言われたって、信用できるわけがありません。

さくらちゃんが美術部に入ってきたときは嬉しかったです。てっきりさくらちゃんは、奈々美のいるバスケ部に入ると思っていたんです。運動は得意みたいだったし、バスケ部はうちの中学校の中では唯一、強い部活で、おまけに顧問が山口先生ですから。

美術部は弱小です。わたしは部長でしたが、部員はわたしを含めて当時、五人だったかな。さくらちゃんが入ってから倍になりました。たぶん、さくらちゃん目当てで。

五人を切ると部活動として認められなくなるので、わたしの学年が卒業したら終わると思っていました。入部希望者がたて続けに来たときは、神様仏様さくら様ってみんなで拝む真似をしましたよ。

さくらちゃんはキョトンとして、わたし、何もしてないよ？　って言いました。でも、みんなの役にたったのなら嬉しいって。

その顔がまた、すごく可愛いんですよね。

当時の部員の人はみんな、さくらちゃんをモデルにして描いていました。わたしも含めて。

さくらちゃんは絵を描くのが好きでした。これは本当です。

小さなスケッチブックとパステルのセットを持っていて、そこらにあるものをデフォルメして描くんです。鉛筆とか、校舎とか。放課後にスケッチブックを持って、あちこちを歩いたり、花とかスケッチしたりしていましたね。

絵の感じは独特でした。ファンタジックなものをちまちまと描くんです。水彩よりもポスターカラーが好きでした。

淡い感じが下手っていうかね。塗るのはうまかったんですけど、何を描いてもポスターみたいになっちゃうっていうか、空とか動物とかも、同じ色を一律にぺったりと塗ってしまうので、ちょっと怖いと思うこともありました。

――あ、これ、ｓａｃｒａの絵ですね。

さくらうさぎ。そうそう、お菓子のキャラクターにもなっていますよね。この木いちごに乗っているやつとか、すごく可愛い。人気が出るのもわかります。

でもね……うーん。アートっていうより、イラストだなって思います。

ちょっと絵のうまい子が、動物を描いてみたっていうか。

わたしはちゃんと美術を勉強したわけでもないので、これ以上は言えないです。この絵が評価されているのなら、さくらちゃんには才能があるんでしょう。

あ、さくらうさぎは絵と写真をとりこんで、デジタル加工で描いているんですか。ごめんなさい、わたしは今でも絵を描きますけど、そういうのよくわからないんです。

さくらちゃんと絵の話はあまりしなかったです。スケッチブックとかパステルとか、そういう用具やグッズの話なら、たくさんした覚えがありますけど。木炭画は消しゴムの代わりにパンを使うとか、定着スプレーを吹きかけるとかね。さくらちゃんはそういうことにすごく詳しかったです。

引っ越してきたばかりなのに、ちょっと遠い画材屋さんに行きつけみたいになっていて、わたしを連れていってくれました。

わたしは油絵に憧れていたので、その画材屋さんで布のキャンバスと、五色だけ、絵の具を買いました。

赤、青、黒、黄色、白。これだけあれば、混ぜて使えると思ったから。

もう一色買おうか、その分で白をいちばん大きなチューブにしようか迷って、大きな白の絵の具を買いました。父からはちゃんと油絵のセットをそろえてやろうかとも言われたけど、お小遣いだけで描きたかったので断りました。

そのころ描いたのでいちばん好きなのは、家で飼っていた白猫の絵です。

さくらちゃんに見せたらすごく気に入って、写真に撮っていきました。さくらちゃんは携帯を持っていたんです。

だからね。さくらちゃんがインタビューで、中学校のときに、五色だけで猫の油絵を描いたって言っているのを聞いて、すごく驚いたんですけど。

でも、さくらちゃんも同じことをしたのかもしれないし。それが、わたしの絵のことを言っているのかどうかはわからないですよね……。

両親や祖父の話も、たくさんしました。

わたしが中学校のとき、祖父――筧誠一郎は離れに住んでいました。この家です。仕事部屋でもあるんですが、体の調子がよくなくて、漫画はあまり描いていませんでした。

わたしは祖父の漫画のことはよくわからないんです。母が話したがらないので。母は祖父とずっと離れて暮らしていて、ほとんど遊んでもらった記憶もないみたいです。祖母が小さいころ、祖父は東京で仕事をして、祖母と別居していました。ユカロンがヒットするまで、祖母が長野から仕送りをして、祖父の生活を支えていたようです。

それなのにユカロンのモデルは祖母でも母でもなくて、由香叔母さんで。――あ、由香叔母さんは、祖母の子ではないんです。東京で祖父の面倒をみていた女の人がいたみたいで、その人の娘です。

祖母は――妙子(たえこ)さんっていうんですけど、わたしが生まれる前に、四十代で亡くなりました。祖父の両親と同居して、苦労して母を育てたみたいですね。

祖母の話をきくと、母が絵とか、漫画を憎むのも仕方ないなあって思います。母だって、表だってはわたしが絵を描くのを嫌いだなんて言いません。でもわかりますよ。沙久羅は漫画家になるの？って、複雑な表情で訊かれたこともありますから。母がそんなふうだったから、わたしは、東京に行きたいとか、美大に行きたいとか、はっきりと思い切れなかったのかもしれません。

さくらちゃんも、自分のことを話しました。

東京には両親とお兄さんがいるそうです。お父さんは建築士で大きな家で暮らしていたそうです。でも両親は優秀な兄ばかりかわいがって、兄を大学へ行かせるために貧乏になってしまった。なのでさくらちゃんは東京の学校へ行くのを断って、遠い親戚の女性と共に、長野に住むことになった――って言っていました。

わたしはさくらちゃんに同情しました。わたしにも兄がいて、仲はいいんですけど、母がけっこう甘やかしていましたから。中学校くらいのときって、そういうのって気になるものですよね。

うん――だからね。いろんな記事を読んで、おかしいなって思ったんですよ。

さくらちゃんはひとり娘で、中学校のときに両親が離婚したので長野に住んで、病気がちの祖父と同居することになった。田舎の町で、ひとりだけ制服が違ったので虐められた、みたいなことが書いてあるんで。

ここは田舎っていったって、普通にコンビニとかある町だし。

楓がさくらちゃんに意地悪したのはちょっとだけで、山口先生が注意してくれて、むしろ楓のほうがそのせいで、クラスでの立場が悪くなったのに。

別の記事では、父親が沖縄の出身だとか、大好きなお姉さんの影響で絵を描き始めたとか言ってるしね。両親が離婚したので叔母と一緒に暮らしているとかね。わたしは、さくらちゃんから沖縄の話とか、お姉さんの話なんて聞いたこともなかったんですけど。あと、筧誠一郎の孫だって言われていたんですよね。ええ知っています。正式なプロフィールにはないみたいだから、放っておきましたけど。

実際は——ひとりっ子ですか。沖縄も嘘なんですね。美大にも行っていないんですね。そうだろうと思っていました。

さくらちゃんと同居していた女性は、一回、見たことがありました。

さくらちゃんは学校を休みがちだったので、渡すべきプリントみたいなのがあって、亜弥と一緒に届けに行ったんです。亜弥が行ってみようよって言って、自転車で。このへんの中学生の交通手段といったら、自転車かバスかしかありません。

さくらちゃんが暮らしているマンションをわたしが亜弥と一緒に訪ねたら、扉が開いて。さくらちゃんが叫んでいる声が聞こえたんです。

「うるせえんだよババア！　邪魔なんだよ！」

ええ、叫んでいました。なんかのドラマみたいでしたね。ケンカしていたんです。

さくらちゃんはセーラー服を着ていました。わたしたちが立ちすくんでいると、どたーんって音がして、玄関のところに女性が倒れこみ、さくらちゃんはその前で仁王立ちをしながら、わたしたちに目をやりました。

それからニコッと笑って、言ったんです。

「あ、ユカロン、亜弥ちゃん。来てくれたの？」

って。

ニコッてね。玄関に、女性が倒れているのに。

それからひょいひょいって女性をまたいで、そこらにあった携帯電話をつかんで、すごく優しい声で言うんですよ。

「じゃあね。行ってくるからね牧子さん。ドライヤーとシャンプー買っといてね」

牧子さんは地味な感じの小柄な女の人でした。髪とかボサボサで、何か言いたそうなんだけど、さくらちゃんは何もきかないで靴を履いて、外に出てきました。

「ユカロン、亜弥ちゃん、何かあった？　これから出かけるところだったから、外で聞くんでいい？」

「いいの？」

って亜弥がおずおずと尋ねました。わたしもそうですが、さっきの叫び声とあまりに違うので、度肝を抜かれていました。

「うん、大丈夫」

トントントン、と音をさせて、さくらちゃんは軽やかに階段を降りていきました。マンションっていってもおんぼろで、エレベーターのない建物です。

わたしはさくらちゃんのうしろから階段を降りながら、今日もさくらちゃんの髪はツヤツヤだなあ――とか考えていました。どうしてさくらちゃんは休みなのにセーラー服を着ているんだろうとか。

わたしは、びっくりするとまったく違うことを考えてしまうんです。

「でも、あの人、倒れてたけど……」

「うん。倒れちゃった。でも大丈夫。仕方がないの」

さくらちゃんはちょっと寂しそうな顔になって、つぶやきました。

「牧子さん、病気なの」

「――病気？」

「そう。ときどきおかしくなっちゃうの。そうなったら、とめるのが大変なの。そういう病気。パパはずっと困っていて、だからわたしが、牧子さんの面倒をみるために、ひとりでこっちにきたんだ。行ってやってくれとパパにお願いされて」

さくらちゃんが引っ越してきたのは、両親がお兄ちゃんばかりかわいがって、そのせいで家が貧乏になったからじゃなかったのでしょうか。

それから、体が弱いからでは？

それともそれが、さくらちゃんのいう「いろいろ」なんだろうか。

ぼんやりと考えましたが、亜弥はそんなことを思い出しもしなかったようでした。

「大変なんだねえ、さくらちゃん……」

「うん。でも牧子さんのこと、好きだから。ときどき、ケンカしちゃうんだけど。あとで反省して、ふたりで泣いちゃうんだよね」

マンションの自転車置き場で、さくらちゃんは亜弥が渡したプリントをカバンにしまいました。もっと可愛い自転車のほうが似合うのに、さくらちゃんは古くてぎしぎしいう、大きな自転車に乗っていました。

「牧子さんって、あの……親戚の人じゃなかったっけ」

「そうだよ。親戚だから、家でお手伝いさんをしてもらっていたの。わたしをかわいがってくれてね。さくらちゃんって最初に呼んだのは、牧子さん。わたしの名前が八重子でしょう。八重桜みたいに綺麗な子だって言って。それでわたし、みんなに、さくらちゃんって呼ばれたかったの。呼ばれると昔の牧子さんを思い出すわ。本当に優しかったのに。あんな病気になってしまうなんてとても辛い。わたし、頑張って面倒をみなくちゃ」

さくらちゃんはうっすらと目に涙を浮かべていました。

亜弥はうんうんと聞いていましたが、わたしは困惑しました。

わたしの頭には、以前、さくらちゃんが話してくれた情景が焼き付いていたので。

「さくらちゃんって呼ばれたのは、家に大きな桜の木があったからじゃないの？　立っているときに、花びらの雨が降ってきて、桜のじゅうたんみたいになって」

「だからね。その桜の木を見ているときに、牧子さんがそう言ったんだよ」

さくらちゃんはよどみなく答えました。

「さくらって呼び始めたの、おとうさんとおかあさんと、お兄ちゃんじゃなかった？」

「パパとママとお兄ちゃんと、牧子さんだよ。ユカロン」

前に話したときは、牧子さんは登場しませんでした。それは確かです。覚えています。

さくらちゃんは、話がどんなに矛盾していようと、しまったという顔をすることはありません。すごくなめらかにつじつまを合わせてしまうんです。

そういうことは、実はちょこちょことありました。ひとつひとつは、小さいことばかりです。さくらちゃんにニコッと笑われてしまったら、気にするのがばかばかしくなって、もういいやって思ってしまうくらいの。

そのほかに印象に残っているといえば――そうですね。三年生の秋に、わたしの絵が、全国大会で入賞したときくらいですね。

三年の秋。さくらちゃんが来て一年と少し後です。

わたしの絵が、中学生の水彩画コンクールで佳作をもらったんです。

新聞社が主催する有名な賞です。美術部は毎年、夏休み明けに作品を提出します。

弱小の文化部だし、運動部と比べたら地味だけど、三年の夏となると最後だから、わたしはちょっと気合いが入っていました。先生にも相談して、友だちと美術展を見に行ったり、本で勉強をしたりして、夏休みに学校に通って描きあげました。

県大会を通過して、全国で賞をとったって知らされたときは嬉しかったです。

審査員は漫画とは無関係の人でした。誰もわたしが筧誠一郎の孫だということを知らない状態で、評価してくれたんです。

祖父はその年に入院していました。そのあたりから病院と家とを行ったり来たりになるんです。

夏休み中、やっと描き上がった絵を、学校に提出する前に、わたしは祖父に見せにいきました。

祖父はその絵をじっと見つめて言いました。

「これはいい絵だ。沙久羅には絵の才能がある」

病院の個室で、鼻に管がついているような状態でしたが、頭も声もはっきりしていました。

「きっと、おじいちゃんの孫だからだよ」

「関係ないない。俺は、絵が下手だから。沙久羅のほうがうまい。線に力がある。羨ましい。悔しい。実に悔しい」

その声を聞いて、となりにいた母が、軽く目を見開きました。

祖父がわたしの絵を誉めてくれたことは何回かありましたが、そんなことを言われたのははじめてでした。

筧誠一郎はずっと、絵が下手だって悩んでいたんですって。母が、祖父が亡くなってから教えてくれました。有名な漫画家なのにおかしいですね。

わたしは今でも、このときの祖父を思い出すと胸がいっぱいになります。

病院のベッドで、鼻に管をつけて、枕を背中にあてて座っているおじいちゃんと、笑っているようで泣きそうな顔をしているおかあさんと、優しい目をしたおとうさん。ピンク色の絵を持って、嬉しそうなわたし。なぜか、わたしの姿まで見えるんですね。

とってあるのであとでお見せしますよ。桜の下で、セーラー服の女の子が立っている絵です。舞い落ちる花びらが全体に散って。淡くて、はかなくて、でも綺麗なんです。さくら咲く、っていうタイトルでした。散りながら咲いているんです。

わたしは、桜の木の下に立つさくらちゃんを絵にしてみたいと思っていました。気に入ったものができるまで、何枚も描きました。

入賞の知らせが来て真っ先に思い出したのは、祖父の言葉でした。羨ましい。悔しい。実に悔しい――ってね。

「おじいちゃんには、わかったのかなあ」

美術室でわたしは、さくらちゃんにこのときのことを話しました。

わたしはこれまで毎年、この賞に出していました。でも、全国で賞をもらったことなどありません。

このときの気持ちを話さずにはいられませんでした。祖父が生きている間に、祖父を感嘆させる絵を描けたことはとても嬉しかったけれど、母の表情を思い出すと、どういうわけか切なくもあったのです。

さくらちゃんに話したのは十月ごろだったと思います。わたしたちはその絵の下書きであるスケッチブックを見ていました。

夏休み明けに審査をすると知らせが来るのは秋になります。三年生はもう部活動も終わっていましたが、わたしは美術室が好きだったし、さくらちゃんをモデルに絵を描いている後輩もいたので、部活動が終わってからも美術部に顔を出していました。

「きっと見る目があったんだよ。有名な漫画家だもの。すごいよユカロン。賞状ももらえるんだよね。入賞式はいつになるの？」

さくらちゃんはわたしにぴったりとよりそって、スケッチを眺めながら言いました。

さくらちゃんは冬用のセーラー服を着ていました。夏のほどじゃないけど、わたしの制服なんかよりもよほど素敵で似合っていました。白くて細いうなじからは、ほんのりと花の香りがしました。

「十二月だって言ってた」

「それ、わたしが行ってあげるよ」

さくらちゃんはとても優しい声で言いました。

わたしは、さくらちゃんの言葉の意味がわかりませんでした。

「え？」

さくらちゃんは小さくうなずきました。

「全国大会の佳作ってすごいよ。ユカロンは東京に行ったことがないでしょう。おじいちゃんが入院しているんだから、パパやママがついていくのも大変じゃない。わたしなら慣れているから大丈夫。代わりに行って、賞状を受け取ってきてあげる」

わたしはびっくりしてさくらちゃんの顔を見つめました。

どういう意味だろう、どうしてそんなことを言うんだろうというのと、さくらちゃんはひとりで東京へ行けるんだ、すごいなあ――と、そんなことを考えました。

「――その日はおとうさんがお休みをとってくれるから。大丈夫だよ」

「でもこの絵、描いたのはユカロンだけど、絵のモデルはわたしだよね」

さくらちゃんはスケッチを見つめ、ゆっくりと、絵の中の女の子に触れました。きれいな手でした。爪はさくらちゃんの髪と同じように、つやつやピカピカです。さくらちゃんの手に触れられると、それだけでスケッチの絵が動き出すようでした。

「もしかしたら、新聞に載ったりするかもしれないよ。そうしたら写真とか撮られるでしょう。それだったら、わたしのほうがよくない？　いっぱいほかにも賞をとった人がいるんだし、目立つほうが注目されると思うから」

さくらちゃんは目立ちます。話すことだって、みんなが耳を傾けると思います。ほかの人たちの中にさくらちゃんがいたら、際立つでしょう。注目も浴びるでしょう。わたしだったら、きっと埋もれてしまうでしょう。

「モデルだから、描いた人に代わって来ました、っていうの？」

「うん——それはね。通用しないかな。言い方は違うふうにしないと」

「——だめだよ。おとうさんもおかあさんも、行く準備して、服とか買っちゃってるし、おじいちゃんも楽しみにしてるから」

「だったらね。ふたりで描いたってことにすればいいんだよ。わたしが、ユカロンのパパとママに説明してあげる」

実はこれふたりで描いたんだよ、と両親に言うところをわたしは想像しました。両親はきっと、がっかりするでしょう。がっかりしながら納得するかもしれません。

母はむしろ、ほっとするかもしれません。

みんなは、絵を中心になって描いたのはさくらちゃんのほうだと思うでしょう。カメラのレンズはさくらちゃんに集中するでしょう。

だって、さくらちゃんのほうが、この絵に似合っているから。

もしかしたらおじいちゃんだけは、違うといってくれるかもしれません。本当に、見る目があるのなら。

「でも、あの、それだと、嘘になっちゃう……よね？」

「そうかな。だって、この絵のモデルはわたしでしょう？　だったら、ふたりで描いたみたいなものじゃない」

さくらちゃんはこのとき、珍しく頑固でした。普段だったら、わたしが反論すればすぐに、なめらかに引くのですが。

「わたしが行けば、ユカロンのパパはお休みをとらなくていいよね。ユカロンは受験勉強もできるよね。わたしは家に帰れるし、絵はもっと誉められるし。新聞とかに名前が載れば、ユカロンの評価もあがるんじゃない？　いいことばっかりだと思うよ？」

さくらちゃんは卒業したら東京の高校に行くことが決まっていました。わたしは公立高校を受験するために、勉強をしなければならないのです。

でも、さくらちゃんの言っていることは間違っています。

誰にきいたって、間違っているというのに決まっています。

これはわたしの絵です。モデルといったって、デッサンをしたわけでもなく、わたしがイメージを膨らませて描いたというだけです。

さくらちゃんはおかしい、とわたしは思いました。

それなのに、わたしは反論できませんでした。

反論して、さくらちゃんに説得されてしまうのが怖かったのです。

「ごめん、だめだから。やっぱり、どうしても、だめだから」

わたしは早口で言い、さくらちゃんの手からスケッチブックをもぎ取りました。

カバンをつかんで、美術室を出るときに、さくらちゃんの呆(あき)れたような声が聞こえました。

「すごくいい考えだと思ったんだけどなあ」

さくらちゃんはそれ以上は何も言わず、次の日も普段どおりに接してきました。

わたしは十二月の表彰式に、両親と一緒に東京に行って、写真を撮りました。新聞の取材も受けました。

新聞には名前しか載りませんでしたけど、祖父も両親も、とても喜んでくれました。

それから卒業するまでのことは、あまり覚えていません。

さくらちゃんは相変わらず人気者でしたけど、そのとき以来、わたしはちょっと気まずくなったというか、距離をおいてしまいました。さくらちゃんはまったく気にしていませんでしたけど。

大輝が体育館の裏で、山口先生を殴っちゃったくらいかな。大きな問題にはならなかったけど、岳とか亜弥とか、見ていた人がいたから隠しようがありません。わたしたちの卒業と同時に、山口先生はほかの学校に転任になりました。

大輝は理由については言いませんでした。内申に書かない代わりに、山口先生と何か約束をしたとか噂になってましたけど、わかりません。大輝はこのあたりでいちばんの進学校へ行きました。

さくらちゃんと最後に会ったのは、高校二年のときです。

おじいちゃんのお葬式のあとです。

おじいちゃんが亡くなったのは、ちょうど桜が散り始めたときでした。

告別式が終わって数日。新学期はもう始まっていましたが、わたしは学校へ行っていませんでした。やることがあったわけではないのですが行く気にならなかったのです。

母も同じでした。普段は仲のよくない叔母が、東京に戻るのを延期して、母に代わってあれこれと家事をしていました。

家の庭には桜が咲いていました。もう終わりかけの葉桜で、大きな屋根にもピンク色のじゅうたんにもならない、小さな桜の花です。

ぽつぽつと花びらが落ちてきて、それはそれでとても美しいものでした。

テラスに座って花を見ていると、とても綺麗な、ほっそりとした女性が、心配そうにこちらをのぞきこんでいるのに気づきました。

「こんにちは、ユカロン」

わたしと目が合うと、さくらちゃんは言いました。

わたしはびっくりしました。

中学校の卒業式以来ですから、一年ぶりです。ここでさくらちゃんと会うとは思わなかったのです。

さくらちゃんは体にぴったりと合った、黒いミニドレスに身を包んでいました。少し背が伸びたようです。黒のバッグと一緒にピンク色のブーケを持って、髪は軽くカールさせて、首のうしろでまとめて、まるで人形のようでした。

「新聞で読んだの。ユカロンが落ち込んでいるだろうと思って、すぐに来たの」

わたしがテラスから出ると、さくらちゃんは静かに入ってきて、わたしを抱きました。

頭を撫(な)で、優しく抱きしめたのです。

さくらちゃんは華奢(きゃしゃ)でした。白くてやわらかくて、首筋からいい匂いがしました。

わたしは、わたしよりも小さくて、こんなに壊れやすそうなものが、堅い体のわたしを包んでいる、という事実に酔いました。

「ユカロン、おじいちゃんのことがすごく、好きだったものね。悲しいよね」

耳元でさくらちゃんは言い、わたしは泣き出しそうになりました。

わたしはお葬式では気丈にふるまっていました。母が泣き崩れてしまったので、そうするしかありませんでした。

最後のほうは気まずく別れたというのに、さくらちゃんはわたしを慰めるために来てくれたのです。

「誰かいるの？」

家の中から、声がしました。

由香おばちゃん――ユカロンの元祖モデル。母の、十歳離れた妹です。子どもがいないせいか若く見える人ですが、このときはさすがにやつれていました。

わたしはあわてて、さくらちゃんから離れました。

「あ――あのね。わたしの、中学校のときの友達で」

「権田八重子といいます。さくらと呼ばれています。筧さんにはお世話になりました」

さくらちゃんはなめらかに言って、頭を下げました。

見とれるようなお辞儀でした。とても綺麗でした。

さくらちゃんは四月生まれなので、そのとき十七歳だったはずです。急にあらわれた友人の親戚の女性に、どうしてあんなお辞儀ができたのか、わたしは今でも不思議でなりません。わたしだったら絶対に、あたふたしてしまったでしょう。

「あら――あら、こんなに可愛いお友達が、沙久羅にいたなんて。わざわざ、どちらからいらしたの？」

叔母もさくらちゃんに見とれてしまったようでした。あわてたように尋ねました。

「東京です。わたし、筧誠一郎先生のファンだったんです。今、筧さんと、誠一郎先生のお部屋について話していたところです。仕事部屋があるのだそうですね、筧さんが、ぜひ見せてあげたいって言ってくれて。わたしも、漫画を描いているものですから」

わたしはあっけにとられました。

さくらちゃんは、さっきまで優しくわたしを抱きしめていたのに。

おじいちゃんの部屋のことなんて話していない。

漫画？　さくらちゃんが漫画を描いているなんて、はじめて聞いた。

わたしが口をきけないでいる間に、叔母はさくらちゃんと話しはじめていました。

「あら――そうだったの？」

叔母はわたしをちらっと見て、それからさくらちゃんを見ます。

祖父の遺品を見せてあげよう、と判断したのはすぐにわかりました。

母ならきっと断ったでしょうが、叔母は祖父のものをひけらかすのが好きです。母が祖父の遺品を表に出さず、取材を受けたがらないことに反発していました。

それに何より、さくらちゃんの美貌に目を奪われていました。こんなに綺麗な子が、昔の漫画家であるおじいちゃんのファンで、わざわざ黒いドレスを着てやってきた、ということが嬉しかったのに違いありません。

おじいちゃんの晩年の仕事部屋は、離れにありました。この家です。正確には離れがもともとの家で、おじいちゃんの漫画が売れてから、隣の土地に家を建てたのです。

「じゃあ、こっちへいらっしゃい。権田さん」

「はい」

さくらちゃんは神妙な顔で、叔母のうしろに従って離れまで歩いていきました。

わたしはしばらく呆然として、ふたりのあとを追いかねていました。

さくらちゃんが小さな嘘をつくのはわかっていました。慣れていたはずなのに、最初に嬉しかった分、がっかりした気持ちが大きかったのです。

もしも由香叔母さんが出てこなかったら、さくらちゃんはわたしに頼んで、筧誠一郎の部屋を見せてもらうつもりだったのでしょう。

あの場で何かを言えばよかった、とわたしは思いました。

さくらちゃんはさっき、わたしを心配して来たんだって言ったよね。漫画を描いているなんて知らなかったし、おじいちゃんの部屋の話なんてしなかったじゃない。ファンだってことすら、まったく聞いたことがなかったわ——。

　でもそう言ったところで、さくらちゃんが可愛く何かを言い返したら、きっと叔母はそちらを信じてしまうでしょう。

　人は信じたいものを信じるのです。叔母にとっては、姪のもと同級生が東京から慰めに来た話より、父親に美人で漫画家志望のファンがいたという話のほうが嬉しいし、信じたいのに決まっています。

　酔いはすぐに冷めました。わたしは叔母とさくらちゃんを追いました。

　靴を履いて庭を歩いていくと、玄関の向こうに、背の高い男の子がうろうろしているのが見えました。彼はわたしを見つけると、やや気まずそうに声をかけてきました。

「筧」

　奥村君——大輝です。

　わたしは驚きました。大輝とは学校が違ったので、さくらちゃん同様、会うのは一年ぶりです。

　しかも、大輝のほうから声をかけてくるなんて。

「権田と一緒に、来たんだけど。まだ中にいるの？」

「——権田？」

権田といわれて、ぱっとさくらちゃんだと気づきませんでした。

大輝は気まずそうにしています。

それで、なんとなくわかりました。

わたしの家は駅からひとりで歩くには遠すぎます。さくらちゃんは大輝に連絡をとって、バスだか自転車だか知りませんが迎えに来てもらって、家までエスコートしてもらったのでしょう。

「さくらちゃんに、待っててって言われたの？」

「電話するって言われたけど。気になったから来た」

大輝は右手に携帯電話を握りしめています。中学校のころより背が高くなって、顔が伸びたようです。額や頬(ほお)にはニキビが浮かんでいます。

そのころのわたしの周辺では、携帯電話をみんなが持っているわけではありませんでした。クラスの三分の二くらいといったところでしょうか。わたしは持っていませんでした。スマホなんてもちろん存在しません。

頭が良くてスポーツもできて、少し冷めたところのある大輝が、携帯電話を握りしめて女の子を待っている、というのがおかしくて、わたしは笑いたくなりました。

そういえば受験の間際になって、大輝は山口先生を殴ったんです。そのときも、あの大輝が？　とびっくりしたものでした。

私服の大輝は少し疲れて見えました。あまりかっこよくありませんでした。

「さくらちゃんと、つきあってるの？」

わたしが尋ねると、大輝はいやいや答えました。

「当分、出てこないと思うよ。おじいちゃんの部屋を見にいったから」

「——ん。そう」

「そうか」

「電話するように言っとく。近くに公園あるから、そこで待ったら？」

「うん。そうする。——あ、あのさ。筧」

立ち去り際、大輝はちょっとためらってから、言いました。

「筧誠一郎……さんのこと。しましまユカロン、俺、好きだった。アニメじゃなくて、漫画のほう。——残念だったよな」

わたしははっとしました。ヒステリックに笑いかけていたところから、現実に引き戻されたような気がしました。

大輝は優しい男の子でした。わたしのことをユカロンとは呼びませんでした。

誰にも言ったことはありませんが、わたしは大輝のことが好きでした。

そんなことは、さくらちゃんとは何の関係もないことですけど。

「ありがとう」

わたしの声は震えていました。

大輝とさくらちゃんがいつからつきあっていたのか、新幹線と電車を乗り継いで二時間半という距離で、いまはどういうつきあいをしているのか、などということは、そのときはまったく考えませんでした。

わたしが祖父の仕事部屋に入ると、叔母とさくらちゃんが座布団に座って、向き合って話しているのが見えました。

ふたりは祖父の漫画の原画を前にして話しています。六畳の小さな部屋で、片面の大きなデスクまわりには画材、窓を除くふたつの壁には古い資料や祖父の著作がぎっしりと詰まっています。さくらちゃんは雑然とした本棚を背にして、きちんと正座をして、膝の上で小さな手をくみあわせ、叔母の話に耳を傾けていました。

「——あのね。今、さくらちゃんから提案があったの。この部屋をこのまま生かして、ギャラリーにしたらどうかって」

叔母は言いました。

さっき初めて会って、権田です、とあいさつされたのに、もうさくらちゃんと呼んでいます。

「ギャラリー？」

「博物館みたいな感じで。ここは筧誠一郎が、小さいころから漫画を描いていた部屋でしょう。とっておいたら、ファンの人が見に来ることもあるんじゃないかって」

「自分がファンだから、この部屋をなくしたくなくて、思いついただけなんですけど」

さくらちゃんは神妙な顔で言いました。

叔母は目をうるませています。さくらちゃんの言葉にすっかり感激しているようです。

「――わたし、さくらちゃんが漫画を描いているとか、おじいちゃんのファンだなんて、まったく聞いていなかったんだけど」

わたしは思い切って、言ってみました。

「だんだん好きになったの。ユカロンには恥ずかしくて、言えなかったの」

「この絵、さくらちゃんなんですって？　さくらちゃんがアドバイスをしたのね。沙久羅が賞をもらったのは、さくらちゃんのおかげだったのね」

叔母が見ていたのは、わたしの絵です。

わたしが中学校のときに描いた、ピンク色のさくらちゃんの絵。それは祖父の仕事部屋の壁に、わたしの猫の油絵と、祖父の原画と並んで飾られていました。

絵の下には、少し黄ばんだ新聞の切り抜きが画鋲(がびょう)で貼ってあります。わたしの名前が載った全国紙の記事と、地元の情報誌です。情報誌のほうにはわたしのインタビューと、筧誠一郎の孫だという経歴も書いてあります。

さくらちゃんは由香叔母さんに向かって、首を振りました。

「違います、由香さん。そんなことを言ったらユカロン――筧さんに失礼です。これは、筧沙久羅さんが描いた絵で、わたしの手はまったく入っていないんですから。入賞してから実はモデルだったってことがわかって、びっくりしたくらいなんです」

さくらちゃんは、きっぱりと言いました。

「ユカロンには才能があるって、誠一郎さんが言ったんだよね。わたしもそう思う。この絵、とても好きだわ。また見られて嬉しかった。写真撮ってもいい？」

「――うん。ありがとう、さくらちゃん」

わたしにはそれ以上言えませんでした。アドバイスなんて受けたこともないとか、むきになって主張するようなことではありません。本当はさくらちゃんとふたりで描いたものなのに、わたしが嘘をついて名誉をひとりじめしているような、そんなうしろめたささえ感じました。

さくらちゃんを門まで見送りに出た叔母は、後ろ姿を眺め、しみじみと言いました。

「権田さん――さくらちゃん、いい子ね。美大を目指しているんですって。すごくしっかりしているし、何か、応援できることはないかしら」

わたしは絞り出すように言いました。

「――由香叔母さん、さくらちゃんとあまり仲良くしないほうがいいよ」

そういえば昔、同じ言葉を楓からきいた、とわたしは思い出しました。

叔母は苦笑しました。

沙久羅はさくらちゃんのことが気にくわないんだろうと叔母は思ったようです。それも仕方の無いことだと。わたしが楓に対して思ったように。

わたしは美大には行きませんでした。地元の公立大学の文学部に入りました。

もちろん目指せるものなら目指したかったです。父は、本気でやるなら勉強させてくれると言いましたし。

でも無理なのはわかっていましたから。

美大の予備校にちょっと行ってみたり、本を読んだりすればわかります。全国の大会の、入賞作品を見ればわかります。

画才は、努力でどうにもならない部分だと思います。中学、高校の段階でも、凄(すご)い子は圧倒的に凄いんです。

中学校三年のとき佳作がとれたのは、ちょっと不思議な構図と、中央の少女が目をひいたからだと思います。そういう意味ではさくらちゃんのおかげでした。

わたしには、しましまユカロンのようなパワーも、可愛さもありません。

大学を卒業したあと、父の伝手(つて)で信用金庫に就職して、そこで知り合った人と結婚しました。

子どもから手が少し離れたので、最近になって市民サークルで油絵を描き始めました。この家の一室をアトリエとして使わせてもらっています。絵を描いて、たまにおじいちゃんの部屋を見たいという人が来たら、鍵を開けて案内しています。

いつか二科展に入りたいです。それが今の目標ですね。


わたしがどうして、この取材を受ける気になったか、ですか——。

ええ、取材を受けるのは初めてです。

去年の夏は嵐のようでした。通りがかりに写真を撮られたり、祖父がお世話になった出版社の方から連絡をいただいたりもしました。ｓａｃｒａは筧誠一郎の孫じゃないと証言してくれって。

それから、さくらちゃんの行く先に心あたりはないか。なぜ失踪したのか——。

でもわたしは、さくらちゃんについては答えないできたし、両親にも、何も言わないでほしいとお願いしています。

騙されたほうが悪い——って言っちゃったら、身も蓋もないですけど。

みんな、好きで騙されていたと思うんですよね。

イラストレーターのｓａｃｒａが筧誠一郎の孫だっていう設定が、気持ちいいから。みんな、信じたいものを信じるんです。さくらちゃんが人気者だったときに、わたしが、それは嘘だと叫んだって、誰も聞いてくれなかったでしょう。

わかると思うんですけど、さくらちゃんの話はけっこうボロが出ます。きっとまわりの人たちはうっすらと気づいていたと思います。気づいていながら目を閉じて、見ないふり、聞かないふりをして、さくらちゃんの薄っぺらな絵を――あ、ごめんなさい、ええと――素朴な絵を、すばらしいって言っていたと思うんですよね。

それは、騙されたことになるんでしょうか。

経歴が嘘だったから、美大を出てないからといって絵が変わるわけでもないのに。

わたしにとっては十七年前の話です。冷めているんでしょうね。関わりあいになりたくない、彼女にわたしを思い出してもらいたくないという気持ちもあります。

さくらちゃんがネットにあげた写真――ええ見ました。削除する前の最後のやつ。うさぎの耳のかぶりものをしていたから、テーマパークにいたんじゃないかって言われているんですよね。

コメントもありましたね。

描けないなら要らない、って。

どういう意味だったんでしょうね。

知りたいわけでもないですけど。さくらちゃんに、それってどういう意味？　なんて聞きたくないですから。

さくらちゃんはもういないけど──消えてしまったけど、ふいっとどこかから現れておしゃべりを始めたら、わたしはちゃんと反論する自信がありません。そうですね。もしかしたらわたしは、それがいちばん、怖いのかもしれません。

それでもね──。

今回、話したいって思ったのは、この写真を見たからです。

さくらちゃんの、中学校の──うちの中学へ来るまえの、東京の──いえ埼玉の、公立中学校のやつですよね。

送ってくれた資料の中にあった写真。

あなたと並んで写っている写真。中学校一年の夏ですね。

さくらちゃん、セーラー服じゃないんだもの。

うちの中学と同じ、だっさいブレザーなんだもの。

さくらちゃん、卒業するまでセーラー服で通したんですよ。一年半のことだから、山口先生に、前の学校の制服でいいって言われたからって。

そのセーラー服がとても可愛くて、特に夏のはキラキラするくらい似合っていて、それで、さくらちゃんは人気者になったんです。

前の学校もブレザーだったとしたら、こっちに来る前にわざわざ、どこかでセーラー服を買うか、もらうかしたことになりますよね。夏と冬、二着分。

制服って高いですよ。中学生がどこで、どうやって手にいれるんですか？

さくらちゃんにお兄さんがいないことも、うちの中学で虐められていたって言ったことも、出身は東京じゃなくて埼玉だってことも、ほかのいっぱい、いろんな細かいことも、なんとなく納得できました。

結婚詐欺の話もね。驚きませんでした。さくらちゃんはぺろっと嘘をついて、男のほうが勝手に騙されたって騒いでいるのかなって。

でも、このブレザーだけは、確かめずにはいられなくて。

これ、やっぱり、さくらちゃんですよね。古いフィルムの写真だし、隣にいるのはあなたですよね。

ていうことは、あなたがさくらちゃんと、最初の中学校が一緒で、制服がブレザーだったってことは本当なんですね……。

わからないです。

なんだか空気がひっくりかえるっていうか。迷子になったみたいな気分です。

わたしが思っていたよりも、もっと周到だったんでしょうか。わたしが知っていた嘘つきのさくらちゃんでさえ、嘘だったってことなんでしょうか。

さくらちゃんはいま、どこにいるんでしょう。急に消えてしまったんですよね。

これが去年の写真ですね。

この写真も、三十三歳には見えないくらい若くて、可愛いけど。

十四歳のとき。本当の中学生だったときは、信じられないくらい可愛かったんですよ。

ニコッとされると、全部を許せちゃう可愛さなの。

それだけは本当です。

——たぶん。

＊＊

「お聞きしたいことがあるんですけど」

話し終わると、鈴木沙久羅はテーブルに写真を置き、あらためてわたしに尋ねた。

沙久羅はずっと写真を手に持ち、ときどき目を落としながら、ゆっくりと語っていた。

中学生のわたしと権田八重子が並んだ写真である。資料として送ったのはカラーコピーだが、沙久羅は話しはじめる前にまず、本物の写真を見たいと言った。

テーブルの上には、資料が入った分厚い封筒が置かれている。

沙久羅は取材を承諾するにあたって、わたしが送った雑誌のインタビューや映像のすべてに目を通したらしかった。

もともと几帳面なのだろう。客間には埃ひとつなく、花台には小さな黄色い花が活けてある。裕福な家の、きちんとした主婦なのだ。

壁に飾られている絵は、沙久羅が描いたものだろうか。どこかミステリアスな、目を細めた黒猫の油絵である。絵の具は五色以上使っているだろうが。

じっと見ていたくなる絵だ、とわたしは思った。沙久羅は自分のことを画才がないと言ったけれど、ちゃんと勉強をすれば絵の仕事ができたかもしれない。ｓａｃｒａのように、ギャラリーで個展を開けば、マグカップが飛ぶように売れたかもしれない。

「なんでもどうぞ。メールで書いたように、わたしの知っていることなら、できるだけお答えします」

わたしはレコーダーをわかりやすくオフにして、沙久羅に向き直った。

鈴木沙久羅。筧誠一郎の本物の孫にして、ｓａｃｒａの嘘の原点――妙な言い方だが――ともいえる女性を取材することができたのだ。答えられるものならばなんでも答えてやろうと思う。

ｓａｃｒａの足跡をたどるには、周囲の人間の話をつきあわせていくしかない。

沙久羅はレコーダーが止まったので、ほっとしたようだった。話の内容からわかる通り、内省的で、警戒心が強い女性だ。自分の意見を述べるのは苦手らしい。

「どうしてさくらちゃんのことを調べているんですか？　さくらちゃんがいなくなったのは半年以上前なのに。今になって。どうして？」

沙久羅は遠慮がちにわたしに尋ね、ついでのように名刺に目をやった。

「ええと──ライターの、朝倉未羽（あさくらみう）さんですよね」

そして、わたしの名前を呼んだのである。

第二話　尾野内(おのうち)シューマ　恋人

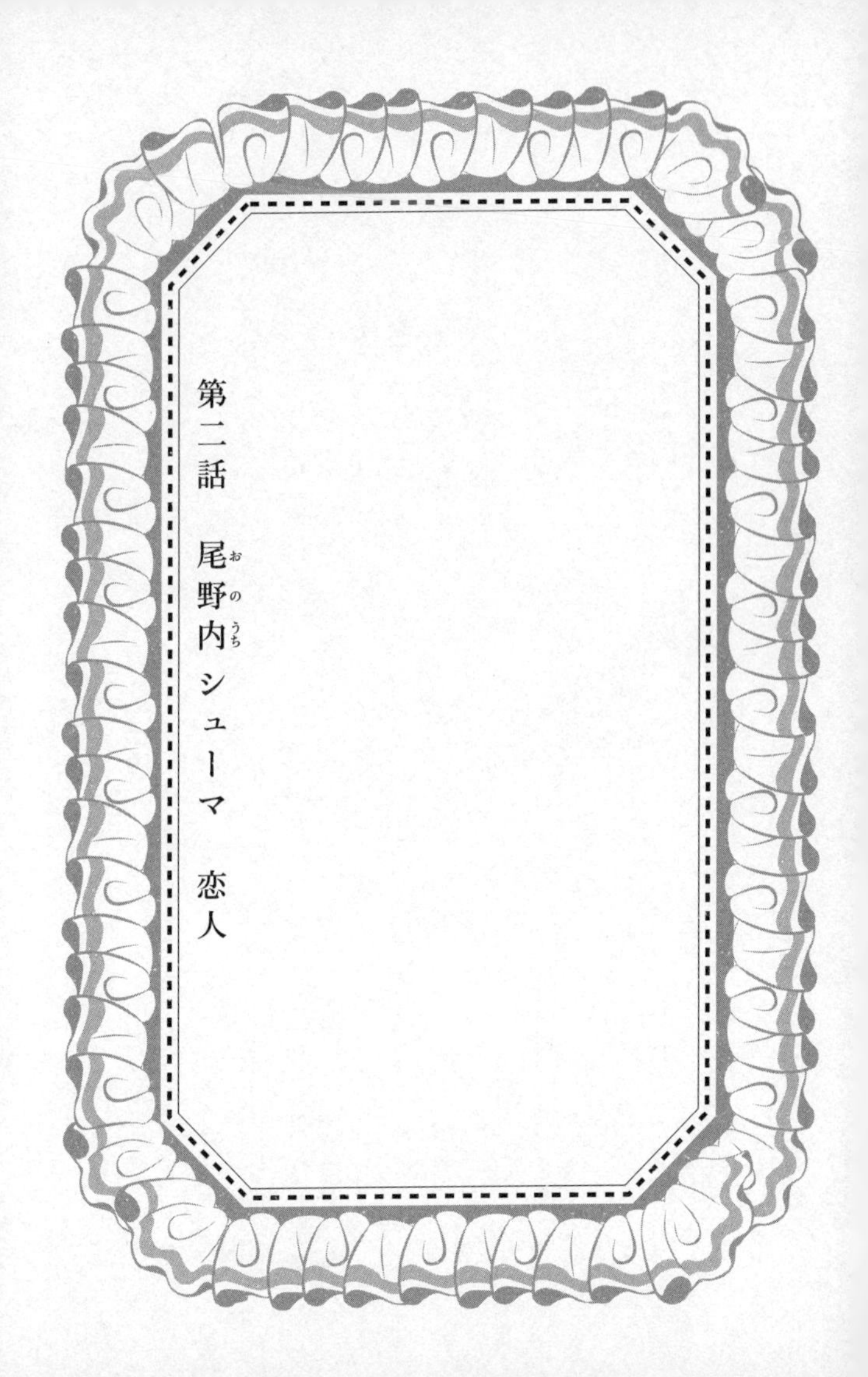

ぼくのことが、どうしてわかったんですか？

いえ、取材を受けるのはかまいません。ｓａｃｒａが高校生のとき、ぼくが美術指導をしていたのは事実なので。

ぼくは見てのとおり、美術教室をやっています。尾野内アートスクール——大きくはないけれど、その分、きめ細やかな指導を売りにしています。

さくらが高校一年生のときの、秋ですね。突然、訪ねてきたんです。

「権田さくらと言います。誠華学園高等部の一年生です。はじめまして」

と、さくらは言いました。

言うまでもありませんが、綺麗な少女でした。

朝倉さんは中学時代のお友達ということですから、わかっていますよね。目をひきつけられる子でした。ぼくは女性の絵をよく描くし、教室のほうでプロのモデルの方に来てもらうこともありますが、あれから何年たっても、美少女という意味ではさくら以上の子はいません。

ぼくは当時、少女のモデルを求めていました。さくらはそのことをぼくのブログで知ったようです。

募集をかけたわけではありません。制服の女の子が描きたいなあ——アイドルよりも女優よりも、普通の子が可愛い。誰かモデルになってくれないかな、と書いたんです。今ならＴｗｉｔｔｅｒやＳＮＳということになるのでしょうが、当時はそういった個人の意見や愚痴は、ブログに書くものでした。

「わたしは尾野内先生の絵にずっと憧れていました。モデルをさせていただけたらと思って来ました」

「どこでぼくの絵を見たんですか？」

「吉祥寺のカフェで個展を開かれていましたよね。そこで見ました」

当時は教室を始めたばかりだったから、今みたいにちゃんとしたオフィスではなく、３ＤＫのマンションの一室でした。

二つの部屋を教室にして椅子と机とイーゼルを置いてね。午前中は一般向け、夕方からと休日は美大受験生向けと分け、曜日を決めて小中学生にも教えたりしていました。

午後にちょっとだけ空く時間があるんですが、さくらが来たのはそのときです。教室のほうにはひとり、趣味で絵を描いている大学生がいました。

「ご両親の了解は得ているんですか？」

ぼくは彼女をダイニングのソファに座らせ、コーヒーを淹れました。

募集していないならコーヒーなんて出すなって話ですが。まあ綺麗な子だったんでね。当時、ぼくは、ええと――三十歳くらいだったのかな。女の子を描きたかったのは本当だし、個展を見てくれたんだから、悪い気はしませんよ。

「両親は反対しています。アルバイトは学校で禁止なので。だから内緒でやらせてください。わたし、絵の勉強をしたいんです」

さくらは制服姿でした。スカートも短くなくて、黒いタイツと黒い靴をはいていました。――ええセーラー服です。誠華学園ですから。

「美術部なんですか？」

「いいえ。でも美大に行きたいと思っています。モデルをしながら勉強できたらなって」

「絵を見せてくれる？」

さくらはぼくに、素直にスケッチブックを渡しました。

鉛筆画でした。モチーフは花だの木だの黒板消しだの、学校のものが多かったです。技術的には未熟でした。さくらはものを三次元的にとらえることが苦手なんですね。背景を描かないんです。集中力が途切れたような雑な絵もありました。

結局、売れたのもなんでしたっけ――さくらうさぎ、でしたっけ。ボーダー模様のうさぎ。バナナとか苺に乗ったやつ、お菓子にもなりましたよね。

上手だと思いますよ。うさぎの可愛さをうまくデフォルメしているし、果物やファンタジックな背景とも合っています。アーティスティックなものではなく、漫画っぽいというか、キャラクターグッズの可愛さだと思いますが。だからこそ、マグカップやぬいぐるみにしたときにあんなに映えたんでしょうね。

別の絵もあるんですね。空や鳥の――これはいいですね。アクリル画かな。明るくて、物語性があって。――これもさくらの絵なんですか？

どちらにしろ昔の絵とは違いますね。もう、さくらの絵がどんなだったのか、思い出すのが難しいくらいなんですが。

「これ、自画像です」

そういえば、さくらが見せた絵の中に、明らかに他の人の絵がありました。

「自画像？　これは自分で描いたものではないですよね？」

「あ――そうですね。美術部の、わたしをモデルにしたほかの人の絵が混じっていたみたいです」

そのほかに、携帯の写真で見せてもらった絵は面白かったですね。

猫の絵と、セーラー服の少女の水彩画です。素朴だけど構図や色の使い方が面白くて、ひきつけられるものがありました。きちんと勉強すればいい絵を描くようになるかもしれないと思いました。

「これは油画ですか？」

猫のほうを指してぼくは言いました。画面が小さくてよくわからなかったのです。

油画をやると爪先が汚れる人もいるのですが、さくらの指はきれいでした。

「はい。お金がなくて、絵の具を五色しか買えなくて。だから、全体的に暗い絵になっちゃいました」

「なかなかいいと思うよ」

ぼくが言うと、さくらはニコッと笑いました。

「絵の具を買うときに、六色を頑張って買うか、五色にして白を大きいのにするか迷いました。思い切って大きい白を買うことにしたんです」

「正解ですよ。白はたくさん使うからね」

「その分、黒を小さくしてくれればいいのに」

さくらの意見は初々しくて、ぼくは苦笑しました。

「描く側なのに、モデルでいいんですか？　けっこう大変だよ。ずっと同じポーズをとらなきゃならないし」

「はい」

さくらはこくりとうなずきました。

「中学校のときわたしをモデルにした絵が、大会で賞をとりました。うまくできるかどうかはわからないですけど、先生のブログを見たら、普通の子がいいって書いてあったので、思い切って来てみたんです」

さくらがそう言ったときは、何かの冗談かと思いましたよ。

だって彼女は普通じゃないんだから。あの時点でアイドル顔負けの可愛さでした。

「そうか。――じゃあ、使うかどうかわからないけど、写真を撮らせてもらってもいいかな？　参考に」

「はい」

さくらは素直に立ち上がり、教室にいた大学生――泰之に手伝ってもらって、写真を撮りました。

わからないと言いましたが、そのときはもう、さくらをモデルにすることは決めていました。

ぼくはまだ、自分の絵をあきらめていませんでしたから。

ぼくは東都美術大学出身なんですよ。美術学科の油画専攻です。卒業したあと予備校の講師になって、結婚するときに尾野内アートスクールをはじめました。

アートスクールのほうは妻の協力もあって軌道に乗っていましたけど、満足はしていなかったんです。絵で認められたくて、突破口を探していました。ギャラリーでの個展やブログもその一環です。

そんなときにさくらが現れて、この子こそぼくが求めていたものなんじゃないかって思ってしまったんですね。

さくらは、そういうことを思わせる子なんです。

写真を見て友菜は――妻は、この子は見られることに慣れてる、化粧もしてるって言ったんですけど、ちっとも気づきませんでした。そういうのは普通の男より鋭いつもりなんですが。

「遊びにおいで。平日の二時から三時半までなら、空いてるから」

「はい。ありがとうございます」

ぼくはさくらから携帯の番号を聞きました。さくらは礼儀正しくてていねいでした。携帯電話を持っていたことといい、いい家のお嬢さんなんだろうなと思いました。

さくらがいなくなったあと、別室で絵を描いていた大学生――泰之が、ちょっと苦い顔で言いました。

「俺は好みじゃないですね。モデルにするには綺麗すぎる」

泰之はぼくと高校が同じなんです。優秀な男でね。大学の専攻が建築学科で、技術から入るタイプです。ずっと趣味で絵を描いていて、本格的にはじめたのは大学に入ってからでしたが、そこそこのものが描けるようになっていました。

「しかし、似顔絵を描くわけじゃないからな」

「それにしても強烈です。ほかの人物が描けなくなる」

ぼくが黙ってしまうと、泰之は肩をすくめるようにして言いました。

「まあ俺は、無色透明なのが好きだから」

当時はぼくも若かったし、大学生の講師もいました。教室でも先生と生徒っていう雰囲気ではなくて、ざっくばらんでした。放課後の美術部みたいな、そういう教室を目指していたんです。


さくらに美大は無理だということはすぐにわかりました。下手ではないのですが実技ができない。可愛い絵、小さくてこみいった絵は描けるけれど、大きなものが描けないんです。そして描くのが遅かった。技術的な部分で上達するのは難しくないんです。いわゆるデッサン力をつけるには、毎日、たくさん描くことです。理論ももちろん教えますが、描いていれば観察眼がつきますし、全体のバランスの取り方がわかってきて、速く正確に描けるようになります。あとは早めに自分の目指すところを決めて、課題に慣れる。ファインアートは正確さと美しさ、デザイン系の学科は発想力が求められる傾向があります。受験には時間制限がありますし、光を描けとか今日を描けとか、抽象的な課題がでるときもあるので、感性を磨いておくというか、言葉というものに鋭敏になる必要がありますね。

芸術とは才能のたまものだと考える人は多いけれど、ぼくは少なくとも基礎の部分はきちんと努力するべきだと思っています。たとえ天才であっても。美大受験生にはそのことを方針として伝えています。創造力や個性というもので悩むのは入学してからですよ。

ぼくはストレートで東都美術大学に入学しました。受験勉強としての美術は得意だということですが、どうしてもある場所から上へ行けない感覚があります。今もです。当時は若かったから、ときどき焼け付くような気持ちになりましたね。

さくらはね——創造力うんぬんより先に、基礎にも行き着いていませんでした。

全体を見るのが苦手でした。ちまちまと綺麗な絵を描きたがる。細部にこだわって、立体をうまくとらえることができないんです。

苦手なことがあるのは幸いで、そこを超えたら飛躍的に伸びる可能性があります。

ちなみにぼくには、苦手なことがあまりないんですよ。

「うまくなる方法を教えてほしいんです。シューマ先生」

「うまくなる方法は、実は、うまくなってからじゃないとわからなかったりするんだよ」

なんて、不毛な会話をしましたね。最初の頃。

本音です。そんな方法があったら教えてもらいたいもんです。

来たのが高校一年生だったから、頑張ればなんとかなると思ったのですが、そうはいきませんでした。どうもね、力をつけようという気がないんです。

教室では人気者でね。一クラス十五人くらいで石膏像を描いたりするんですが、すみでひっそりと描いていても目立ちました。

友達は……どうだったのかな。さくらはどうしてか、ぼくの遠縁の娘ってことになっていましたから、まわりが遠慮していたのかもしれません。

美大受験生は女子が多いので、彼女たちとどこかへ行ったことがあったみたいですが、その後、なんだかおかしな雰囲気になって。

確か、派閥みたいなのができかけたんです。あと、数少ない男子生徒がさくらを好きになってしまったのかな。それでいちばんうまい子が描けなくなって、女性アルバイトの講師から意見が出て、教室で描くのはやめさせました。

なので余計、個人レッスンみたいな感じになって。集団でのデッサンはある程度描けるようになってからにすることにして、ぼくはさくらに、小さなスケッチブックとカラーパステルを渡しました。

石膏像に色がなくてつまらないなら、花でも景色でも親の顔でもいいから、目に入るものをなんでもいいから描いてみなさいと。

描くのはともかく、さくらはそのスケッチブックを気に入って、いつも持ち歩いていました。

しかし、さくらの絵はいっこうに上達しませんでした。そもそもぼくの言うことをわかっていない、聞く気がないのではないかと思うことすらありました。

ちゃんとしたモデルの仕事はしなかったんです。横顔とか、座っている姿とかをちょこちょことデッサンさせてもらっていました。さくらはアルバイト料を受け取りませんでしたから、画材をあげるのと指導するのはその代わりのつもりでした。

――すみません、やっぱりおかしいですね。お察しの通りです。ぼくが会いたかったんです。綺麗だし、話して楽しい子でしたから。

アルバイトではなくて、授業料の代わりにモデルをやってくれる生徒、というような位置づけだと思っていましたが、さくら以外にそんな子はいなかったわけだから、今になるとそれもいいわけですね。

あげたのは画材ばかりでしたが、一回だけ、黒いドレスを買いました。

さくらからねだられたんです。漫画家である祖父が亡くなって、祖父と母は仲が悪いので頼めないからと。

大御所の漫画家が亡くなったことは新聞で読んでいたので、彼かなと思ったのですが、漫画にはまったく興味がないので、そのことについての話はしませんでした。

疑う理由なんかないじゃないですか。中学校の後半は彼の住んでいた場所にいたわけだし。祖父が漫画家だったせいで母親が苦労をしていて、だから娘が絵を描くのに反対するのだといわれれば、つじつまが合います。そうなのかと思いますよ。

ドレスは表参道のセレクトショップに行って選びましたが、店員が、雑誌に載せたいくらいだと手放しで誉めていました。

高校二年生くらいのときにはもう、ぼくは、さくらに美大は無理だと思うようになりました。

致命的なのは根気がないことです。

さっきも言いましたが、勉強すればある程度のところまではいけるんです。しかし彼女はそれをしない。デッサンを十枚描けといっても、三枚くらいしか描いてこない。一時間もまともにイーゼルに向かっていられない。

十枚描けといえば二十枚描くような子もいるんです。うちは他より授業料が安いから、裕福でない子も多くて。浪人できない、有名美大でないと許さないといわれているような子は、必死になってぼくの知識を吸い上げようとします。

さくらもそういうタイプだと思ったのですが。

作品にとりかかる前の準備も嫌いました。珍しく完成予想図を作ったので誉めたら、あとはやってと言われたことがあります。

絵の具がこぼれてスカートに染みを作ってしまったら、いつまでもその染みのことを気にしていました。作業着は汚れてもいい服のはずだし、まともに作品と向き合っていたら、染みなんてどうでもよくなるもんなんですがね。

さくらにはグラフィックデザイン学科をすすめていました。色を平坦に塗るのはうまかったし、細かい絵を描くのが好きでしたから。ファインアートの話は退屈そうでしたが、デザインの講師がパソコンで制作過程を説明しているのは熱心に聞いていました。しかしダメでした。発想力がないんです。たとえば――「ワインをモチーフとして喜びをデザインせよ」とかね、そういう課題に、正面を向いたワインの瓶を適当に一本描いて、終わりにしちゃうみたいな感じです。

それ以外思いつかないのか、考えるのが面倒なのかわかりません。たとえば瓶なら、あえて底から見た絵を描いてみるとか、色で表現してみるとか、グラスやラベルに焦点をあててみるとかね。いくらでもあると思うんですが、人と違う発想をもつ、ということの意義がわからないみたいでした。

美大に入りたいから入り方を教えてほしい。ああいう絵を描きたいから、描き方を教えてほしい。面倒なことは抜きで。さくらの勉強ってそういうことなんですよ。基礎なんて糞くらえと思うなら、美大を目指さなければいいんです。そうさくらに話したこともあります。

実力があれば絵を描く仕事には就けますし、他のジャンルで活躍したり、独学で描き続けたりした結果、アーティストとして認められる人も多いです。ただ絵を楽しく描きたいだけの人もたくさんいます。それはそれですばらしいことです。

「だけどわたし、どうしても美大に行きたいんです」

と、さくらはぼくに訴えましたが、どうしてもって言われたって困ります。

じゃあこれをやれというと、目をキラキラさせて、わかりましたといって、結局やらないんだから。

どうしてやってこないのかと叱ると、悲しげな顔で、次は頑張りますというんです。

そうなるとぼくも強くは言えません。ちゃんとした生徒でもないわけだし。

猫の絵ですか？　誰かにあげてしまったと言っていました。

もしかしたら、さくらが描いたものではないのかもしれません。

さくらが高校三年生になったくらいのときかな。一回だけ、さくらの叔母が訪ねて来たことがあります。

「筧由香といいます。権田八重子の叔母です」

突然、ひとりで教室に来たんです。午後二時の誰もいない時間に。

筧由香はぼくに名刺を渡しました。筧プロダクションの取締役という肩書きでした。さくらに似てはいませんでしたが、上品で、綺麗な人だと思いました。

「やえこ？　権田さくらではなくて？」

「あ——すみません。さくらですね」

由香は思い悩んだような顔をしていましたが、ぼくも冷や汗が流れる思いです。さくらはここに来ていることを両親に内緒にしていたはずですが、まさか叔母が出てくるとは思わなかったから。やっぱりうしろめたかったんですね。アルバイトといっても、アルバイト料も渡してないわけだし。

部屋に入れると、由香は部屋のあちこちをざっと見ました。怪しげな場所でないか確認しているみたいでした。

高校生の女の子が、マンションの美術教室に通っていたら不安になるのも仕方ないと思います。当時は今と違って受付の女性もいませんでしたし、講師はぼく以外、全員アルバイトでした。

ぼくは由香をソファに案内しておいて、ていねいにコーヒーを淹れました。コーヒーや紅茶にこだわるのは趣味です。エスプレッソマシンもありますが、ペーパードリップのコーヒーが好きで、豆も毎朝、自分で挽(ひ)いています。

お客さんが来られたときは、あえてゆっくりと淹れるようにしています。淹れているときの間が好きなんです。自分が無心になれるし、相談がある生徒や、保護者の方などが緊張をほどいて、作品を手にとることもできますから。

ソファテーブルには、教室の案内とは別に、ぼくと、講師と、生徒たちの作品の写真を集めたファイルを置いてあるんです。

ここがどんな教室か、作品を見れば、説明するよりもひと目でわかります。

ぼくがコーヒーカップを持って行くと、由香は壁に飾られたぼくの大学卒業証書を眺めていました。

「単刀直入にお尋ねします。さくらは、東都美術大学に入学できるんでしょうか?」

コーヒーに口をつけることもなく、由香は言いました。

ぼくはほっとしました。

由香は、さくらを教室の生徒としてみていることがはっきりしたので。

ぼくは、モデルの件だと思っていましたから。

「どうしてそんなことを? 失礼ですが――おかあさまではないのですよね」

「はい。叔母です。聞いているかと思いますが――さくらは、絵を描くことを両親に反対されているんです」

由香は言いました。

「さくらの実力はどの程度なのでしょうか。もしもこれから勉強させていただいて、東都美大か、準ずる美術大学に入学できるのなら、わたしが行かせてやりたいと思っています。つまり——経済的な意味で」

ぼくは戸惑いました。さくらからは、味方になってくれる叔母の存在なんて一回も聞いたことがありませんでしたから。

しかし、筧という名前には覚えがありました。さくらの祖父の名字です。だから、叔母だというのも本当だと思いました。

「さくら——権田さんはなんと言っているんですか？」

「先生は才能があるといってくれているけれど、どうせ無理だからと。特待生でいるのも心苦しいから、絵をやめるつもりだと。両親が離婚していて母子家庭なので、諦めているのだと思います。わたし、さくらが可哀想で」

「——特待生ですか」

才能はともかく、さくらは特待生でした。ぼくはその言いまわしに感心しました。

「あなたが今日、ここに来ることは、さくらさんは知っているのですか？」

「言わずに来ました。さくらは、つまり……思い込みが激しいところがあるので。資金の援助をするまえに、まず先生に確認してみようと思ったのです」

こういう言葉は、子どもの将来を不安がる、ほかの生徒のご両親からも聞いたことがあります。

「権田さんは、絵のセンスはあると思うのですが、今のままでは、日本の五大芸術大学は難しいかな……と思います」

ぼくはほかの生徒の親に対するとき同様、言葉を選びました。

「そうですか……」

「浪人覚悟で、一日数時間、本気で頑張ればなんとかなるかもしれないとは思いますが、それは本人の気持ち次第です」

「さくらは頑張ると思います。真面目な子ですから」

「それなら、なんとか。しかし——」

これまでに何度も、頑張りますとさくらは言ったのですが、本当に頑張ったことはなかった。正直、これから真面目に取り組むとは思えませんでした。

しかし両親でもない人に、さくらの性格的な欠点を述べるのはためらわれました。

「芸術大学、美術大学でなくても、芸術科がある大学があります。実技なしで推薦入学を受け付けているところもあります。権田さんはそちらのほうがいいかもしれません」

「つまり先生は、美大は無理だと」

「——ぼくの口からは言えません。急に成長する人もいますから。次の作品を提出してもらったらわかるかもしれません。美大受験生には夏休み前に、一回、課題を仕上げてもらうことにしているので」

「そうですか……」

はっきりはいいませんでしたが、由香はぼくの気持ちを感じ取ったようでした。

画家としても受験生としても、さくらは優秀ではない、と。

由香がなんとなく肩を落として帰っていった数日後、さくらが来ました。

朝でした。教室は朝の十時から始まるのですが、ある朝ぼくが出勤すると、マンションの前に立っていたのです。

ぽつん、とね。制服を着て、両手で黒のバッグを持って。

「先生、ひどいよ」

さくらはぼくに訴えました。

さくらはとても綺麗でした。春でしたから、桜の花びらが落ちて、彼女のうしろにはらはらと舞っていました。それだけで、絵になりそうなくらい綺麗でした。

「ごめんよ」

「わたし、どうしたらいいの。もう描けない。美大に行けない。先生のせいだよ」

ぼくは部屋に入れたかったけれど、さくらは入ってはくれませんでした。

それ以来、さくらが教室に来ることはなかったです。

もちろん寂しかったのですが、少しほっとしたのも事実です。

泰之の言うとおりだったのかもしれません。あの子は綺麗すぎました。オーラっていうんでしょうか。光り輝いているみたいでしたから、彼女には何かがあると確信してしまった。あの子がいることで自分の価値もあがるような気がしたんです。覚由香――きっと、彼女の叔母もそうだったんじゃないでしょうか。だからね……。それから数年たって、彼女が個展を開いたときは驚きました。絵も驚きました。方向は変わっていたけれど、努力したのかなって。

実はね、ぼくは問い合わせをしているんです。ｓａｃｒａは権田さくらなのか、そしてそれ以上に、東都美術大学の出身だということに。ｓａｃｒａは本名も生年も隠していますから、確証はとれなかったんですが、権田さくらって本当に入学しているのかって。出身校なので、知り合いがいるものですから。

ｓａｃｒａは本名も生年も隠していますから、確証はとれなかったんですが、権田さくらって卒業生はいないってことでした。念のため、権田やえこ、覚やえこ、覚さくらでも調べてもらいましたけど、いませんでした。

ぼくは複雑な気持ちになりました。

さくらは口からでまかせというようなところがありましたから、どこかで尋ねられて、思わず出身だと言ってしまったのかなとか。

さくらは本当に美大に行きたがっていましたから。

だから余計、どうして、ちゃんと努力しなかったんだろうって思うんですよね。

――絵ですか？　ぼくのならそのファイルに何枚か――さくらの？　あ――ぼくが、さくらを描いた絵ですか。

もちろん描きましたよ。モデルですから。

でも作品としては気に入ったものがなくて、仕上げてはいないんです。

昔のものですからね。写真はもう残っていません。さくらの写真も。

＊＊

わたしは長野駅から大宮へ向かう新幹線に揺られながら、尾野内シューマの取材の音源を聞いていた。

彼に取材をしたのは一週間ほど前である。時間が限られていて質問ができなかったので、あらためていくつか確認をしたかったのである。

こちらを先にするべきだったのだが、自宅で取材内容を整理しているときに、筧沙久羅から会ってもいいという消極的なメールが来た。わたしは驚喜してすぐにアポイントをとり、大宮駅から新幹線に飛び乗ったのである。

沙久羅の話は整然として面白かった。さすが筧誠一郎の孫と言ったら沙久羅は複雑な気持ちになるだろうか。書き起こしてどこかに持ち込んだら、そのまま記事になりそうである。

「——いや、ダメだわ」

わたしは自分の取材メモを眺めながら、小さくつぶやいた。

さくらがいなくなったのは去年の夏だ。

テレビの仕事も、決まっていたフォトエッセイ集もキャンセルし、ブログやＴｗｉｔｔｅｒをすべて消去して、失踪したのだ。

世間では、さくらは作品の剽窃（ひょうせつ）と盗作、経歴詐称がばれるのが怖くなって逃げたのだ、ということになっている。

今は四月。世の中は人気俳優の不倫の話で持ちきりになっており、ちょっとテレビに出たことがあるだけの美人イラストレーターの失踪のことなど誰もが忘れている。

権田八重子——彼女のことを覚えているのは、彼女と深く関わった人間だけである。

わたしたちはきっと、彼女に対して共通の疑問を抱いている。

どうしてさくらちゃんは、あんなに嘘（うそ）をついたんでしょう？　どうして？

彼女の嘘のすべてが彼女の人生にとって有利になるならわかる。出身は埼玉でなく東京であると言ったほうが、地方の公立中学校の同級生にとっては憧憬の対象になるというのはわかる。

しかし、すべての嘘が必要だったとは思えないのである。

沙久羅の言うとおり、やりすぎるとボロが出る。さくらちゃんと呼んでもらうのに桜の花のストーリーが必要とも思えないし、同居の女性の病気も余計だ。筧誠一郎が亡くなって駆けつけたくだりでは、取り戻しかけた旧友の信頼をひっくり返している。

さくらは単なる嘘つきなのか。それとも、すべてにおいて厳密な設定を組み立てて行動していたのか？

さくらは逃げていないと思う。

逃げるような人間ではないのである。そんな殊勝な女性ではない。

中学生時代の後半一年半と同じ、どこかに潜伏しているのだ。

わたしは筧沙久羅と同じく、さくらとは高校のとき以来、会っていない。しかし、さくらの悪癖については誰よりも知っている。

新幹線はなめらかに動いていた。そろそろ夕日が落ちかけている。

わたしはぬるい缶コーヒーに口をつけ、尾野内シューマに向かってメールを書く。

おそらく返事はないだろうと思った。シューマは芸術家気質の男だ。さくらとかかわったほかの男たち同様、取材に乗り気ではなかったし、無名のライターの疑問点に、いちいち答える義務もない——。

——なので、大宮駅で、尾野内シューマを見たときは驚いた。

新幹線を降りて改札口へ向かっていくと、改札口の外側に尾野内シューマがいるのが見えた。落ち着かない様子で改札口の中を眺め、わたしを見つけて手をあげる。

シューマにメールを出したのは一時間ほど前、新幹線の中からである。長野から大宮へ向かう新幹線にいますとは書いたが時候のあいさつのようなものだ。

てっきりシューマは、わたしのメールを黙殺するものだと思っていた。

「すみません、メールを読んだら、気になってしまって。直接会ってお話ししたほうがいいと思いまして」

尾野内シューマは女顔の男である。ブランドものらしいシャツとジャケット、薄い眼鏡(めがね)。細身のパンツが似合っている。いかにも絵をやっている人が持ちそうな、大きな黒いバッグを脇にかかえていた。

「連絡いただけましたら、わたしのほうからお伺いしましたのに」

「できるなら妻には知られたくないんです。だからここで……。お察しいただけるとありがたいのですが」

「もちろんです。ご都合の悪いことは一切書きません、詳しくお話を聞かせていただけますか」

わたしにこれからの予定はなかった。大宮駅でお弁当を買って、マンションでビールを飲みながら、筧沙久羅のインタビューを聞きなおそうと思っていたのである。仮に予定があったとしても、なんとかして都合をつけたのに決まっている。

尾野内友菜――シューマの妻とは少し話した。

取材の最後のほうになって教室に現れ、割り込むように会話に入ってきたのである。

友菜はあっけらかんとして可愛らしい女性だった。ライターのわたし、取材というものへの好奇心でいっぱいだった。

シューマ君の絵も見てもらったらどう？　売り込み売り込み、といいながら、教室のすみにあるマックを開いて、たくさんの絵を見せてくれた。

「さくらちゃんは可愛かったですよ。たまに教室で会うことがあったんです。わたしは美術はぜんぜんわからないんだけど、掃除しに行ったりしてたので。大好きでした。お人形さんみたいで」

友菜はにこにこしながら、わたしに言った。

小柄でショートカット、四十代半ばだというのに、女の子と呼びたくなるような雰囲気の女性である。シューマのふたつ下で、高校生のときに知り合って、友菜が大学を卒業してから結婚したらしい。

「みんなにも大人気だったし、礼儀正しい、いい子だったんですよ。十七年くらい前なんですよね。ちょうど優菜(ゆうな)を妊娠してたときだから。結婚詐欺なんてびっくりだよね。ねえシューマ君」

わたしは、シューマのような神経質そうな男にはこういう妻がつくのか、とそちらのほうに感心したものだ。

しかし取材する側としては少々、友菜は邪魔だった。彼女がいたので、シューマにデリケートな質問ができなかったのである。


わたしとシューマは目についた個室のある居酒屋に入った。

食事の時間には早いし、ビールというわけにもいかないので、ウーロン茶とチーズを注文する。

わたしがメールに書いた質問は、三つである。
1　さくらさんと知り合ったのは、高校のときで間違いありませんか。それより以前に会ったことはありませんでしたか。

2　さくらさんに、大学の卒業証書などのコピーを渡したことはありませんか。
3　さくらさんに、セーラー服を買ってあげましたか。

失礼な質問だが、シューマは怒ってはいなかった。

高圧的な男ではないのだ。

絵についての語り口もわかりやすかったし、尾野内アートスクールが順調なのは、シューマのルックスと物腰の柔らかさ、人当たりのよさが大きいのだろう。

「メールの件なのですが、どうしてそうお思いになったのですか？」

シューマのほうから尋ねてきた。不安で仕方ないようである。

ということは、わたしの考えは正しかったのか。

ふたりはさくらが中学生のときに知り合って、さくらが手に入れた美大の卒業証書のコピーはシューマのもので、セーラー服をあげたのもシューマだったのか。

「どうしてというのは、どの件ですか」

「――ぼくとさくらが、高校のとき以前に、会っているということです」

わたしは返答を考えた。

さくらは中学生のときに、少なくともふたり以上の男性とつきあい、欲しいものを買ってもらっていた。これは当時の本人との会話のはしばしから知ったことである。

ひとりは埼玉の公立中学校の美術部の教師。これははっきりしている。ふたり目がわからなかったのである。

シューマの話はたまたまわたしの祖母からきいたのだ。そういえば八重子ちゃんは昔、池袋の先生に絵を教わっていたみたいだね——と。

わたしはさくらの幼なじみで、数少ない——おそらくただひとりの、友人である。

シューマがさくらと高校一年の秋に会い、高校三年の春に別れたとすると、ふたりが会っていたのは一年半ほど。

筧誠一郎が亡くなったのは二年生の四月だから、会って数か月で表参道へ行き、ドレスを買ってあげたことになる。週に何回か、モデル兼生徒として教室に通っていただけにしては濃密な仲である。

それにしては絵も、さくらの写真も一枚もないというのは不自然だ。

それに、シューマが吉祥寺の『ブロサム』で個展を開いたのはさくらが中学校二年のときなのである。そのこともわたしは知っている。中学校の美術教師——遠野（とおの）先生や、わたしの兄も、そこでひっそりと個展を開いたことがある。

しかし、さくらがシューマに見せた猫の絵——おそらくは筧沙久羅の——や、モデルをやっていた絵が賞をとったという話、筧由香がやってきたということは、中学校の時代ではあり得ないことである。

さくらは、中学校二年生の夏より前にシューマと会い、ブランクをおいて、高校生になって戻ってきたのではないか。

可愛いという評判の誠華学園高等部のセーラー服を手に入れてから。

筧沙久羅からは卒業アルバムのコピーをとらせてもらった。まだ確認していないが、さくらが着ていたセーラー服は誠華学園の中等部のものだろう。

さくらがこの制服を欲しがる理由は知っている。この学校がいかに伝統があり、有名な私立学校か、さくらに話したのはわたしなのだ。さくらは誠華学園の制服を万能のものだと思っていたようだ。

「今日、わたしは筧沙久羅さんの取材をしてきたんです。さくらさんの中学校時代の友達です。彼女から聞いたことと、つじつまが合わないことがあったものですから」

とりあえず、わかりやすい事実を言った。

「筧——漫画家の方の、本当のお孫さんですね。何か言っていましたか？」

「権田さくらさんが中学校二年になって転校してきて、美術部に入部した。そのとき、小さなスケッチブックとパステルを持っていたと。見たことのない、おしゃれで珍しいものだったと。そのスケッチブックは尾野内さんがあげたものですよね。そうなると、おふたりが知り合っていたのは、さくらが転校する以前ということになります」

「ああ……」

シューマは諦めたようにつぶやいた。

ちょうど店員が来たので、わたしは赤のワインを追加した。教室に手ごろな銘柄のワインボトルがあったので、シューマはワインが好きなのだろうと踏んだ。

「――録音はしないでいただけますか。それから――このことは妻には言わないと」

シューマが何を恐れているのかは明確だった。

わたしはバッグからボイスレコーダーとスマホとノートパソコンを取り出してテーブルの上においた。さらにファイルやポーチも取り出して、大きくバッグの口を広げてみせた。

「録音はしません。信用していただけますよね」

「この間とったやつも、消してもらっていいですか」

わたしはボイスレコーダーからシューマのものを選び出して再生し、シューマが見ている前で消去した。同じようにパソコンとスマホから関連のものを削除する。

仕方あるまい。どう考えてもこれから聞く話のほうが大切である。

「メモもとらないし、誰にも言いません。もともと仮名にして、複数の人の話を混ぜて使うつもりでしたし。あなたとは高校のときに知り合ったことにしてもいいし、女性の美術講師ということにしてもいいです」

「そうしてください。さくらへの侮辱にもなりかねない」

保身のためではなくて、シューマはまださくらのことを気遣っているのだろうか。

「大丈夫です。当時のさくらの男は、あなただけではありませんから」

わたしが言うと、シューマは目にみえて愕然(がくぜん)とした。男心は複雑である。

わたしはたたみかけるように尋ねた。

「あなたは、権田八重子――さくらのことを好きだったんですか？」

＊＊

十三歳――いや、十四歳になっていたのかな。さくらは春生まれですから。中学校二年のときですね。

さくらは、吉祥寺のぼくの個展に来たんです。

『ブロサム』っていう、カフェの併設展示です。経営者が若いアーティストを応援したい人でね。カフェの横にアートスペースを作ってあって、コーヒーチケットを何セットか買いとれば、一週間単位で貸してくれるんです。

ぼくは週に二回か三回、午後になると埼玉の教室から足を運んでいました。教室の生徒は少なかったし、当時はまだ、教室のほうはつなぎだと思っていましたから。『ブロサム』は面白い人たちが顔を出していて、居心地がよかったんです。

個展が始まって一週間めくらいかな。さくらはアートスペースで、じっとぼくの絵を見ていました。

紺のスカートと白のブラウスを着てね。髪はサラサラで、手足が華奢で、小さくて、胸なんかもぺったんこで。ブレザー？　いいえ。中学生のときはついに、さくらは制服姿を見せることはありませんでした。――つまり、本物の、って意味ですが。

無垢な横顔でした。ちょっと悲しげで、思いつめたような顔をして。瞳が大きくて、まるでガラスの人形みたいだと思いました。

さくらは当時、不登校だったんですよね。

平日の昼間に、どうみても義務教育中っていう、めちゃくちゃ顔立ちの整った女の子が立って、じっと絵を見ているんだから、気にならなきゃ嘘です。

目を離せないでいたら、彼女がギャラリーを出て行こうとしたとき、ふっと目が合ったんですね。

さくらははにかんだように頰を染めました。

ぼくはたまらず、席を立ちましたよ。

「――こんにちは」

さくらは外に出ていましたが、戸惑ったように立ち止まりました。

「いきなりごめんね。ぼくは、あの絵を描いた尾野内といいます。熱心に見ていたものだから、嬉しくて声をかけてしまいました」

「尾野内シューマ先生ですか」

「名前、知っていたの？」

「いいえ。でも通りがかりに見つけて、とても綺麗な絵だったから」

「どうだった？」

「とても好きです」

「本当に？」

「前から好きだと思ったけれど、実物はもっと素敵でした」

「通りがかりじゃなかったの」

「ブログで見たことがあったんです」

通りがかりに見つけたのに、ブログを見たっていうのは矛盾しているんですよね。目の前に貼ってあったポスターにブログのアドレスが書いてあったから、それを見て言ったのかもしれません。

でも当時は、そんなことはまったく気になりませんでした。

「またおいでよ。ぼくは、火曜と木曜の夕方には必ずいる。友達と一緒に来ればいい」

ぼくはさくらにコーヒーチケットを渡しました。ギャラリーを借りるのに三束くらい買っていたから、手元にいっぱいありました。

「わたし、友達がいないんです。学校に行っていないので」

さくらは少し寂しそうに言いました。

ぼくは焦りました。しまった、悪いことを聞いてしまった——ってね。同時に納得しました。彼女には何か事情がある。あのガラスの繊細さはそこから来ていたのだと。


エキセントリックな子だったんですよ、さくらは。陰があるというか。

個展は三週間ほどでした。ぼくは火曜と木曜には必ず行っていましたが、さくらは来ませんでした。コーヒーチケットをあげたのにね。

マスターに訊けばいいんですけど、なんていったらいいのかわからなくて。すごく可愛い中学生がぼくに会いに来ませんでした？　なんて言うわけにもいかないし。

さくらと次に会ったのは撤収のときです。

ぼくが泰之と絵をはずしていたら、ひょこっと顔を出したんです。

「こんにちは。先生」

そのときさくらはワンピースを着ていました。ピンク色のね。とても可愛かった。やはりいいところのお嬢さんなんだなと思いましたよ。

「もう一度見たかったのに、もう終わりなんですね」

「見てもいいよ、特別に。どれがよかったの？」

「学校の絵です。とても、なつかしい感じがして」

しまった。学校の話になってしまった。ぼくはまたしても慌てふためいて、箱にしまいかけた絵を出しました。

さくらはそれをじっと見ました。この前と同じ、とても綺麗な横顔でした。

「——どう？」

さくらが口を開くまでの間、どきどきしました。

「いつか、わたしにも描けるようになるでしょうか。こんな素敵な絵」

「きみは絵を描くの？」

「はい。美術部なんです。いまはいろいろあって、なかなか描けないんですけど」

「絵は訓練で描けるようになるよ。——ぼくは絵の先生もしているんだよ。そこのプロフィールに書いてあるけど。よければ教えてあげるよ」

ぼくがさくらに名刺を渡すと、さくらは携帯電話を取り出して、そこらのメモに番号を書いてくれました。中学生で携帯電話を持っていることには驚きましたよ。

「わたし、さくらっていうんです。中学二年生です」

「名字は？」

「筧っていうんですけど、あまり好きじゃなくて」

さくらは澄んだ声で言いました。

何か事情があるんだろうとぼくは思いました。不登校だっていうのも、おそらくそのせいだろうと。おどおどするようなところがなくて、大人っぽかったです。美人すぎるから、同年代の友達がいないのかもしれないと思いました。

さくらが行ってしまうと、いつのまにかうしろにいた、泰之が言いました。

「――いまの、奥さんに内緒っすか」

口は挟みませんでしたけど、やりとりを聞いていたんですね。ぼくが名刺を渡したとき、すかさずペンとメモを差し出したのも泰之です。

泰之は大学生で、教室には通いはじめたばかりでしたが、時間があるというから手伝ってもらっていました。先生と生徒というより、先輩と後輩ですね。

ぼくは苦笑しました。なんて下世話なことを言うんだろうと。

「彼女、モデルにいいと思わない？」

「俺は好みじゃないですね。モデルにするには綺麗すぎる」

「しかし、似顔絵を描くわけじゃないからな」

「それにしても強烈です。ほかの人物が描けなくなる」

ぼくが黙ってしまうと、泰之は肩をすくめるようにして言いました。

「まあ俺は、無色透明なのが好きだから」

連絡をしたのはぼくからです。このあたりは申し開きできません。

携帯電話に電話をして、モデルになってもらいたいと言うと、さくらは、よくわからないけれど、絵を教えてもらいたいので教室に行きますと言いました。

ぼくは、さくらが気に入ったという絵を持って、待っていました。

セーラー服の少女たちの絵。モデルは友菜です。

ぼくと友菜は、ぼくが美大の一年生、友菜が誠華学園高等部の二年生のときに知り合ったんです。ぼくがさくらをモデルにして描きたいと思ったのも、十代だったからです。

友菜は大学を卒業と同時に結婚して、すっかり主婦っぽくなっていましたからね。

友菜とはじめて会ったとき、彼女は弾けるように美しかった。さくらとは違う美しさです。

ぼくは人を描きたいんです。人の鮮烈な表情に魅了されます。少年少女に惹かれるのはまっすぐだからですね、いろんなものが。

深い意味はなくぼくはさくらにその話をしました。ぼくは妻帯者だし、モデルになってもらいたいだけで、怪しい目的はないと伝えるつもりでした。

「これ、奥さんの絵なんですか？」

「そうだね。どれが彼女だというのではないけれど。友菜はとても綺麗だった。美大の文化祭に来たんだけどね。鮮烈だったよ」

「鮮烈って、どういう意味ですか？」

「印象的で、忘れられなくなるような感じ。友菜はセーラー服を着ていた。ぼくは屋外で飲み物を売っていたんだけど、ニコッと笑って、よろしくお願いしますって言った。健康的で、夏の太陽に映(は)えて、とても可愛かった。描いてみたいと思った。だから、飲み終わったころにもう一度声をかけた」

「先生、すぐ描いてみたくなっちゃうんですね」

「そうかもしれない」

「わたし、自分がこの制服を着た絵を、見てみたいな」

「着るもののことは考えなくていいよ。なんでもいい」

「何も着ないでいいってことですか？」

まさか。ぼくは慌てましたが、さくらは何も考えていなかったようです。夢見るように絵を見つめて言いました。

「セーラー服って憧れなんです。着られるなら、モデルになってもいいな」

マンションのクロゼットの奥にある友菜の制服を、ぼくはこっそりと持ち出しました。友菜に言ったら、いやがられるのはわかっていましたから。友菜は小学校から大学まで、生粋の誠華学園育ちで、制服も全部とってあるんです。

友菜の制服はさくらにぴったりでした。手入れがよかったので、古びてみえることもありません。さくらはとても喜んで、教室の中で何回もくるくると回りました。

さくらにはそのとき空いていた土曜の午前中に来てもらうことにしました。

友菜には言いませんでした。

制服のこともあったし、中学生を雇うというのはモラルとして問題になるのはわかっていました。妻はエキセントリックなんて言葉とは無縁だし、ぼくの気持ちは説明したってわかってもらえません。俗っぽい方向に考えるでしょう。それがいちばん嫌だったのです。

さくらは、最初のころはじっと椅子に座ってポーズをとっていましたが、一か月もたつと部屋の中で本を読んだり、落書きみたいな絵を描いたりして、ぶらぶらと過ごすようになりました。それだけでもぼくは十分だったのです。ぼくはさくらの姿かたちを写し取るのではなくて、彼女の持つ雰囲気を感じ取りたかったので。それがぼくにとってはモデルになるということなのです。

学校の美術部にはあまり行きたくないと言いました。そのときだけは少し、暗い表情になってね。美術部の先生からもモデルを頼まれているのだけれど、気が進まない。シューマ先生のほうがいいって。

きいたら大学を出たばかりの若い男性だっていうんで、ついつい、その先生には気をつけろって言ってしまいましたね。

モデル料も出すつもりだったのですが、さくらは要らないと言いました。一週間に一度、ここに来るだけでとても楽しいからと。正直、助かりました。当時、事務は友菜がやっていたので、お金を払ったら友菜に言わないわけにはいきませんから。

もし友菜にばれたら、不登校の中学生に一週間に一度、通う場所を与えてやっている。これはボランティアなのだというつもりでした。

そのときはさくらに絵はそんなに教えませんでした。デッサンの古い本をあげたりしたくらいです。画材だけはいくらでも買えたので、友菜にばれないように、自分の安いスケッチブックと一緒に小さなスケッチブックを買って、さくらにあげたりしました。

出かけることはあまりなかったな。さくらは外でお茶を飲むよりも、先生の淹れるコーヒーがいちばんおいしいと言いました。

知り合ったのが春で、一か月くらいたったころに、泰之と変な話をしました。

「おかしな子ですよね。さくらって」

さくらのことはほかの生徒には知らせていませんでしたが、泰之だけはさくらを知っていました。土曜の午前にも泰之だけは来て、自分の絵を描いていました。

今思うとぼくは、泰之に知らせておくことで、万一のときのいいわけにしていたのかもしれません。

　泰之はいい家のおぼっちゃんなんだけど、どこか斜に構えているというか、悟ったところがある男でした。ぼくの意向をくみ取って、事務や掃除をする友菜と会う機会があっても、さくらのことはまったく口に出しませんでした。

「確かにエキセントリックではあるね」

「先生も言われているんですか？　ヌードモデルやりたいなんて」

　ぼくはびっくりしました。ヌードモデル？

　しかし、泰之を問い詰めないだけの理性は保ちました。

「――ということは、泰之も？」

　かろうじて言ったのは、ぼくなりの矜持というものでしょうか。

　さくらが泰之と個人的に話しているのも初めて知りましたが、ぼくではなくて、泰之のほうにさくらがそんなことを頼んだというのは、ショックでした。

「困っちゃいますよね。中学生なんだから、いくらモデルって言ったって、脱がせたら犯罪だって。エキセントリックっていうより、ちょっとおかしいんじゃないのかなあ、あの子」

「冗談なんだよ。ぼくには冗談だって言った。からかって遊んでいるんだよ」

「男ふたりが、中学生にからかわれるのって切ないっすね、先生」

そしてぼくはすぐに、さくらを問い詰めましたよ。

いくら冗談にしても不用意すぎる。ぼくはいいけど、泰之は十九歳なんですよ。さくらと五歳しか違わないんですよ。

――と考えて、ぼくとだって十三歳しか違わないんだなと……さらにいったら、さくらに言い寄っている美術部の先生とだって、十歳くらいしか違わないんだなと、あらためて思ったわけなんですが。

「泰之さんが、そんなことを言ったんですか？」

さくらは目を見開いて、大きな目をうるませました。

土曜日の午前に、教室でね。さくらに早めに来てもらったんですよ。話があるからと。

「ということは本当なの？」

「本当だけど……」

「本当なのか」

ぼくは怒りを覚えました。自分でも何に対して怒っているかわからなかったのですが。

「――ごめんなさい」

さくらの真っ黒い目に、みるみるうちに涙が浮かび上がりました。

「ごめんなさい。わたし、本当は、シューマ先生に描いてもらいたかったんです」

「――ぼくはヌードなんか描かないよ。そういうのは絵を見ればわかるじゃないか」

「だから、いえなくて。それで、泰之さんに」

さくらはぽろぽろと涙をこぼしながら言いました。

「わたし、先生の絵の中に入りたいんです。先生に描いてもらいたい。ずっと、絵の中に入って、何も考えないで、時間を止めていたい。それがわたしの夢なの」

ええ、とても可愛かったですよ。瞳が真っ黒でね。暗がりの猫の目みたいでした。

「――なにを、ばかな。できないに決まっているじゃないか、そんなこと」

ぼくはかろうじていいました。

さくらが可哀想でね。詳しい事情を話すことはついになかったけど、両親の仲が悪くて、放っておかれていることは知っていましたから。

ハンカチを差し出すと、さくらは目を押さえて、小さな声で言いました。

「シューマ先生、ありがとう。わたし、先生が好きだった」

さくらはそのとき、ちょっと胸の開いた服を着ていてね、ちらりとふくらみが見えました。それを見て、ぼくはもうさくらをモデルにすることはないと思いましたよ。

いくらなんでも、いいわけができないだろうと。

同時に、さくらの持っていた陰の気配はこれだったのかと。

魔性の女だったんですよね、さくらは。十四歳にして。なんていうか――セクシーだったんです。道ばたにぽつんと咲いている、ものすごくきれいな花みたいです。摘んでしまいたくなる。

制服ですか？　返してもらいそこねました。

夏と冬、両方。催促しても絵が描きあがるまでといって返してもらえなかったし、言おうと思うと決まって何かあって、言いづらくなるんです。

そのときさくらとはいったん切れて、次に会うのは高校になってからです。

友菜は今も気づいていないはずです。中等部の制服がないことに。

高校になってさくらが教室を訪ねてきたとき、腰が抜けるかと思いました。

十六歳でした。冬用のセーラー服を着ていました。

「権田さくらと言います。誠華学園高等部の一年生です。はじめまして。よろしくお願いします」

はじめまして、って言ったんですよ。本当に。

中学校のときは人目を忍んでって感じだったけど、そのときは堂々としていて。

教室には誰もいませんでした。二年前とはカリキュラムも変わっていましたけど、さくらは誰もいない時間を調べてきたようです。

そのことはあとから聞きました。妻から。家に帰ったら、今日権田さんって方から、教室のカリキュラムについて教えてほしいって電話があったわよって。

それを聞かされたぼくの気持ちがわかりますか。まったく大胆な子です。名字が変わったのは両親が離婚したからだとあとで聞きました。

「尾野内先生のブログを読みました。普通の子がいいって。だから、モデルをさせていただけたらと思って」

「普通の子って……」

ぼくが当惑していると、さくらはマンションの鍵を、がちゃりとかけました。

それから顔をあげて、冷静な声で言ったんですよ。

「シューマ先生、あのね。わたし、美大に入りたいんです。そう決めたんです。あのときの約束、覚えていますか？」

はじめまして、と言ったその口で、あのときの約束ってね。まるで、マンションの鍵をかけたとたんに、言ってもよくなったと思っているみたいに。

約束なんてした覚えはないのに。

久しぶりだね、さくら。といえばいいのはわかっていました。わかっていましたよ。ほかの生徒が来るかもしれないから、とマンションの鍵を開けるべきでした。

ソファに座らせて、コーヒーの一杯でも飲ませてやりながら、教室の事務的なこと――月謝の話や何かをして。ご両親は知っているの？　本気で美大へ行く気なら、それなりの努力が必要なんだよ、と話して。

そんなことには慣れているはずだったんです。

だけどね。ぼくはそれをしませんでした。

さくらがあまりに綺麗だったし。当然のように部屋に入ってきて、これから何をするかってこともわかっているような気がしたから。

「覚えていますか？　シューマ先生」

さくらはソファの前でセーラー服に手をかけて、一枚ずつ、脱いでいきましたよ。

下着姿になってね。本当に全部。

最後の一枚を脱ぐときだけ、少しためらっているみたいでした。

「早く脱げよ」

そう言ったのはぼくです。自分でも聞いたことがない、乱暴でかすれた声でした。

最初の一発は相手に撃たせる。それがさくらのやり方なんです。

ぼくはね――。

ぼくは、結婚するつもりでした。さくらと。

　当時、友菜は妊娠していました。それから出産して、育児が始まって。家に帰っても身のおきどころがなかったんです。

　友菜は社会に出たことのない女だから世間知らずで、話すこともそんなになくて。ぼくはさくらのことばかり考えて、携帯を握りしめて、暇さえあれば教室に行っていましたよ。

　そうでなくてもぼくは焦っていました。友菜も友菜の両親も、ぼくにそろそろ自分の絵を諦めて、教室のほうに本腰をいれてもらいたがっていました。教室の初期費用はほとんど友菜の両親に出してもらっていましたし、どんなに友菜がぼくをたてようとしたって、首根っこを押さえられているような感覚はありました。

　それが、さくらと会うことで解消されたんです。

　友菜とさくらが教室で鉢合わせしたときなんか、爽快ですらありましたね。

　さくらは礼儀正しい高校生そのものだし、友菜は理想的な母親で。ぞくぞくしました。意趣返しっていうんですか。

　ふたりでもう一度やり直す。そういう日は、友菜にも子どもにも優しくなれるんですよ。そう思うだけで心が躍りました。さくらだって家庭がうまくいっていないんですから、同志みたいな感じもありました。

　ぼくはさくらが美大に入学したタイミングでそうすると決意していました。

さくらにほのめかしてみると、ありがとう、わたし頑張るって言ってくれました。

どうしてそうしなかったのか――。

それは、以前、お話ししたとおりです。さくらには美大が無理だとわかったからです。口ばかりで努力をしない。

それからね、他の女子生徒の話を聞いたりして。たぶん、誠華学園の高等部にいるっていうのも嘘なんじゃないかって。

あるときさくらは、無邪気にぼくに言いました。

「ね。わたしを美大にいれて」

「努力しなきゃダメだよ、さくら」

「でも、わたしが美大に入らないと、先生とやり直すことができなくなっちゃう」

さくらは裸でした。ホテルの大きなベッドに横たわって、頬に手をあてて、無防備な表情でぼくを見るんです。

黒いガラスみたいな、無垢な瞳でね。

「あのね。東都美大って、先生の知り合いがいるんでしょう？　その人に会わせて」

「会って、どうするつもりなんだ？」

「だって、どうしても入りたいんだもの」

「だから無理なんだって！　そんなにいうなら、もっと頑張れよ！」

さくらはびっくりしたように目を見開いて、ごめんなさい——と言いました。ぼくはあわててさくらを抱きしめて、こっちこそ乱暴なことを言ってごめんって言いました。さくらはぽろぽろと涙を流してね。胸に涙が落ちて、腰へ向かって滑っていきましたよ。

そのときになんだろう、ダメだと。

もうダメだと。どんづまりだ。これは今ここだけの夢で、未来はない。俺は最低のことをしていると。

それから先は、以前お話しした通りです。

彼女の叔母が来て、さくらは去っていきました。

最後に会った日、さくらはまた、涙を流しましたよ。

「シューマ先生、ひどいよ。わたし、どうしたらいいの。もう描けない。美大に行けない。先生のせいだよ」

ぼくはさくらを抱きしめました。最後だということはわかっていましたから。力いっぱい抱きしめました。桜の中で。

ぼくはさくらを愛していました。それは嘘ではありません。それだけは。

さくらのことは、いまでもときどき思い出します。

最近はテレビに映らなくなって、ほっとしました。

あれは、夢のような日々でした。

＊＊

安い赤ワインが一本、空になっていた。いつのまにか。

わたしはしばらく言葉が出てこなかった。

げんなりしていたというのもある。

妻子ある四十代の男に、妻以外の相手との純愛話を目をうるませて語られたのだ。女ならだいたいそうなると思う。相手が中学生ならなおさらである。聞かなければよかったとさえ思った。

さくらのストリップのくだりは、わたしにも覚えがある。

どうしたら魅力的に脱げるか。真面目な美術教師を誘惑するのにはどうしたらいいか。わたしとさくらはふたりで研究したのだ。さくらは中学校一年生、わたしは三年生だった。

冗談のつもりだったのに。さくらは実践に移していたのだなあ——そして効果があったのだなと。わたしは妙なところで感心していた。

人を魅了することについて、さくらは律儀だ。みんなが思うだけでしないことを行動に移す。もしかしたら、それを試してみたいがゆえに、シューマと関係をもったのではないかと思うほどだ。

見返りはセーラー服と美大の卒業証書のコピー。

若い体の代償としては安いほどである。

「――バカみたいですね。ここまで話すつもりはなかったんです」

シューマは深く息を吐き出しながら、最後のワインに口をつけた。

そうですねとも言えず、わたしはあいまいにうなずいた。

「それからはもう、一度も会っていないんですね」

「はい。――あ――何年か前、弁護士の男性が来たことがありました。さくらについて教えてくれって」

「弁護士というと、結婚詐欺の関係で？」

「詳しくはわかりません。いい子だったって答えておきました。それだけです」

シューマはかたわらの黒いバッグをあけて、スケッチブックとカンバスを出した。

「絵――あるんですよ。あのときは見せられなかったけれど、見ていただけますか」

少し酔っているようだったが、手つきは慎重だった。シューマはスケッチブックとカンバスをわたしに渡した。

カンバスは油画だった。大きな瞳をした少女の絵である。

背景は青。斜め向こうに顔を向け、目だけをこちらに向けているが、焦点が合っているのか合っていないのかわからない。黒髪が額から鼻のあたりにからみついている。全体的に暗いので、少女だけが光っているようだ。荒ぶる絵の具が顔の上で混ざり、黒目がちの瞳だけが大きく光って、不思議な迫力となっている。

セーラー服ではなかった。もしかしたら、何も着ていないのかもしれない。

「いい絵ですね」

わたしは言った。絵のことなどまったくわからないのだが、本当にそう思った。

「ありがとうございます」

シューマは今日、はじめて笑った。ほっとしたように。

「これまでどこかに出したり、展示したりしたのですか？」

「個展には出しました。欲しいという方もいたのですが、お断りしました。値段が折り合わなかったというのもあるけど、なんでしょうね。手元においておきたかったんですよ。友菜は、売ってしまえばいいのに、と言っていたけど。——こっちは誰にも見せていません」

スケッチブックのほうにはもっとたくさんの絵があった。薄い線だけで描いた、うずくまる裸体、立ち尽くす少女のデッサン。赤い服を着て、斜め下を物憂げに見ている顔の水彩画。

大きな瞳とまっすぐでサラサラの髪。肉感的ではなかった。全体的にほの暗くて、裸体であっても清涼な、少女の絵だった。

「公表すればいいのに。素敵だと思います」

「ぼくも、家庭が大事ですから」

シューマはこの絵を見せるためにここに来たのではないかとわたしは思った。

居酒屋を出ると、あたりはすっかりと暗くなっていた。

駅へ向かうエスカレーターを登っているときに、シューマのスマホが鳴った。

メールかＬＩＮＥらしい。スマホに目をやったとたん、シューマの相好が崩れる。

「娘からです。部活でちょっと、面白いことがあったみたいで……」

「美術部なんですか？」

「いえ。弓道部なんです。芸術的な才能はまったくなくて」

「高校生なんですよね。可愛いでしょうね」

「はい。誠華学園に通っています。母親と同じ、ごく普通の娘です。友達もたくさんいてね。よかったと思っています」

「わたしのことはおかまいなく。返事をしてあげてください」

ごく普通の娘とは何か。わたしはシューマと肩を並べて歩きながら考える。

さくらみたいな嘘つきではない、自分の欲望のために男を弄するような女ではないという意味か。シューマはさくらを愛しながら蔑んでいる。

しかし友菜だって、嘘をついていたかもしれないではないか。

夫の心をつなぎとめるために、あるいは別のもののために、見ないふりをしていたのかもしれないではないか。

(十七年くらい前なんですよね。ちょうど優菜を妊娠してたときだから。結婚詐欺なんてびっくりだよね。ねえシューマ君)

尾野内友菜はたぶん、シューマが浮気をしていたことに気づいている。

わたしはそう言うべきかどうか迷い、すっかり父親の顔になってスマホに向かっているシューマを見て、口をつぐんだ。

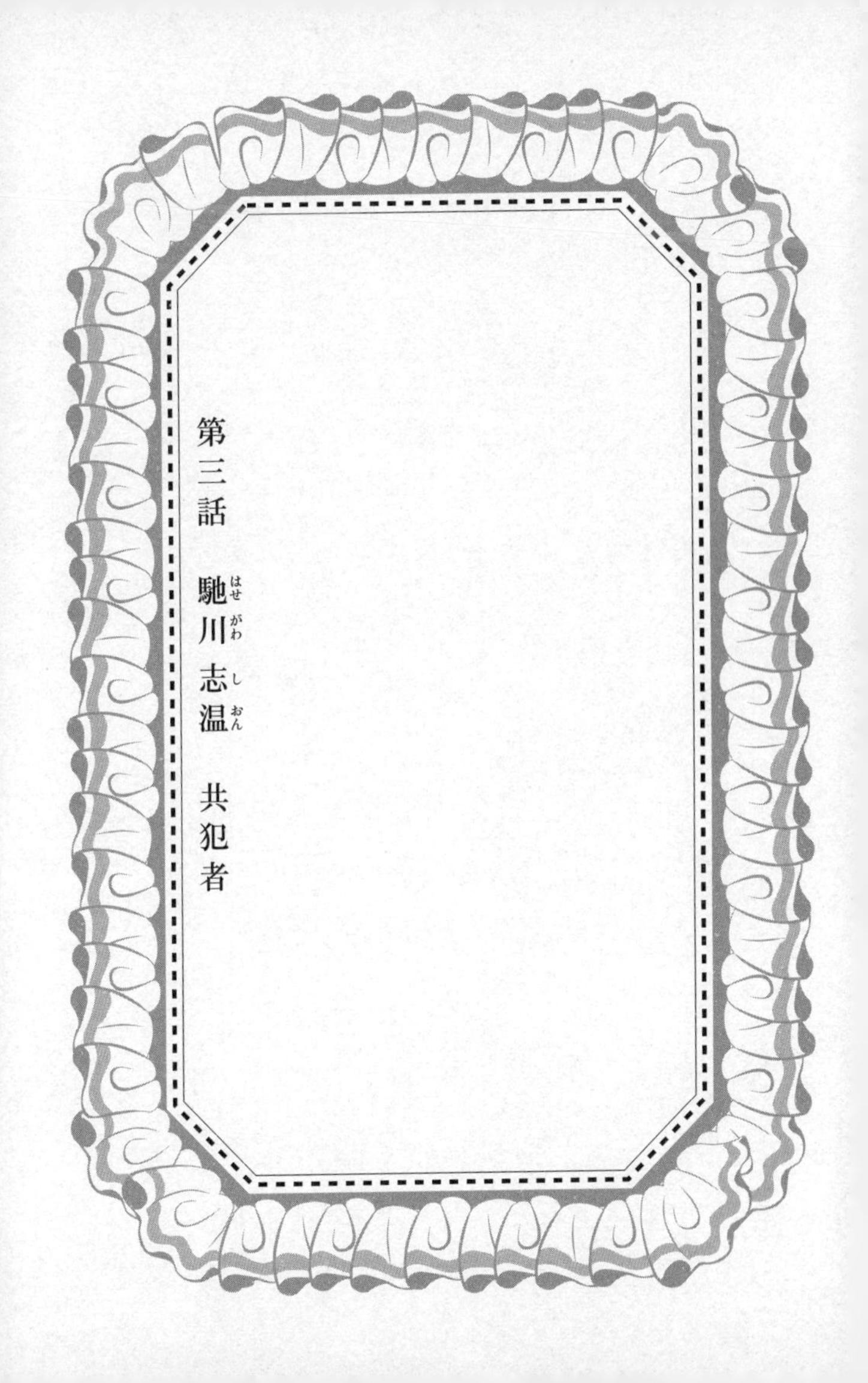

第三話　駛川志温　共犯者

いま修羅場なんですよ。夕方までには仕事場に戻りたいので、手短にお願いします。

あ、いいんですよ。煮詰まってて、気分転換したいところだったから。

畑違いの人と話すのって好きなんです。漫画家の中には変わり者もいますけど、わたしは地に足をつけていたいタイプだから。

あ、読んでいただけているんですか？　ありがとうございます。新作、ちょっと売れ行きがよくなくて、不安なんです。ライターさんならわかっていただけますよね。

それで――ああそう、さくらですね。ｓａｃｒａ、権田八重子。

知り合ったのは専門学校です。山野手イラストレーション&クリエイター学院。ご存じないでしょうか。その手の学校の中では中堅どころの専門学校です。わたしはデビュー前、そこに二年間、通っていたんです。

わたしはずっと、漫画家になりたかったんですよ。

　中学校のときはノートに漫画を描いていました。頭に浮かぶエピソードを描いただけの、落書きに毛がはえたみたいなものを。漫画が大好きだったんです。ジャンルなんて関係なく、少女向けとか少年向けとかも考えず、片っ端から読んでました。

高校で漫研に入って、プロットやネームとかを真面目にやりはじめて、持ち込みも二回くらいしてみましたが、遠回しに断られてしまいました。

それでいったん諦めて、就職しました。印刷会社の営業事務です。とにかく正社員にならないと親が納得しなかったんです。

親は看護学校に行ってもらいたかったみたいだけど。わたしは漫画を描きたかったし、妹がいるので、適当な大学に入ってお金を使うのはもったいないですから。妹はわたしと違って優秀なんです。

美大？　まったく考えてなかったです。美術をやりたいわけじゃないし。漫画家で美大を出ている人って少ないんじゃないでしょうか。

働きながら描いて、ちょこちょこと投稿しても全部、最終選考に行きませんでした。講評で、いちばん自信を持っていたところをダメだって言われて、もう諦めるしかないって考えていたら、あるとき会社で、ワーッとなっちゃったんですよ。

なんかね。仕事中に。もう嫌だ、なにもかも嫌だ、わたしは漫画を描くんだ！　ってなっちゃって。漫画描けるならほかに何も要らない。幸せになれなくてもかまわない！　って。

だったら頑張ってみようと思って。会社辞めて、親から学費を借りて、二十一歳のときに専門学校に入りました。

当時はね、ちょっとSFっぽい設定のを描いてたのかな。男ばっかり出てきて、最後にどんでん返しがあるみたいなの。ストーリーは今とまったく違ってたんですよ。

二年生になったとき、今年、すっごく綺麗な子が入ってきたって話を聞きました。芸能人みたいで、なんでこんなところにいるのか不思議だって。クラスの男子が一緒の写真をとったとか、そういう話をしていました。

あの学校、女子は可愛い子が多かったんですよ。手作りのドレスを着てたりして、みんなおしゃれでした。

高校のときの漫研は地味な子ばかりだったんで、そういうものかと思っていたんですが、専門学校に行ってから、みんなで普通に遊びに行ったり、彼氏を作ったりしているのを知って驚きました。

わたしはそういうのとは無縁でした。学校と、コンビニのアルバイトと、課題を仕上げるのに忙しくて。ただでさえ年上だし、髪とか化粧とか服とか、手をかけられませんでしたから。かけてもそんなに変わらないしね。コンタクトにしたときもあったんだけど、合わなくて結局、眼鏡に戻ってしまいました。

太ったり目が悪くなったりするのは職業病だと思います。逆に、なんでみんながあんなに可愛くしていられるのか不思議です。

同人誌は好きじゃないんです。漫研では出してましたけど、みんなでワイワイやるのに興味がなくて、ひとりで描くのが好きでした。友達と批評しあったりするのは向いてないって思っていました。

漫画の好みも変わっていたから、わたしが話すと、なにそれ？　って感じになっちゃうし。

古い漫画が好きなんです。昭和の漫画。

寛誠一郎――好きですよ。しましまユカロン。たてじまミカロン。みずたまデカメロン。しましまパワー！　けっこうシュールな話もありましたよね。

結局、さくらって寛誠一郎の孫なんですか、そうじゃないんですか？

どっちでもいいことですけど。

で――とにかくわたしは漫画家になりたくて、学校には熱心に通ってたんです。あのころは学校行って、アルバイトに行って、課題仕上げて、学校の紹介でたまにプロの漫画家のアシスタントをさせてもらったりして、ほかのことはなんにもできなかったです。

専門学校の思い出が何もないんですよ、わたし。さくらに会うまでは。

だからさくらに感謝しているのか、って言われると複雑なんだけど。

なんかね、さくらの思い出ってカラーなんですよ。

わたしは子どもの頃からずっと地味で、友達も地味で、遊ぶのも好きじゃなくて、こつこつと漫画を描いてきたんです。そこまでが白黒で、二十二歳のときにさくらが出てきて、突然、パッとフルカラーになる感じなんです。

学校に、作業に使える自習室っていうのがあったんですけど、あるとき、そこにさくらが来たんですね。

授業は終わっていたので、アルバイトの時間まで描こうと思って席を探してたら、突然、ものすごく可愛い子が駆け寄ってきたんです。

「馳川さん！　馳川志温さんですね。『卒業――ひとりだけのリオ』、読みました。わたし、ファンなんです。握手してくれますか」

『卒業――ひとりだけのリオ』ってのは、わたしが描いた漫画です。当時、学校が定期的に発行していた作品集に載っていたやつ。

載るのは優秀作品だけですが、生徒の数が多いのでけっこう分厚くて読むのも大変なの。わたしのはコミックアート科の、最初から三番目くらいのところに載っていました。

時空のはざまに入りこんでしまって、そこから抜け出そうともがく女の子の物語。その日は卒業式で、里緒って主人公は毎日、同じ1日をすごすんです。タイムループものと脱出もの、学園ものを掛け合わせた感じの漫画です。十六ページだったかな。リオって檻の意味もあるんだけどわかりますかね。

さくらは作品集を読んで、わたしが自習室に来るのを待ち構えていたんです。

可愛い子ってすごいですね。歩いてくるだけでみんなが見る、注目が集まるんですよ。

声をかけられたわたしもついでに見られて、決まり悪くなっちゃうくらい。

「い、いいけど」

「嬉しい」

さくらはニコッと笑いました。

「わたし、さくらっていいます。馳川さんの漫画、好きなんです。今度、一緒にお出かけしませんか？　お話ししたい。携帯の番号、教えてください」

「いいけど」

わたしとさくらは、携帯の番号を交換しました。

さくらは慣れてたけど、わたしはぜんぜん慣れてなかったです。モタモタしちゃってね。携帯って、家族とアルバイト先に連絡とるためだけのものだと思ってました。

「嬉しい。連絡しますね」

さくらは可愛かった。それまで、ちょっと可愛いと思っていたほかの子がかすむくらいでした。

当時十九歳くらいだったのかな。目が真っ黒でキラキラしてて、髪がサラサラで、肌が透き通るみたいで。ほかの人はアシスタントが描いたモブシーンの下書きで、さくらは作者がくっきりはっきりペン入れした主人公って感じ。

さくらがいなくなったあと、わたしをじろじろ見ている人もいましたね。さくらは有名人だったので。

恥ずかしかったですけど誇らしかったです。作品集にはたくさんの漫画が載っていたけれど、さくらが選んだのはわたしの漫画なんだって。

でもそのあと家に帰って、自分の部屋で鏡を見たら、落ち込みました。

肌も髪もなにもかも、あまりに汚いんで。下書きはわたしだって思った。

それまで美容のこととか考えたことがなかったんですけど。

やめろって言う人もいたんですよね。

さくらにはいい評判がないって。男をとられるとか、課題をまったく仕上げないのに、先生を言いくるめて出したことにしちゃうとか。だから馳川さんのことも、利用するつもりかもしれないよって。

馳川さんの漫画は面白いよって言いにくる人もいました。さくらって人のことはよくわからないけど、面白いのは本当なんだから、自信もって描きなよって。

もちろん気にしませんでしたよ、どっちも。とられる男なんていないし。それまで話したこともなかったのに、さくらが近づいたからってわたしの漫画を誉めだす人のほうこそ、うさんくさいんじゃないかと思いました。

はじめてさくらのマンションに行ったときは、びっくりしました。有明のタワーマンションの中階層の部屋でね。生活感がない部屋でした。部屋は三つくらいしかないんだけど、家具がヨーロッパ製っぽくて。モデルルームみたいなの。

さくらって、お金持ちなんだなあと思いましたね。

「ひとり暮らしなの。狭くてごめんね」

さくらはコーヒーを淹れるのが好きでした。銀色のぴかぴかしたポットがあって、ていねいに淹れてくれるんです。カップは豪華だし、豆もいろいろあって、特別にどこかで煎ってもらったとか、楽しそうに話していました。

それなのに、自分の分は適当なんですよ。百円ショップに売っているようなマグカップに安いティーバッグを放り込んで、お湯と牛乳を入れて、そのまま飲むんです。

となりの部屋を見せてもらったんですが、壁いちめんが本棚でした。窓際にパソコンとプリンターが一式あって、イーゼルや石膏像や、スケッチブックなんかも置いてあって。反対側の壁には絵が飾ってありました。

仕事部屋って言っていたけどすごく綺麗で、作業している感じがないんです。デジタルでやっているにしては画材がアナログだし、全体的に、なんかアンバランスだなあと思いましたね。

本棚には筧誠一郎の漫画が全部並んでいました。古いやつが。さくらのイメージと合わなくて意外でした。

「筧誠一郎が好きなの？」

「祖父なの」

さらっと言われたので、びっくりしました。

「知らなかった」

「言わないようにしているの。学校でそういうことを言ったら、うるさくなるでしょう。しましまユカロンって、わたしがモデルなんだよ」

さくらはそう言って、古い雑誌のコピーを見せてくれました。

筧誠一郎が、ボーダーの服を着た小さなさくらを抱いている写真がついていました。わたしも知っている雑誌だったし、筧誠一郎は嬉しそうに、しましまユカロンは娘と孫をモデルにして描いているって語っていましたね。

ええ、さくらの顔でしたよ。小さい頃から可愛かったんだなって思いましたもん。言われてみれば、しましまユカロンってさくらですよね。目をきらきらさせて、おしゃべりで、いつも楽しそう。ふりまわされても、可愛いから許しちゃう。

飾ってあった絵ですか――あ、セーラー服の女の子、ありました。額縁に入っていたけど、写真を引き伸ばしたか、カラーコピーだと思う。中学校の全国大会で賞をとったものだって。桜が咲いて散っていく絵。いい絵だと思いました。

猫もありましたよ。さくらねこの原型ですね。これも写真。両方とも実物は母親が怒って燃やしてしまったとか。おじいさんとおかあさんとの仲がよくなくて、母親が絵を描くのをよく思わないらしいですね。

それよりも、わたしはスケッチのほうが好きでした。

少女の絵です。裸の。瞳は大きいのに、ガラス玉みたいでね。静かなのに燃えるようでした。こっちを見ているんだけど見ていないの。さくらだってすぐにわかりました。たくさんありました。中学と高校のときに描いた自画像だそうです。

あれは、コピーじゃなくて本物だったと思う。スケッチブックから破ったんでしょうか。特に高校になってからのがすごくて。がんと来たっていうか、胸をうたれました。ひょろひょろした線の絵なのに立体的で、なんか寂しそうで、生きている感じがするんです。漫画とは違う、わたしには描けないとはっきりと思いました。あの絵は今でも、もう一回見てみたいくらい。

「中学校と高校とで、絵が変わったんだね」

「勉強したから」

さくらはマグカップを持ってわたしのとなりに並び、しんみりと絵を眺めました。

「ずっと美術教室へ行っていたの。デッサンばっかり、毎日何十枚も描いたわ。高校時代はそればかり。友達もいなくて、遊んだこともなかった。でも、東都美術大学に入ってから、やっぱりわたしのやりたいのはこれじゃないと思って」

「東都美大に入学したの？」

「うん。でもやめて、専門学校に入り直したの」

額縁のとなりにはさりげなく、誠華学園高等部の卒業証書も飾ってありました。

聞いたら、小学校のときから誠華育ちで、中学校のときに両親が離婚して、母親の実家――筧誠一郎の家ですね――に預けられたとき以外は、ずっと誠華だったと。

美大をやめて専門学校に入り直したなら学年が合わないのですが、不思議には思いませんでした。優秀だから、きっと特例で入学できたのだろうと思いました。

「お母さんは絵を描くのをよく思っていないのに、よく入らせてもらえたね」

「叔母さんが応援してくれるの。元祖ユカロン。この雑誌にも出ている人なんだけど。それから、美術教室の先生が、わたしには才能があるから諦めちゃダメだって言って、親に内緒で、特待生にしてくれたの」

わたしは平静を装っていましたが、内心は打ちのめされていました。

美貌と才能とお金持ちの家と、応援してくれる人たち。持っている人はなんでも持っているものです。両親が離婚して理解がないのは可哀想だけれど、祖父が有名な人だということを考えると、それすら選ばれた苦悩のように思えました。

猛勉強して美大に入って、それをあっさりやめるというのもかっこいいし。

わたしには応援してくれる人なんていませんでした。両親も妹も、漫画家なんてなれっこないって言っていました。高校のときの漫研の友達は、わたしが漫画を諦めていないのに呆れていました。

あえていうなら、月音——あ、さくらと友達になったときに、馳川さんの漫画は面白いよって言いにきた子です——は、応援してくれていたと思いますけど。わたしと同じく地味だし、漫画は、学校の作品集にすら選ばれないレベルの子です。

「さくらちゃんは、漫画家になりたいの？」

わたしは尋ねました。

さくらは前を向いたまま、こくりとマグカップの紅茶を飲みました。

「わたし、考えるのって苦手なんだよね」

さくらはそう言いました。答えになってないんですが、クリエイター志望の人が進路に迷う気持ちは痛いほどわかりましたから、わたしも黙ってコーヒーを飲みました。

今思うと、それだけはさくらの本音だったのかもしれません。

わたしはそのとき、さくらもわたしと同じなんだと思うことができたんです。

その年の夏ごろに、さくらから、会わせたい人がいるって言われました。

「優美ちゃんの漫画をね、見たいって言っている人がいるの。秀読社の人なんだけど」

わたしの本名は長谷川優美っていいます。さくらは、わたしのことを普段は優美ちゃんって呼んでいました。わたしは、本名はあまり好きじゃないんですけどね。

「おじいちゃんの関係で、知り合う機会があったの。漫画の話になって、優美ちゃんの漫画を見せたんだよね。そうしたら、会ってみたいって」

「——本当に？」

わたしの声はうわずっていました。

持ち込みは高校のとき以来、したことがありませんでした。そのときの経験で、もしも目の前で自分の漫画を否定されたら心が折れちゃうと思ったから。

賞に応募するのも怖くて、満足できる作品が描けるまでと思って引き延ばしていたんです。何回か落ちたことがあって、傷ついてましたから。

それが、大手の出版社の人が漫画見て会いたいって。涙が出ましたね。

家に帰って、思わず妹に報告しました。

そのころうさぎを飼っていてね。今は死んじゃったんだけど。高校のときペットショップで一目惚れして、ふたりで親に頼み込んで買ってもらったの。

ウサ吉っていうんですけど——ベタな名前ですみません——妹はケージのそばに座りこんで、イヤそうな顔で言いましたよ。

「その話本当なの？　その子って、すごく可愛いんでしょ。お姉ちゃんの漫画をだしにして、自分を売り込みたいんじゃないの？　お姉ちゃん、ここまでひとりで頑張ってきたんだから、意地通しなよ」

わたしは腹がたちました。

妹は二つ下ですが、順調な人生を送っている子です。頭もよくて彼氏もいて。わたしの気持ちなんてわかりっこありません。

「別に、だしにできるような漫画じゃないし」

「そうでもないよ。うまくなったじゃん」

妹はわたしをバカにしています。わたしはウサ吉におやつの人参をあげるふりをして、返事をしませんでした。

やっぱり妹にこんなことは話すべきじゃなかったと思いました。いくら順調といっても、さくらとは比べものにならないくせに。

秀読社のことは——佐伯さんのことは、本当は話したくないんです。

いえ、そういう意味じゃなくて——。今は、恨みとかはないんです。

信じてもらえないので。話を盛っているんだろうって思われちゃうんですよね。わたしも、あんなことが本当にあったのかなって思うこともあります。

　佐伯さんと待ち合わせたのは夏でした。池袋のカフェです。わたしは前の続きの話、『同級生――ひとりだけのリオ』の原稿を抱えていました。

　さくらは大きな黒いバッグを持っていました。美大のマークが入ったやつ。待ち合わせたファミレスで、さくらが原稿を見せてって言って、すごいね面白いねって喜んで、そのままバッグに入れて、打ち合わせのカフェへ行きました。

　そして、佐伯さんに、その原稿を差し出したんです。

「これ、『卒業――ひとりだけのリオ』の続きです。第二章で、今度はクラスメイト側の話。わたしと長谷川さんと、ふたりで描きました」

って。

　そのときに、これは全部、わたしが描いたんですって言えばよかったと思うんですね。でも、え、え？　って思っているうちに話が進んでしまって。

　佐伯さんは、ここがいけないとか、ここがいいとか、的確な指示をして、さくらははいはい、なるほど、って聞いていました。

「どういう分担でやっているの？」

「わたしがもっぱら絵で、長谷川さんがストーリーです。もちろんお互いに意見を言い合って、流れを決めているけど。ネームは長谷川さんが七、わたしが三で切ってるって感じ」

「ふたりでやるの、大変でしょう」

「そうでもないですよ。学校の自習室は好きなように使えるし、お互いのやりたいことは相談しなくてもわかるので。家で描くときは、携帯で連絡をとりあいながらですね」

「この扉絵は？」

「わたしです。下絵を描いたあと、パソコンにとりこんで加工しました。このあたり、うまく縮尺をかけられなかったんですけど、見にくいでしょうか」

「そんなことないよ」

「よかった」

本当にすらすらと話すんですよ。ふたりして。

そういえばさくらはファミレスで、どうやって描いたのか詳しく聞きたがりましたね。

わたしは慌てて割り込みました。

「な、何言ってるの、さくら。これ描いたの、わたしですよ」

「あ、ごめん。この扉絵の下絵は優美だったね。わたしは加工だけです。佐伯さん、言ったでしょう。長谷川さん、すっごく才能があるんですよ。わたしなんて、ほとんどお手伝いレベル」

「ということは、メイン作者は長谷川さんということですか」

「もちろんそうです。ストーリーはね。ね、優美ちゃん」

メインもサブもありませんよ。さくらは何もしてないんですから。デジタル加工だって、わたしが六畳の自分の部屋で、ローンで買った型落ちのパソコンで、深夜に、ひとりでやっているんです。

わたしは動転していました。わけがわからなくて、汗がだらだら流れてきて、脇とか濡れてて、そのことに佐伯さんが気づきませんように――って祈っていました。

いいわけするのは途中で諦めました。佐伯さんはわたしのことをほとんど見なくて、さくらとなめらかに、これからのこととか話しているんで。続きがあるならこうしたほうがいいとか。ここを直して、完成したら新人賞に出せるかもしれないとか。

そんなことを言われたのは初めてです。遮ることなんてできませんでした。

描いているのはわたしなんだし、作品が仕上がったらどうせ事実を言わざるを得ないんだから、そのときに言おうと思いました。

「どうして、ふたりで描いているとか言ったの？」

終わったあと、さすがに怒ってさくらに言いましたよ。

「だって、ふたりで描いているようなものじゃない。優美ちゃんが描いている間、わたしはあれこれアドバイスをしていたし」

「アドバイス？　何言ってんの？」

「応援していたっていう意味だよ。言ってなかったっけ。佐伯さん、さくらちゃんの作品だから特別に見てあげるって言ったんだ。わたし、どうしても優美ちゃんの作品を見てもらいたかったから、ふたりで描いているってことにしたの」

「だったら、これはちょっと手伝ってもらったってことでいいよ。でも次からは、わたしが全部描いてるって、佐伯さんに言ってよ。そうじゃなきゃ、馳川志温はふたりの共同ペンネームってことになっちゃう」

「うん。わかった。佐伯さんにメールしておく。作品は気に入ってもらえたみたいだから、もうわたしがいなくても大丈夫だよね。本当によかった。次の、すごく楽しみ」

わたしは描きましたよ。

新しい作品、『脱出――ひとりだけのリオ』、リオのシリーズ第三話、三十二枚を、バイト休んで本気で描きました。

きっかけはどうあれ、チャンスには違いないんです。佐伯さんはさくらが気に入っているみたいだから、手が入ってなかったと知ってがっかりしたでしょう。だったらなおさら、作品で応えなきゃと思いました。

さくらは、原稿もう出した？　って何回も聞いてきました。自習室においしいお菓子とか、お弁当とかを持ってきて、差し入れだよってくれたりして。

正直、助かりました。食事を買う暇も惜しかったから。妹からは、このマカロン流行っていてなかなか買えないんだよ、なんて言われたけど、頭の中は作品のことでいっぱいで、味わう余裕もありませんでした。

作品ができて、会ってもらいたいっていう手紙をつけて郵送したら、佐伯さんからメールが来ました。

この間は編集部に来てくれて、ありがとうございました、って。

打ち合わせはさくらさんとすませました。長谷川さんはお忙しいでしょうから、無理をしないでいいですよって。

取材も終わったから、原稿をさくらさんの写真につけて少し出せると思いますって。

さくらはね、勝手に編集部に行って、打ち合わせしちゃってたんですよ。わたし抜きで。

そして、どういう伝手(つて)なのか知らないけど、別のファッション誌で取材を受けてたんです。写真つきで。漫画家志望の女の子、馳川志温こと筧さくらって。読者モデルとして。

もう、意味がわからなくて。

アルバイト中だったんで、コンビニのバックヤードで佐伯さんに電話しました。ポテトチップスとかカップラーメンとかが並んだ、薄暗い棚の前です。

わたしは必死で、馳川志温はわたしだけですって言いました。さくらは原稿に手を入てないって。

『ひとりだけのリオ』を、さくらのものとして出さないで。さくらを漫画家志望として紹介したいなら、さくらから原稿もらってくださいって。

佐伯さんは半信半疑で、すっごく迷惑そうでした。じゃあ原稿返しましょうか？　って言われて、そうしてくださいって答えました。

電話を切ったあと涙が出ました。佐伯さんを怒らせたのがわかったから。もうこれで、秀読社は無理なんだって。あんなに一生懸命描いたのに、どうすればよかったんだろうって。店に戻って泣きながらレジを打ってたら、ほかの子が驚いて、休んでていいよって言ってくれたくらいです。

やっとのことでさくらと連絡をとって、怒りをぶつけたら、さくらは言いました。

「ね。『ひとりだけのリオ』、ふたりで描いたってことにしない？」

わたしの文句をひととおり聞いたあとなのにね。けろりとしているんです。

わたしはさくらが怒ったり、機嫌を悪くしたりするのを見たことがありません。

「どういう意味？」

「ファッション誌に出るの、教えるのが遅くなってごめんね。さくらちゃんが雑誌に出ればそれだけで漫画が売れるって言われたから、仕方なかったの。漫画がなくなって、佐伯さん、がっかりしていたよ。今からでも、わたしとふたりで描いたってことにすれば、デビューできると思うんだ」

「デビューしたって、その先どうするのよ」

「これまでと同じように、漫画描くの。優美ちゃん、漫画家になりたいでしょう？」

「わたしの名前でならなきゃ意味ないよ」

「馳川志温の名前は同じだよ。わたしが少し手伝うだけ」

「手伝いなんか要らないよ。さくらはリオと関係ないじゃん」

「最初だけだよ。わたし、頑張って佐伯さんに売り込んだんだよ。優美ちゃんの漫画、大好きだから。佐伯さんも誉めてたし、優美ちゃんなら絶対に認められるよ」

「そんなので認められたくないよ。わたしの漫画、勝手に使わないで」

わたしが言うと、さくらはしょんぼりしました。

「ごめんね。優美ちゃんが喜ぶと思ってた。佐伯さんから急いで打ち合わせしたいって言われて、断れなかったの。わたしが頑張れば優美ちゃんが漫画家になれると思ったんだけど、迷惑だったんだね。ごめんね」

「もういいよ。わたし、もともとひとりのほうが向いているから」

「佐伯さんにもう一回、頼んでみようか。それから、優美ちゃんさえよければ、ほかにも紹介できる人、いるんだけど」

「そういうのいいよ」

話していたのは学校のそばのファミレスでね。

さくらは悲しそうに、わたしをかきくどくんです。まわりの人がちらちらこっちを見ていましたよ。なんだか、可愛い女の子をふる男ってこんな感じかと思いました。

さくらは雑誌に紹介されました。半分くらいのページで。あ——そうですこれです。都内の美大に在学中。祖父は知る人ぞ知る巨匠の漫画家、本人も漫画家を目指して勉強中。近々デビューするかも！

これ評判になったみたいです。モデルよりも可愛いって。

わたしは、馳川志温って名前がなかったから、それだけでほっとしてましたけど。

わたしは不思議なんです。

さくらはテレビにも出ましたよね。読者モデル、アーティスト、イラストレーターって肩書きで。

それなら最初からそこを目指せばよかったのにって。

ちやほやされたいなら、普通に芸能人になればよかったんですよ。なれたと思います。ふたりで歩いていて知らない人に名前を聞かれたときもあったし。佐伯さんもそうだけど、偉い人にかわいがられる子だったから、いろんなところからそういう話、あったと思うんです。

なんでさくらは、絵にこだわったんだろう。

さくらは結局、何になりたかったんだろうって。

わたしがデビューしたのは二十六歳のときです。今も出してくれている出版社に持ち込んで、拾ってもらいました。

ハードな話に疲れて会社の話を漫画にしたら、すらすらと描けちゃって。そのころは派遣社員をしていたんですが、愚痴だけはたまってましたから。

小さい出版社で、若い担当さんだけど、とても親身になってくれて。担当さんのアドバイスで、絵柄を少し柔らかめにして女性向けに描き直しました。

それが単行本になって、なんとかプロの漫画家を名乗れるようになりました。


さくらに連絡したのはわたしからです。

学校を卒業してから自然に会わなくなっていたんですけど、デビュー作が売れて、派遣を辞めたあたりで、連絡してみようかなって。

――なんで会っちゃったんだろうなあ。いいことないの、わかりきっていたのに。

出版社で打ち合わせしてたら、顔見知りの漫画家と会って、映画の試写会のチケットが余っているって話が出たんですよね。

名前は匿名にしてくださいね。高梨ミチオ先生って年上の男性漫画家です。ちょっと偏屈な人なんですが、漫画は本当にかっこよくて面白くて、ずっとファンでした。

馳川さん、友達いる？　って。いないよねって決めつけている感じで言われて。今だったら、いませんよーって笑って言えるんですけど、そのときは意地になって、映画を好きな友達がいるから、二枚くださいって言っちゃったんです。いないことはなかったんですよ。月音を誘ったら、来たと思います。

でもわたしはさくらにメールしちゃって、さくらからすっごく嬉しい！　ってメールが返ってきて、一緒に、映画見に行ったんです。

会うのは三年半ぶりでした。

わたしは緊張したけど、さくらはまったく変わってなかった。

別々に行ったけど同じ会場だから、高梨先生とも偶然会って、挨拶しました。高梨先生は、アシスタントの八名井って人とふたりで来ていました。

そのときの彼らの顔は見物でした。

おどおどしながら見とれてるの、さくらに。

さくらがミニスカートを穿いていて、足がすっごく細くて綺麗だったせいもあると思いますけど。わたしの友達に、こんなに可愛い子がいるなんて思ってなかったんでしょうね。

「優美ちゃんのお友達ですね。はじめまして。さくらって言います。わたしも漫画描いていたんです。でも、優美ちゃんの漫画を見たら、かなわないと思ってやめちゃった。優美ちゃんってすごい人なんです。大好き」

さくらは完璧でした。彼らの前で、わたしを持ち上げてくれました。

「親友なんだ」

「わたしはそう思いたいんですけど、優美ちゃんにとっては違うかも。ときどきごはん食べに行って、愚痴聞くつきあい。先生のお話も伺ってて、憧れていました」

「え、どんな話してたの？」

「どうしよう？　言っちゃっていい、優美ちゃん」

そうやってわたしを見た目が、真っ黒いガラス玉みたいで。

もうね、痺れましたよ。

「この間の話は内緒だよ、さくら」

「えー言ってもいいじゃん。誉め言葉ですよ。優美ちゃんってすごく可愛いんです。漫画を描くときにね、マカロン食べるの。マカロン切れると、持ってこーいって電話かかって来て、わたしが買いに行くんです」

「へー。マカロンってどこに売ってんの」

尊敬していた漫画家が、冴えない中年のおっさんに見えました。

それからはさくらの独壇場です。わたしは笑えて仕方ありませんでした。マカロン持ってこーいって、なんですかそれ。そうか、さくらはずっと、この気持ちよさを味わってきたのかと思いました。

わたしも気持ちよかったんですよ。惨めだったけどね。

でね——思いましたよ。わたしは、この子が好きかもしれないって。

空っぽなくせにね。顔以外、何もないくせに——そのときはまだ、筧誠一郎の孫だって思っていましたけど——徒手空拳で、言葉だけを武器にして、有能な男たちに立ち向かっていくんです、さくらは。

飲みに行こうってしつこく誘われるのを断って、さくらと食事に行きました。

ファミレスです。さくらはファミレスが好きでした。金持ちなのにね。

「さっきはすっとしたな。男って、可愛い子の前だと露骨に態度が変わるんだね。あれなら、ちょっとくらい嘘ついてもいいかなって思っちゃった」

「嘘なんかついたっけ？」

さくらは軽く首をかしげて、ストロベリージュースのストローに口をつけました。

「ついてもいいよ。わたしは気にしないから」

「そう。——あのね。わたし、優美ちゃんに相談したいことがあるんだよね」

さくらはジュースのついた唇をぺろりとなめると、黒いバッグに手をいれました。

黒くて大きなバッグ。意外ですけど、さくらはブランドものに興味がないんです。美大の名前入りのものは好きなのに。服とかも、可愛いけどペラペラのものが多かった。それか、誰かに買ってもらったっぽい高価そうなドレスか、どちらかでした。そのときはペラペラのスカートです。

さくらはスケッチブックとペンを取り出して、白い部分をめくって、わたしに差し出しました。

「わたしもね、いろいろ描いてるの。猫はあるんだけど、ほかのが描けなくて。何を描いたらいいか、迷っているの」

スケッチブックを差し出しておいて、迷っているも何もないですよ。

わたしはさくらを見つめましたが、さくらはあいかわらずニコニコして、何も考えてないみたいでした。

そこから先は、ご存知だと思います。

ちょこちょこっと描くくらいならいいか、って思ったんですよ。最初は。

猫があるなら、うさぎを描いてあげるって言って。ウサ吉の絵はしょっちゅう描いていて、描き慣れていましたから。

試写会で友達のふりをしてくれて、溜飲が下がりました。わたしが返せることといったら、絵を描くことくらいです。さくらがわたしの絵を気に入ってくれていることはわかっていましたし、それは嬉しいことでもありました。

でもまさか十年――十年もね……。

どうして断らなかったのかって、訊かれるんですけど。

スケッチブックに適当に描いた動物の絵が、トレースされて、アート作品として個展で公開されるなんて、誰も思わないんじゃないですか？

そのときわたし、すごく機嫌がよかったんです。普段は頼まれても描いたりしないんですけど、大盤振る舞いしました。さくらうさぎって言って、桜の上で跳ねているうさぎの絵をカラーペンで描いて。別なのも欲しいって言われて、また描いて。

途中で、ちょっと変な感じはしていたんですよね。

さくらがお酒を頼みはじめたくらいから。

乗りかかった船っていうんでしょうか。どうにでもなれって感じでしょうか。それとも、さくらにそうやって頼られるのが嬉しくて、素敵、可愛い、さすがだねって言われるのが楽しくて、それで描いちゃったんでしょうか。

さくらがわたしと会ったのだって、わたしをバカにする男たちをゲラゲラ笑わせたのだって、最初からこれが目的だったのかもしれません。

その、一か月くらいあとかな。ポップアーティスト、イラストレーターｓａｃｒａ、ってどこかで読んで、なんとなく検索して、びっくりしました。

吉祥寺のカフェ兼アートスペースで、わたしが描いた、桜に乗ったウサギをメインにして、個展が開かれていたんです。

フォトショとイラレで、拡大してコピーして貼り付けて、色をつけて。

さくらって、そういうの得意なんです。家にはいいパソコンも一式揃っていました。センスはあったし、色彩感覚がちょっと変わっていて面白かったから、下絵さえあれば、ちゃんと見せるのは難しくなかったんだと思います。

わたしはもちろん抗議しました。これわたしの絵だよねって。

そうしたらさくらは、ごめんねって。すぐお金持っていくねって。

お金ってなんだよって思ったんだけど、会っちゃうんですよね、わたし……。

さくらはわたしの仕事部屋に来ました。そのころは実家から離れて、近くに１ＤＫのアパート借りてました。

それで——最初は何万だったかな……一枚一万円だったよねって言われて。封筒で現金渡して、けろっと言うんですよ。今度、テレビに出ることになったのって。新しいの描いてほしいんだけど、ダメかな？　って。

ダメかなって、これわたしの絵じゃん！　って思ったんだけど。

でもね、もうここまで来ると、断れないんですよ。

断ったら終わりだってことはわかってました。さくらは深追いはしませんから。

それをつまらなく感じてしまった。さくらを失いたくなかったんですね。

さくらといると、面白いんですよ。ジェットコースターに乗っているみたいなの。上がったり下がったり、次はどうなるんだろうってわくわくするんです。

ふりまわされるのはこりごりだって思う反面、今回は大丈夫だろうとも思いました。

昔は、わたしのほうが立場が下でした。さくらは華やかで、人気者で、みんなにかわいがられていました。

でも今は、わたしはプロの漫画家です。さくらのほうがアマチュアで、わたしに頭を下げて、絵を描いてくださいと頼んでいるんです。今度はわたしがさくらをコントロールできるんです。

これはけっこう、気持ちのいいことでもありました。

「――いいよ」

しばらく迷ったふりをして、わたしは言いました。

「嬉しい！　優美ちゃんの絵、大好き。みんなには内緒ね」

さくらは本当に喜んで、バッグからごそごそと原稿を取り出しました。

それは、『脱出――ひとりだけのリオ』の原稿でした。

佐伯さんに出したけど、返してもらったやつ。原稿はわたしが持っていて埋もれていたんだけど、さくらはいつのまにか、コピーとってたんです。

「こういうのも描いてほしいんだよね」

さくらは何枚目かの空のカットを指さして、ニコッと笑いました。

そんなに数は描いていないんですよ。

個展は一年に一回か二回くらいでした。その前にふいっと頼まれるだけで。白黒のはラフでもよかったから、時間はそんなにかかりませんでした。もちろん、それなりにきちんと描きましたけどね。

そのほかに、さくらがこういうのって描いた雑な絵を描き直したりね。

ええ、さくらも絵を描きます。

下手(へた)ではありません。ただ平坦なんですよね。ちゃんと構図をとれないっていうか、とらない。センスはあると思うんですけど、うまく描こうって気がないんです。

どうせ加工でごまかすなら、自分でていねいに描けばよかったのにと思います。筧誠一郎の孫だし、あれだけ可愛くて、コミュ力が高くて、お金やいろんな伝手もあるんだったら、頑張ればもっとちゃんとした作品の個展くらい開けたと思います。

わたしだって絵は下手ですよ。それで学校行こうと思ったんだから。いろいろなものを写真撮ったりスケッチしたり、妹に頼み込んで変な格好してもらったり、イラストも漫画も描きまくって、やっと見られるものになったんです。

さくらにウサ吉の写真を見せたこともありますが、まったく興味を示しませんでした。飼ってたんだねって言われただけ。さくらうさぎのモデルなのに。がっかりしました。

もしかしたら、さくらは自信がなかったのかもしれないですね。ちゃんと描いたら、自分の力がどこまでなのかわかっちゃうから、それがいやだったのかもしれない。

「鉛筆の絵は描かないの？」

って、さくらに訊いたことがあります。

さくらの猫のキャラクターの原型は、明らかに中学校のときの絵でしたから。だったら高校のときに描いたっていう、ラフな自画像の感じに戻ってみてもいいんじゃないかと思った。あれは素敵でしたからね。

「え？」

「さくらの部屋に飾ってあった鉛筆の自画像。あれ、高校のときの絵なんでしょう？ああいうのをきちんと描いてみたら」

「ああ、あれね。鉛筆画じゃないよ。木炭画。それも下書きのスケッチ。あれを油画にするんだよ」

「さくら、油画なんか描いてたの？」

「昔ね。でもダメだったの。基礎までは努力でなんとかなるんだけど、その先で行き詰まってしまって。創造力とか個性は基礎の先にあるんだよね」

「ダメじゃないよ。ああいうのにしてみなよ」

――すみません。わたし、うすうす、あれはさくらが描いたものじゃないってわかってました。誰だってわかりますよ。タッチが違いすぎるもの。

それで、話題にして遊んでいました。

さくらがどんなふうに、すらすらと嘘をつくのか、わくわくして。

結局あの絵、誰が描いたものだったんでしょうね。それなりの人ですよね。画集があれば買いたいんだけど。

うん――わたし、楽しんでいたんですよね。

さくらは年に一回か二回、個展を開いて、いつのまにかそれが大きくなって、美人イラストレーターとしてテレビに出たり、雑誌に連載を持つようになって。さくらの絵が――わたしの絵と、さくらがあちこちからトレースしてきた絵だったわけですけど――マグカップやTシャツになって。さくらうさぎが、ボーダーのシャツを着たり、果物の上に乗っかったキャラクターグッズになって、売れて。

マジかよ？　って思ってましたもん。

どうして誰も気づかないんだろう。さくらの絵なんてどこにもないのに。加工する技術だけはあがっていったけど、何も生み出していないのに。

お金はもらっていました。一枚一万円。カラーだと二万円——大きいのだと五万円くらい。いつのまにかそういうことになっていたんです。さくらは律儀で、いつもわたしの仕事場に顔を出して、次の絵と引き替えに渡していきました。

その都度、すごいね、素敵だね、優美ちゃん、ありがとうって言うんです。あの顔でね。わたしの描いた絵を、大切そうに抱きしめて。

その絵がマグカップや絵はがきになって、売れるわけですよね。わたしが苦労して描いた漫画よりも、お金が入るかも知れないんですよね。

さくらって、ミダス王みたいだねって言ったこともあります。

ご存知ですかね。ギリシャ神話の、触れるとすべてを黄金にしてしまう王様。最後には愛するものさえ黄金にしてしまって、黄金の中で嘆き悲しむんです。

さくらは、この話を気に入ったみたいでした。

「わたしはミダス姫ね。わたしに触れるものは全部、ピカピカ輝くんだよね」

そういう意味じゃなかったんですけどね。

わたしが片手間に描く絵が、さくらを介することで価値あるものに変わっていくのが不思議だったんですよ。わたしには絶対にできないことです。

一回だけ、家族の話をしたことがありました。珍しく。

わたしが妹の話をしたんです。締め切りの最中に結婚式があるって愚痴をこぼしたら、嫌だよね。わたしにもお姉さんがいるんだけど、ほんと面倒だよって。

さくらに姉がいるなんて知らなかったから、ちょっと驚きました。

「お姉さんも美人？」

「不細工」

さくらは言い捨てました。

見たこともない、すごく冷たい顔をして。

「あの人はね、結婚したがってんのよ。バカみたい。つまんない。誰にでもできることだよね。わたしは、つまんない女になりたくない。自分の名前で仕事をしたいの。それが才能だもの。優美ちゃんならわかるでしょ。つまんない人生なんて嫌だよね」

なんであんなこと訊いちゃったのかな。ちょっと凹みました。

わたしはむしろ、そういうつまんない人生に憧れていたんだもの。

だけどできなかった。わたしは昔から、誰にでもできることができないんです。だから漫画家になるしかなかったんですよ。今だってそう思っています。漫画家の中でさえ浮いていますからね。漫画家じゃなかったら、わたしなんてただの負け組です。

ごめんなさい、余計な話ですね。

やめるきっかけになったのは、月音です。

月音はもう漫画を描かなくなっていたんだけど、細々と友達づきあいしてたんです。イベント行ったり、この漫画面白いよってメールが来たり。月音が結婚してからは会ってなかったんだけど、わたしの本が出たら、必ず買って感想をくれました。

去年の春——今頃ですね。久しぶりに月音から、子どもが幼稚園に入ったから、ごはん食べようって誘われたんですよ。

池袋のカフェでね。食後のお茶を飲んでいるときに、月音が二枚の絵をコピーしたのを出してきました。さくらのと、わたしの絵。

「これね——余計なお世話かもしれないけど、馳川さんの絵じゃない？」

って、遠慮がちに。まあ月音って、いつも遠慮がちなんですけど。

わたしは言葉が出ませんでしたよ。

それは、わたしが専門学校時代の作品集に出したイラストだったんですけど、さくらの作品と並べてみたら、いいわけできないくらい似ていました。

さくらってバカ。いくら昔の、おもてに出ない本だからって、やりすぎなんですよ。

「やっぱりそうだよね。もしかして、さくらうさぎ、描いたの馳川さん？」

月音は責めませんでした。わたしがうさぎを飼っていたのを知っていたし、顔色を見て、わたしも一枚噛んでいるって悟ったんでしょうね。

「よくわかんないけど、やめたほうがいいよ。長谷川優美はよくても、馳川志温に傷がつくよ。そんなの描く暇があるなら、リオの続きを描いて。息子が成長したら読ませようと思って、楽しみにしてるんだから」

月音は『ひとりだけのリオ』好きなんですよ。いまとは作風ぜんぜん違うのに、意味わかんない。

でもね――それを聞いて、しみじみしちゃいました。

そうだなって思いました。

いつまでもこんなことしていられません。わたしには描きたいものがあるんです。

今度こそ、何を言われても断ろうって決めて、十年ぶりに、さくらのマンションに出かけていきました。

最後に顔を見たかったんです。

さくらはメールを嫌うんですよ。連絡はいつも電話です。証拠を残さないように――って、そこまで考えてもいなくて、一番早いからじゃないですかね。

メールや電話だったら、やめたいの、うんわかった、で終わるかもしれないと考えました。それが嫌だった。未練が残りそうで。けじめをつけようと思ったんです。

ふたたびわたしは、可愛い女の子をふる男です。ふる側が未練たっぷりなの。情けないですよね。

さくらのタワーマンションは暗証番号がないと入れないので、エントランスの前で電話しようかどうか迷ってたら、覚えのある人間を見かけました。

漫画アシスタントの人でした。——八名井さん。映画館でさくらとあいさつしたとき、高梨先生と一緒にいた男性です。何年かたってたけど、漫画家の集まりで見たこともなかったから、アシスタントのままだと思います。

同じ匂いがするっていうんですかね。ひょろっとして、いい年なのに学生っぽい感じで。タワーマンションにそぐわないタイプなんで、すぐにわかりました。

「——八名井さん……でしたよね？」

八名井さんは電話をかけて、エントランスのドアが開くのを待っていました。わたしが声をかけると、ぎょっとしました。

「ええと——」

「馳川志温です。あの——さくらさんのところに行くんですか？」

「——ということは、馳川さんも？」

わたしと八名井さんは、一瞬でわかり合いました。

やっぱりなって。

さくらの手駒が、わたしだけのはずはないと思っていたんです。

「絵、描いていたんですか？」

「いや——アシスタントっていうか……背景とかね……」

エレベーターの中で、八名井さんはもそもそと話しました。

八名井さんは、わたしの下絵をパソコンで取り込んで、仕上げをしていたんです。

さくらはデジタル処理すらしてなかった。わたしと八名井さん、お互いまったく知らずに、顔も合わせずに共作してたんですよ。

もう、なんなんでしょう、さくらって。

わたしたち、なめられすぎじゃないですか？

バカすぎます。辛くて面白くて情けなさすぎます。

「わたしは手を引きますよ。今日はその話をするために来たんです」

「馳川さんなら当然ですよね。そのほうがいいと思います」

「八名井さんは？」

「ぼくも、やめなきゃってずっと思っているんですけど……」

やめられないわけですね。八名井さんはどっちみちプロのアシスタントですし。男だから、別の何かがあったのかもしれませんね。

「あー優美ちゃん、来たんだあ」

さくらは、わたしが八名井さんと一緒に姿を現しても驚きませんでした。嬉しそうに部屋にあげてくれました。

仕事部屋は、前よりも生活感がありました。パソコンとプリンターが新しくなってて、石膏像は埃(ほこり)をかぶっていて、広いデスクとペンタブとたくさんの本と、カラーペンやら油性ペンやら、画材もたくさんありました。

絵の具の匂いがして、イーゼルがあって。それと同じ部屋に、大きなトレース台があるんです。下から光をあてるやつ。

落ち着かない部屋でした。自分がだんだんデジタル処理ばっかりになっているせいもありますけど、漫画家と画家、どちらの仕事場かわからないと思いました。

壁には木炭画の代わりに、美大の卒業証書がかかっていました。名前も書いてありましたよ。しっかりと、筧さくら、って。卒業していないはずなのに。

「わたし、知らなかったよ。背景やってたの、八名井さんだったんだってね」

「そうだよ。あれ、言わなかったっけ。わたしはプロデューサーだから。ふたりの才能を結びつけたら、いい作品が作れるって考えたの」

プロデューサーってなんですか。言葉遊びはたくさんだと思いました。話を聞いていたらまた、丸め込まれてしまいます。

「そういうのいいから。わたしはもう、さくらの絵は描かないから。あとは勝手にやってね。今日は、それを言いに来たんだ」

「ええー？　それ、約束と違わない？」

「約束なんてしてないよ」

「そうだよね。忘れちゃうのも無理ないね、昔の話だから。優美ちゃん、派遣をやめたばかりで、生活が苦しいって言ったんだよ。だったら版権フリーで絵を買い取ろうかって提案したら、助かるって。それから漫画が売れて、わたしは、優美ちゃんの苦しいときの手助けができてよかったって思っていたんだけど」

頭に血がのぼりました。

プロの漫画家の絵が版権フリーなわけないだろうが！

わたしは何を期待していたんでしょう。お願いだからやめないで、せめて誰にも言わないでとすがってほしかったのか。それとも、これまでありがとう、お互いがんばろうねと言って握手でもしたかったんでしょうか。

「じゃあそれでいいよ、さくら。だったらそれ、明らかにしてよ。みんなに、これまでの絵は駆川志温が描いてたんだって言ってよ。自分はプロデューサーだから、一枚も描いてないって、テレビでもちゃんと言うようにしてよ。今すぐ、ブログとＴｗｉｔｔｅｒ更新して」

「いいよ。ねえ優美ちゃん、落ち着いて。疲れているみたい。締め切り近いの？」

さくらはキッチンに行き、ゆっくりとコーヒーを淹れはじめました。

ええペーパードリップです。銀の口の長いコーヒーポットでね。とても優雅に、いい香りのやつを。

「優美ちゃんのことはちゃんと、スタッフには知らせているよ。だから、明らかにするのはぜんぜん問題ないんだよ」

「――そうなの？」

「うん。でも、はっきりと言っちゃうのはどうかな。わたしはいいんだけどさ。優美ちゃんは嫌じゃない？　顔写真が出ちゃうよ。みんなネットで検索して、わたしと優美ちゃんの顔、調べて、比べちゃうよ。それでもいいの？　辛くない？」

さくらは軽く首をかしげて言いました。

ガラス玉みたいな真っ黒い瞳で、心からわたしを心配しているような声で。

「――死ねよブス！」

口から勝手に言葉が出ました。

こんなことを言ったのははじめてです。わたしはそのまま走って、玄関を抜けました。

さくらの表情は覚えていません。口をぽかんと開けた八名井さんの顔だけが印象に残っています。

エレベーターに乗って、マンションを出て、外を歩いている間、ずっとさくらの言葉が頭をぐるぐる回っていました。

　さくらはずっと、あんなふうに思っていたんだ。わたしをブスだと笑ってたんだ。あれが、わたしに対する切り札だったのか——。

　さくらだってね。昔はみんなが振り返る美少女だったけど、もう三十三歳ですよ。ピークは過ぎてますよ。人の顔をどうこう言える立場じゃないですよ。

　だからね。歩きながら、公表してやったんですよ。Ｔｗｉｔｔｅｒでね。

　ｓａｃｒａアーティスト気取りすぎ。それほどの美人かよ。

　さくらうさぎ描いてるの、私だってばらしてやろうか。

　このときに、月音の言葉が頭をよぎればよかったと思います。

　長谷川優美はよくても、馳川志温に傷をつけちゃいけない。そう考えるべきでした。

　わたしのＴｗｉｔｔｅｒが、さくらが失踪する発端になったのは、知っています。

　三十分も歩いたら、頭が冷えてきました。あわてて全削除したんですけど、どこかに残っていたようです。

ｓａｃｒａの絵描いてるの、馳川志温なのか？　って問題になって、検証サイトが立ち上がって。さくらに言われたとおり、ネットで比べられました。変な書き込みもたくさんされました。

　馳川志温、会ったことある。すげえブス

　ｓａｃｒａと比べたら失礼

　わたしはどこにも顔写真を出したことがないし、サイン会もしたことがありません。ペンネームを知ったうえで会ったことがあるのは、友達か家族か、専門学校のときの知り合いか、仕事の関係者だけです。

　それはね。どうでもいいことなんですけどね。所詮、落書きですから。筧プロダクションとの間でゴタゴタはありましたけど、売っていたのはマグカップや絵はがきで、高価ではありませんでしたから、道義的な責任をとらされることはありませんでした。たぶんさくら側も、大騒ぎしたくなかったんだと思います。去年の秋とかはスランプでどうしようもなかったけど、やっと最近、持ち直してきました。

　いまの色ですか？　白黒じゃありませんよ。漫画家になれたんだから。そりゃ、さくらがいたときみたいなフルカラーじゃないけど。

たぶんいつか、心から満足する漫画を描けたら、フルカラーになると思います。

実はね、もうすぐ秀読社と打ち合わせがあるんです。いいえ、佐伯さんではないです。彼は漫画の部署から異動になったみたいで、昔のいきさつを知らない方から直接、オファーが来ました。どうなるかわからないけど、頑張りたいと思っています。

悔しくなんかないですよ。

わたしは漫画家なんですから。頑張って、自分の力で夢をかなえたんです。ファンもいます。さくらとは違って、わたしは、自分の作品を正当に評価してもらっています。

ええ。ぜーんぜん。結婚願望とか持ったこともないし。悔しいとか、寂しいとか、こんなのおかしいとか、思ったことは一回もありません。

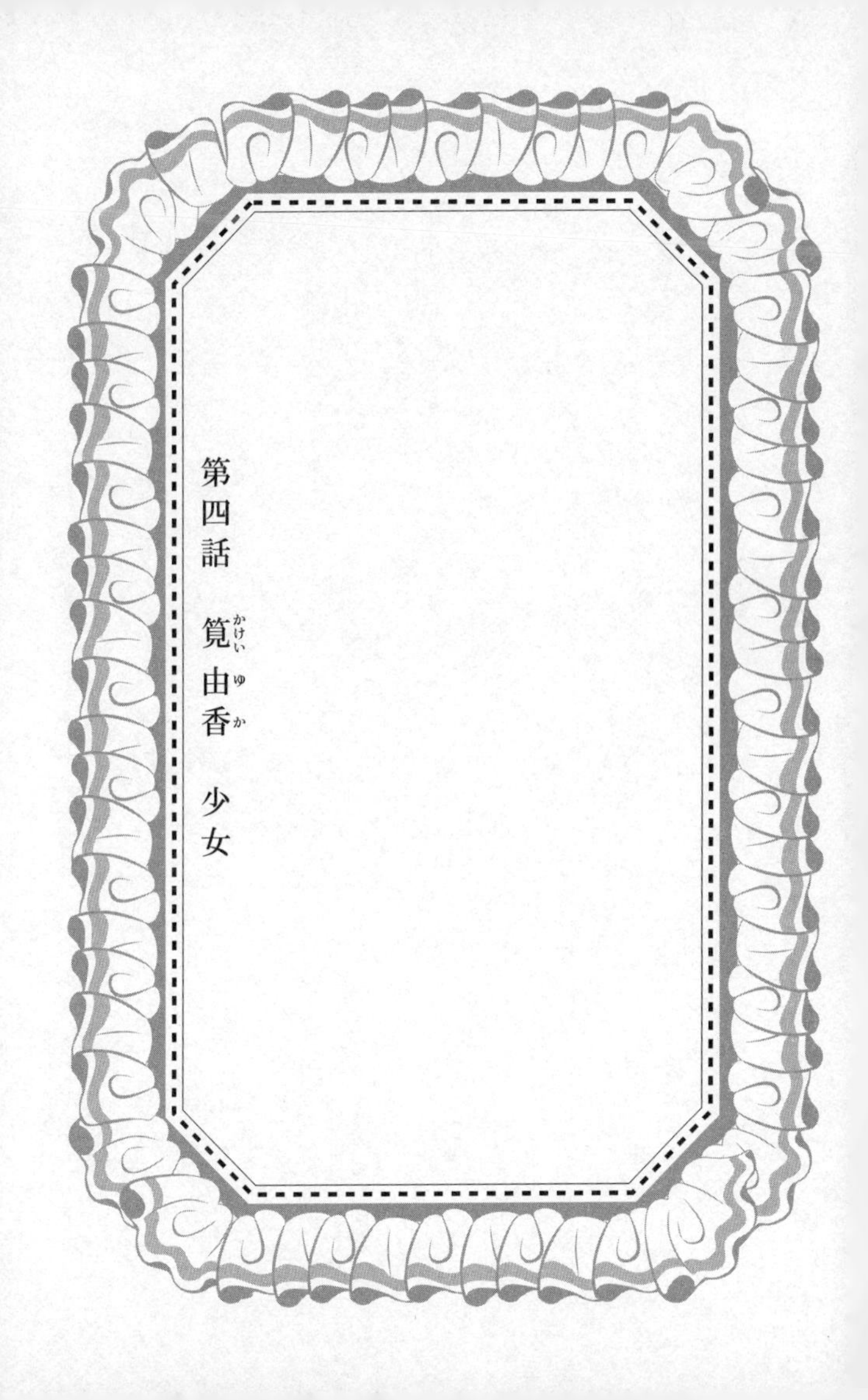

第四話　筧（かけい）由香（ゆか）　少女

姉と、姪のところには行かれたんですよね。

筧沙都美と、沙久羅。沙久羅だけですか。あの子はいい子です。沙都美姉さん——沙久羅の母親のほうはね、少し頑固というか、いまだにわたしと確執があるんですけど。沙都美さんは筧誠一郎の漫画を嫌っているんですよ。自分がそれなりに贅沢して来られたのは、父親が売れっ子漫画家だったからなのにね。おかしな話です。

沙都美さんとは姉妹といっても、母親が違うんです。父は、長野妻と東京妻なんて言っていました。母のことは、エッセイでもちらっと出てきたことがあります。

父が長野の高校を出て、家を飛び出して漫画を描いていたとき、結婚して面倒をみていたのが妙子さん。沙都美さんのお母さんです。父が上京したあとで、銀座のクラブで出会って同棲していたのが藤村絵見子、わたしの母です。

わたしの本名は藤村由香です。筧由香は職業ネームです。筧誠一郎の娘で、筧プロダクションの社長であるわたしが、独身なのに名字が違ったら格好がつかないので。

愛人とか、当時は珍しくなかったと思います。父は人気の漫画家で、娘が言うのもなんですが、長身で整った顔立ちをしていましたし。妙子さんは、悪いけれど田舎の役場の職員でしょ。貧相だったし、銀座で鍛えた母にはかないませんよ。

ここだけの話、母の源氏名はユカっていいます。明るくて美人でおしゃべりで、どんなことでもまわりを巻きこんでなんとかしちゃう人です。

わかりますよね。ユカロンのモデルです。父は妙子さんに気をつかったのか、取材なんかではユカロンのモデルはわたしだということにして、年取ってきたらそれもまずいと思ったのか、新しいモデルは孫の沙久羅だなんて言い直していましたけどね。

上京するとき、父は妙子さんに仕事をやめて一緒に来てほしかったようです。沙都美さんが小さいからって、ついてこなかったのは妙子さんの意思ですよ。

妙子さんが下積み時代を支えた、東京に仕送りしていたって、妙子さんの親族は美談みたいに言いますけど、役場の給料なんてたいした金額でもないと思います。失礼ですけど。それだって、家を建ててもらって、何倍にもなって返ってきたお金ですよね。しましまユカロンが大ヒットして、父は妙子さんと結婚したことを後悔したんじゃないかな。

妙子さんは東京で父と母が同棲していたことを知っていましたが、意地で離婚しなかったんだと思います。そのころ妙子さんは父の両親と同居をしていて、祖父の介護もあったから、父も強く言えなかったんでしょうね。

母も離婚をせっついたりはしませんでした。浮気はするものであって、される側にはなりたくないわと笑っていました。

母もわたしも生粋(きっすい)の東京育ちです。父は母のためにマンションも買いました。いくら正妻になれるといっても東京を離れることはできません。

父が母と別れて長野に帰ったとき、わたしは九歳でした。

漫画が売れなくなってきたというのもありますけど、祖父が亡くなったり、沙都美さんが成長したりして、父に里心がついたようです。長野には妙子さんが祖父母の介護のために建てた、大きな家がありましたから。出所は父の漫画でしょうけれど。それがいずれ父の看護に使われることになるんだから、皮肉なものです。

父が帰って五年くらいたってから、妙子さんが亡くなりました。沙都美さんはあまり話してくれないんですが、突然死だったようです。その五年間だけは母は幸せだった、と言っていました。

わたしは何回か長野にいきました。子どものときは母に連れられて、高校からはひとりで。別れても娘は娘なんだから、父には堂々と会いに行くと決めていました。

妙子さんのお葬式には母と一緒に行って、沙都美さんに追い出されましたけどね。

沙都美さんは母親に似たんでしょうね、しっかりしていますよ。孝(たかし)さんに婿(むこ)入りしてもらって、父と同居していました。一誠(いっせい)と沙久羅が生まれたときと、わたしが結婚したときはお祝いのやりとりがありましたし、母が亡くなったときは、お香典ももらいました。筧プロダクションから父への仕事の連絡なんかは、沙都美さんから返事をもらうことも多かったです。

確執はありましたが嫌われてはいなかったと思います。母親は違うし、年齢が離れていますけれど、姉妹ですからね。一誠や沙久羅を抱かせてもらったり、みんなでお花見にいったりもしました。沙久羅は絵を描くのが大好きで、これおばちゃん、とか言って、わたしの絵を描いてくれました。

母の死因ですか――肝硬変です。父がいなくなってから、ちょっとだけお酒を飲み過ぎるようになって。

四十代の後半でした。妙子より長く生きると言っていたので、それだけは守ったことになります。もともとお酒が好きな人だったし、父が母名義で買った不動産や株が値上がりして、働かなくてもいいだけのお金があったのが、かえってよくなかったんですね。

母は、父と別れたことを後悔していました。

わたしが十四歳のときに妙子さんが亡くなり、二十四歳のときに母が亡くなり、三十二歳のときに父が亡くなったということになります。沙都美さんは父の葬式で、あの人たちは死ぬときまで追いかけっこしているみたいだね、なんて言って、孝さんに慰められていましたよ。

父の遺産相続については、もめませんでした。

沙都美さんは欲がないんです。孝さんは堅いところの勤め人なので生活は安定していますし、漫画から入るお金を憎んでいるようなところがありました。

　長野の土地と家と多めの現金を沙都美さん、筧プロダクションと、東京の不動産や株はわたしということに決まりました。わたしは東京から西山(にしやま)を――顧問弁護士の男性を連れていったんですけど、漫画の権利関係はすべて、あっさりと譲ってくれました。お葬式の後始末が終わって、父の骨が妙子さんと同じお墓に葬られて、相続の書類に実印をつくと、沙都美さんはせいせいしたように言いました。

　もうこれで終わりね、って。これで終わり。筧誠一郎先生のことはよろしくね、由香さん。わたしは家族と一緒に、遠くから見守っているわ。

　そのときにはじめて、わたしは相続の意味がわかりました。

　もう二度と長野に来るな。漫画家の筧誠一郎はあなたにあげるから、人間としての、父としての筧誠一郎にはかかわるな。そういうことだったんです。沙都美さんの家族というのは、お墓に眠る妙子さんと父、夫の孝さん、大学生の一誠と、高校生の沙久羅のことです。沙都美さんは、縁切りを宣言したんです。当時、離婚したばかりのわたしに。わたしがさくらと出会ったのは、そんなときでした。

さくらは、沙久羅の中学校のときの同級生でした。ご存知だと思いますが。

沙久羅は、わたしとさくらを会わせてくれた、恩人のようなものです。

ええ、わたしはさくらと出会えてよかったと思っています。今もです。さくらがどこにいるのかはわからないけれど、苦しんでいるのなら救ってあげたい。お金が必要なら出すつもりでいます。さくらと会ったらそう伝えてくださいね。

あちこちで経歴詐称だの、パクりだの、詐欺だのと言われていますけれど、一方的に相手の話だけを聞いて判断するのはおかしいと思います。

その場の状況で、ぽろっと思ってもみなかったことが口をついてしまうって、誰にでもあることじゃないですか?

十年も共同制作をしておいて、いまさら自分の絵が勝手に使われたって騒ぐのもどうかと思います。

筧誠一郎の孫というのは、わたしを母親のように思っていたということですし。

高校や大学のことは、佐伯が勘違いしてプロフィールに書いて、訂正しなかっただけです。第一、作品のよしあしに大学の名前は関係ないですよね。

宮地洋太朗(みやじようたろう)の件では、怒っています。お金を巻き上げられたみたいな言い方をして。

わたしが若いころは、男性が女性を振り向かせようとしてお金や贈り物を送るなんて、当たり前のことでしたよ。

こちらは公正にやります。不満があるなら意見をきいて、お金で決着できるものなら決着をつけます。それで不満なら、裁判でもなんでも受けて立ちますよ。

わたしは、そう言ったのに。

それなのに、さくらは去っていってしまいました。

さくらは芸術家ですから、人にはわからない苦悩があるんだと思います。

三十三歳——もう三十四歳です。わかっています。さくらが十七歳の女子高校生ではないということは。わたしだってもうすぐ五十歳です。母が死んだ年を超えました。

とにかくね——。

さくらは、可哀想(かわいそう)な子だったんです。

父が亡くなった年の夏——長野でさくらと会って、三か月くらいたったころですね。

わたしに電話がかかってきました。

筧プロダクションの宮地憩子(けいこ)からです。有能な人で、当時、事務所のことは彼女に任せきりでした。

『由香さん。姪御さんが筧事務所に来ているんですが、どうされますか？』

って。憩子はわたしが子どものころから事務所にいたので、社長になってからも、由香さんと呼んでいました。

「姪——筧沙久羅って言った？」

『はい。高校二年生だそうです。由香さんのお姉さんの娘さんですよね』

わたしは驚きました。あのおとなしい子が、長野から、どうしていきなりわたしの事務所を訪ねてくるのでしょうか。

わたしはそのとき、鎌倉の別荘にいました。すぐに池袋へ向かっても、到着は夜になってしまいます。

「わたしが話すから、電話口に出して」

『そうしたいんですが……。ちょっと様子が変なので』

「どういうこと？」

『おびえているみたいなんです。由香さんがいないときいたら、泣いてしまって。帰ろうとしたので、引き留めました。パパとママには言わないでって言って、それから何も話さなくて、いまはソファで眠っています』

パパとママ？　沙久羅は両親をそんなふうに呼んでいたでしょうか。

憩子はシングルマザーです。家出してきた高校生の女の子にすっかり同情しているようでした。

「今日は行けないから、事務所に泊まらせてあげてくれる？」

『あの……ホテルをとってあげたらだめですか？』

「いいけど、事務所じゃだめなの？」

『見ていられないんです。もしかしたら、殴られたんじゃないかと思います』

あの冷静な、母親に似て辛抱強い沙都美さんが、沙久羅を殴る？　ありえないんじゃないかと思いました。

なんとなく腑に落ちない感じを抱きながら、わたしは憩子に同意しました。

次の日の昼に事務所に行くと、社長室のソファに、青ざめた顔をしたさくらが座っていました。

こざっぱりとしたシャツワンピースを着てね。憩子が自費で買ってあげたようです。

うつむいた右の頬が腫れていて、小さな傷がついていました。

「あなたは――」

「こんにちは」

さくらはぺこりと頭を下げました。

さくらのことは覚えていました。知っての通り、綺麗な子ですから。

わたしはすぐに状況を察し、よかった、と思いました。姪の沙久羅ではなくて。

　そして、そう思ってしまったことにうしろめたさを覚えました。沙久羅よりも華奢な女の子が、頬を腫らしているというのに。

「びっくりしたわ。てっきり沙久羅だと思ったから。あなただったのね」

「権田八重子――さくらです。すみません、そう言わないと会ってくれないと思ったから。行くところを思いつかなくて歩いていたら、お財布の中に、由香さんからいただいた名刺があったのを思い出したんです」

「傷の手当てはした？　病院へ行かないと」

「病院はダメです！」

　激しい声でさくらは言い、その剣幕にわたしはびっくりしました。

「――ごめんなさい。でもお願いです。このことは誰にも言わないでほしいんです」

「殴られたのなら言わなきゃダメよ。相手は誰なの？」

「殴られてなんかいません。階段で転んだんです」

　そんなはずはありません。さくらは殴った相手をかばっています。

　わたしには経験がありました。わたしの母は感情の起伏の激しい人でしたから、よく殴られていたんです。それでも人に聞かれたら、母が殴ったとは言えないものです。

　家庭に恵まれていない子なのかなと思いました。だったら面倒くさい話です。わたしは当時、長年引っ張ってきた離婚問題に決着が付いたばかりでした。男はこりごりだと思い、社長として仕事に力をいれようとしていたところでした。

父が亡くなり、沙都美さんにまったく筧誠一郎の漫画を守ろうという気持ちがないなら、わたしがやるしかありません。これは今でもそう思っています。

「——これ、わたしが描いたんです」

わたしの逡巡(しゅんじゅん)を知ってか知らずにか、さくらはかたわらの黒いバッグから、小さなスケッチブックを出しました。

中には、さくらの自画像が描いてありました。ちょっとはかなげな、寂しい感じの——ええ、木炭画です。見たことがありますか。とても目を引くものでした。

「そういえば、漫画研究会に入っているって言っていたわね」

「いまは漫研はやめて、美大に行きたくて勉強しているんです。母は反対しているんですけど……。どうしてもあきらめられなくて」

「そうなの」

そういえば、沙久羅も美大に行きたがっていたことをわたしは思い出しました。

孝さんのほうは行かせてやってもいいと言っていたのですが、沙都美さんが渋っていて、本人にそれほど強い意志もないので、地元の公立大学を目指すと。

「それはともかくとして、ご両親に連絡しないといけないわ。心配しているでしょう。連絡先を教えてくれる？」

「うちは、母子家庭なんです。父はいなくて」

さくらはうつむきました。腫れた頬に、ぽろぽろと涙が落ちました。

「気持ちはわかるけど、高校生なんだから。進路で対立しているなら、わたしが説得してあげてもいいから。誰か、信頼できる人はいないの？　高校の先生とか」

「――使えねーな」

ぼそりとさくらがつぶやいたように思えて、耳を疑いました。

だって泣いているんですから。目からはまだ、涙がこぼれていました。

「――え？」

「すみません。辛くなってしまって……。わたし、すぐに出ていきます。お手洗い、お借りしていいですか」

さくらは指先で涙を拭いて、立ち上がりました。

さくらがいなくなると憩子が入ってきました。手には夏用のセーラー服を持っています。

「姪御さんじゃなかったんですよね」

「姪の友達だったわ。事情があるみたい。違うと思った？」

「これ、誠華学園高等部の制服ですから。電話したときは気づいてなかったんですけど、昨夜家に泊めてあげたときに気づきました」

結局、憩子はホテルでなくて、自宅に泊めてやったわけです。

ともあれ誠華学園といえば名門です。わたしは安心しました。家族仲はともかく、誠華に入れる家庭ならちゃんとした家だろうし、学校がわかっているのなら、両親に連絡をつけることもできます。

「制服、アイロンかけてくださったんですね。ありがとうございます。着替えて、着ているのお返しします」

戻ってきたさくらは制服を受け取り、ぺこりと頭を下げました。

髪はサラサラして、華奢で。頬は腫れているけど、顔なんかこんなに小さくてね。あらためて綺麗な子だなあと思いましたよ。

「ありがとうございました。由香さん。宮地さん。ご迷惑をおかけしました。洋服代をお支払いします。いまは無理ですけど、あとで必ず」

「それはいいですよ、さくらちゃん」

「いえ」

「本当に、行くところはないの？」

憩子はさくらを突き放すことができないようでした。もうひと晩、家に泊まらせてあげるべきかどうか迷っているようです。

「――いいよ。いったんうちに来ればいいわ。部屋は余っているし」

わたしはしぶしぶ言いました。憩子の家には成人している息子がいるし、うちは夫が出ていったばかりです。この流れではわたしが引き取るのが順当でした。

憩子はほっと息をつき、さくらは、うるんだ目でわたしを見ました。

濡れた子犬を拾ったときはこんな感じかと思いました。さくらはそれほど儚くて、放っておけない雰囲気でした。


わたしは有明のタワーマンションに住んでいます。結婚のときに、父からお祝い代わりに買ってもらったんです。気に入っていますよ。買って一年後に下の階層の部屋が売りに出されていたので、衣装部屋としてもう一部屋買ったくらいです。

父は漫画バカというか、お金に興味がない人でした。億単位の印税が入ってきても、使い道を知らない人でね。でも正妻でない分、母とわたしに残してやりたいという気持ちがあったようで。西山弁護士――当時は父親のほうですが――彼がそういうことに詳しくて、時流に乗って財産を作れたのは幸いでした。

わたしもそういう勘はあるほうなんです。父の仕事用のマンションは買ったときよりも高く売れたし、母の遺産のマンションは賃貸に出しています。株や不動産に関してはけっこううまく売り抜けてきたと思います。

マンションに入ると、さくらは驚いたようでした。広いし、夜景はきれいだし、インテリアにも凝っていましたからね。

さくらがお風呂を使っている間、わたしは使わなくなった元夫の部屋を開けました。部屋はがらんとしていました。元夫は離婚する数か月前から、衣装部屋のほうで寝泊まりしていたので。残った私物は、掃除をされないまま埃をかぶっていました。

「由香さん」

なんとなく片付ける気にならなくてベッドに座っていると、携帯電話を片手に持ったさくらがあらわれました。

「母と話しました。明日学校へ行きます。絵は、あきらめます。ご迷惑おかけしてすみませんでした」

「――そう」

「母が心配しているので、ちょっと話してもらえませんか」

わたしは言われるままに携帯電話を受け取りました。

「権田牧子と申します。八重子の母です。ちょっと不安定なところもあるけれど、いい子だから大丈夫です。わたしは信じていますから。よろしくお願いします」

細い女性の声で。いい子だから大丈夫、わたしは信じているって、変な言い方だなあと思いました。

でもなんだか疲れていましたし、さくらの言葉からして変わりものの母親ですから、細かくは追及しませんでした。きっとさくらは放置されていて、何日外にいようが気にとめてもらえないのでしょう。

「由香さん、コーヒー淹れてもいいですか？」

「いいわよ。コーヒーが好きなの？」

「淹れるのが好きなんです。コーヒーを淹れている間は無心になれるし、待っている人も、ゆっくりと考えることができると思うから」

「わたしはコーヒーは要らないわ。ビールをとってくれる？」

「はい。グラスを冷たくするので、ちょっと待ってくださいね」

さくらはグラスを冷凍庫に入れてから、コーヒーを淹れ始めました。

粉は最近使ってなかったのでちょっとかび臭かったです。

初めてのキッチンなのに、さくらは物怖じせず、すいすいと動いていました。

グラスを冷たくするとか、どこで覚えたんでしょうね。

さくらが着ていたのはわたしが貸してあげた、ハワイみやげのビッグTシャツ一枚でした。スウェットのズボンも貸してあげたけど、ダボダボだったので着なかったようです。

あらわになった太ももがすんなりしていて、若いっていいな、って思いましたね。

「父親はいないって言ったわよね。その傷、おかあさんに殴られたの？」

ビールを飲みながら、わたしはさくらに尋ねました。――正直、そういうことはどうでもよくなっていたのですが。

「はい。わたしの父は画家なんですけど、離婚してしまって、母は父を恨みに思っているみたいで……。それで、わたしが美大の話を出したり、スケッチブックを出したりするだけで怒ってしまうんです」

さくらは案外、すらすらと話しました。食事のときは黙っていたのに。

「――ふうん……。バカよね、別れた相手を恨みに思うとか」

「たぶん、本当はまだ好きなんです。恨みって、好きだから生まれるものなのかもしれないと思います。母を見ていると」

さくらの言葉は痛かったです。わたしはずっと母の、父に対する恨み節を聞いていましたから。沙都美さんだって、きっと妙子さんから聞いていたのに違いないんです。

「わかったようなこと言わないの、高校生が」

「はい。――すみません。由香さんも辛いのに」

「――なんでわたしが辛いと思うの」

「おとうさまを亡くされたばかりで。天才だったのに。筧誠一郎」

確かにわたしは辛くはありました。父が亡くなり、沙都美さんには絶縁され、離婚した夫に対する恨みも癒えていませんでした。

コーヒーは少し苦いようで、さくらはカップに口をつけながら、顔をしかめました。

「ミルクあるから、あたためてカフェオレにしてもいいわよ」

「優しいんですね、由香さんは。わたし、こういうの初めてです」

「こういうのって？」

「大人の女性に、こんなふうに優しくされること」

「――別に、あきらめることないでしょう。もうちょっと考えたら？」

さくらはキッチンに入りかけていましたが、はっとしたように振り返りました。

「何をですか？」

「絵よ。簡単にあきらめることないわよ」

「あ――そうですね」

横を向いたさくらの顔が、一瞬、不機嫌そうに見えました。

その日はそれで終わりました。

あらためてさくらから言われたのは、翌日です。

朝、制服姿のさくらが、コーヒーを淹れながら、おずおずと切り出しました。

「図々しいかもしれないんですけど……お願いがあるんです」

「なあに？」

「服が欲しいんです。わたし、制服以外の服を持っていなくて。外に着ていけるものがないので……着ないものがあったら、何かいただけないでしょうか」

服は憩子に買ってもらったでしょう、と言おうかと思いましたがやめました。憩子は締まり屋でね。昨日買ったシャツワンピースも安物でした。綺麗な子だからなんとかなっていたけど。女子高校生なんだから、可愛いものを着たいでしょう。着ない服は山のようにありましたが、どう考えてもサイズが違います。

「いいわよ。買ってあげる。今日学校が終わったら電話して」

「嬉しい。電話番号教えてください」

突き放すことの若干のうしろめたさもあって、わたしは了承しました。

さくらが学校へ行ったあと、なんだか部屋ががらんとしたように思えてね。不思議な子だと思いました。可愛くて、感情の起伏が激しくて、図々しいところもあるけれど、なんとなく許しちゃう。ちょっとユカロンみたいだなって。

でもいい子だと思いました。みんなそう思いますよ。さくらと一緒にいたら。

可愛いドレスを着て、ちゃんとした美容院に行かせてやったら、さくらは見違えるようになりました。

行きつけのセレクトショップや美容院で、どういうご関係ですかって尋ねられると、さくらはニコニコして、姪ですって答えていました。由香さんは、わたしの自慢の叔母なんですって。

美人ですねって本気で誉められて、悪い気はしませんでした。実際、何を着ても似合いますしね。さくらは嬉しそうに、すすめられるまま試着を繰り返しました。華奢だけど顔が小さいから、ドレッシーなものからワイルドなもの、わたしでもためらうような大胆なものでもなんでも着こなせてしまうんです。

ありがとうございます。こんなの初めて、本当に嬉しい――ってね。さくらは目をキラキラさせながら言うんですよ。調子に乗って、けっこうなブランド品を買ってしまいました。

服を買ったら、もうちょっと見ていたくなって。家に二、三日いることになって。さすがに留守を預ける気にはならなかったから、衣装部屋の鍵を渡しました。

あの部屋には元夫の寝具があって、家電も残っていましたから。さくらは、ここで絵を描いてもいいですか？　と嬉しそうに訊いてきましたよ。

念のため母親の電話番号を教えて、と言ったら、はい、と言ってメモしてくれました。ちょっと幼い、癖のある字でね。当時はＬＩＮＥも赤外線通信もありませんでしたから。ご両親の名前もすらすらと書きましたよ。母は権田牧子、父は掛井良紀ってね。母にはわたしから連絡しておきますって。

名前が違うのは離婚しているからですね。わたしが別室にいる間にどこかに電話をしている声も聞こえたから、それですっかり安心しました。

さくらが来て最初の休日に、テーマパークに行ってみたい、一回も行ったことがないのと言われて、行きました。

――正直、心が躍りました。何年ぶりかだったし、綺麗な子とホテルに泊まって一緒にすごすのはいいものだと思いました。

さくらはおしゃべりだし、一緒にいて楽しいんです。紅茶のカップとか料理とかを見ると、すかさず小さなスケッチブックを取り出して鉛筆を走らせていて、やっぱり美大志望だと感心しました。知らない男性に一緒に写真を撮ってほしいと言われて、簡単に撮らせてしまうので、もっと注意しなくちゃダメと言い聞かせました。

さくらは、はい、と言って従いました。わたしの言うことならなんでも従いました。無防備なのではらはらするけど、根は素直な子だと思いました。

離婚して以来、あんなに高揚したのは初めてでした

濡れた犬を拾って、乾かしてみたら、人なつこい美犬だったというところでしょうか。

一週間くらいたって、聡子にさくらを会わせたら、前とぜんぜん違いますねって驚かれました。見違えるように明るくなったって。

わたしはそんなに優しくも、ボランティア精神があるほうでもないので、自分がひとりの少女をいい方向に変えたってことがなんだか新鮮でした。

結局さくらは、誠華学園の生徒ではなかったわけですが――。

それを知ったのは八月下旬でした。きちんと確かめなかったのと、夏休みが挟まっていたのが原因です。わたしは一か月半、ずっと勘違いをしていたんです。

制服のことだけはね。わたしは不思議なんです。

さくらはいったい、どうやって手にいれたんでしょうね。

知人から聞いたのですが、誠華学園は制服の売買には厳しいんです。専門の業者からでないと買えないし、中古の売買は禁止。処分も学校が行う。卒業後に家でとっておく人ですら、不正売買がないように学校に報告しなきゃならないんです。

制服の内側には名前のタグがあるらしいんですけど、さくらの制服にはタグはありませんでした。切り落としてあったんです。

美術展やらショッピングやら小旅行やら、時には仕事に同行してもらったりして、夏休み中は楽しく過ごしてきました。でもさすがに八月が終わりに近づくと、親から正式に頼まれたわけでもないのに、高校生を家においておくのはまずいんじゃないかと思いました。

さくらから教えられた電話番号に電話をしてみると、そこは喫茶店でした。『ブロサム』っていう。

牧子さんという方を出してもらって、さくらのことを切り出すと、お世話をおかけします。よろしくお願いいたしますと答えるんです。

預かるのはいいけれど、言うことはそれだけか、無責任じゃないかと言いかけると、忙しいからと言って電話を切ってしまいました。

調べてみると、確かにその電話番号の喫茶店は存在していました。

吉祥寺で、アートスペースも併設されている、大きめの喫茶店です。

なんだか腑に落ちなくて、わたしはさくらに会うために衣装部屋に行きました。そこは同じマンションの六階で、2LDKの部屋なんですけど、さくらには鍵を渡して寝泊まりさせていました。

「あ、由香さん。来てくれたんだね、コーヒー淹れるね」

さくらはいそいそとキッチンに入りました。わたしが電話をしたことを話すと、コーヒーの豆を量りながら話しました。

「母の実家は、喫茶店をやっているの。教えたのはそこの番号だよ」

「家の番号じゃないの?」

「実家と喫茶店が、同じ番号なの。ごめんね。母、変だったでしょう? 病気なの」

さくらは神妙に謝りました。

「さくらは謝らなくていいわよ」

コーヒーを淹れる間、わたしはなんとなくほかの部屋を見て回りました。

衣装部屋の一部屋には、わたしの古着と使わないバッグやアクセサリーなんかがあって、もう一部屋には寛誠一郎の全部の漫画があります。さくらは衣装の部屋に寝泊まりして、漫画の部屋で絵を描いていたようです。デスクの上にスケッチブックと画材、新しく買ったらしい石膏像がありました。

さくらは私物が少ないんです。目立つ持ち物はドライヤーと脱毛器くらい。あと毛抜きや剃刀をたくさん持っていました。

ヘアケアとスキンケアには気をつかっているようでしたが、生活に使うものはコンビニで買った安物です。洗面所の段ボールの中に、わたしがあげたハイブランドの化粧品に混じって、タオルや日焼け止めが無造作に置かれていました。

ものに執着がない子でね。これはあとからわかったことですが、欲しいものはパッと手にいれるかわり、要らなくなったら躊躇なく捨てるんです。暑いからってハンカチを買って、汗を拭いたら捨てちゃったり。ドライヤーや美顔器も、服やアクセサリーも、気に入ったらすぐに買って、あっさり古いのを捨てる。けっこう高価なものでも。あの迷いのなさは気持ちいいくらいでした。

デスクの上に携帯電話があるのに気づいて、わたしは手にとりました。

ピンク色の、折りたたみ式のやつです。当時はスマホなんてありません。いけないとは思いましたが、見てしまいました。

ロックはかかっていませんでした。通話記録がたくさんあって、メールは短いものが少しだけ。電話帳を開いたら、知らない名前がぎっしりと並んでいました。

さくらは知り合いが少ししかいないと思っていたので、驚きました。

通話記録の少し前のところには、宮地という文字がありました。

「コーヒーできたよ、由香さん」

さくらが部屋に入ってきました。

わたしは慌てて隠そうとしましたが間に合いませんでした。

「あれ、携帯見てたの？　言ってくれれば見せたのに」

「――ごめんなさい。お友達多いのね」

「うん。多いの」

「憩子――宮路さんと話したりするの？」

「うん。最初に会ったときに、番号を教えてもらったの」

さくらはニコッと笑って、わたしから携帯電話を受け取り、充電器にセットしました。

何を話していたの――もしかしたらわたしの家で、別室で話していたのは憩子だったの？　と聞けばよかったのですが、聞くことができませんでした。

わたしは、憩子とさくらが仲がいいのが面白くなかった。さくらを責めて、さくらがわたしよりも憩子を頼るようになったら嫌だと思ったんですね。

そのときにはわたしは、もう、さくらを手放したくなくなっていたんです。

さくらの父親に会ったのは、九月になってからです。

掛井良紀。西山にいろいろと調べてもらって。埼玉から池袋の事務所に来てもらいました。画家ではなくて、所沢で塗装業をやっているらしいですね。

そのときには、『ブロサム』は権田牧子の実家ではないこと、さくらが誠華学園の生徒ではないというのはわかっていました。誠華のほうは、わたしが勝手に誤解していただけでしたけどね。

喫茶店のほうは、西山が足を運んで話をきいたらすぐにわかりました。

権田牧子は『ブロサム』のウエイトレスのパートをしていたんです。近所の、あまりきれいでないアパートに、さくらと共に暮らしていました。ちゃんと話をしようとすると逃げてしまうらしいんですよ。

高校は——ブーゲンビリア女子高等学校です。正直、あまり評判はよくないですね。吉祥寺からは遠いので、通うのも大変だったと思います。

さくらはそのことを、わたしに隠していました。

でも無理ないと思いませんか。さくらは中学校二年のときに両親が離婚して、病気の母親と遠方で二人暮らしをさせられていたんです。慣れない場所で虐(いじ)めにもあって。東京へ戻ってきたらきたで、住んだこともない吉祥寺から、遠い高校へ通わなければならなかったんです。

さくらの成績なら誠華学園にも行けたのに、子どもの教育にお金をかける気のない親だったんですよ。

下手(へた)なことを言ったら親元に送り返されてしまう、また殴られるかもしれない。わたしの部屋にいたくて、さくらは必死だったんです。

「権田八重子の父です。掛井良紀です」

って、良紀は言いました。

「掛井？」

「はい。あ、権田というのは牧子――母親の名字です。八重子は母親と住んでいます」

「失礼ですが、今日はお母さまは」

「今日はどうしても来たくないと。病気なものですから」

愛情があれば、病気だろうなんだろうと、娘が世話になっている人に挨拶くらいするものでしょう。

酷(ひど)い母親だと思いました。ときどき電話があったからって、一か月も子どもを放っておきますか。父親にしたってスーツは着ているけど似合っていないし、髪も白髪交じりだし、爪も汚くて。いつもは汚れた作業着なんだろうと思いました。

顔立ちだけは整っていました。目が大きくて、鼻がつんと尖(とが)っていて、女顔の男でした。——さくらに似ていました。

「八重子はひとりっ子だったので、甘やかしたのは私らの責任です。中学で問題をおこしたとき、もっと厳しく対処をしていればよかったのですが」

「——中学の問題というのは、先生との恋愛関係のことですね」

「はい、まあ……。それで、中学校にいられなくなって、ちょうど長野で、住まいを紹介してくれる人がいたものだから」

「長野にご親戚がいたんですか」

「いたんじゃないですか。知りませんよ、なんであんな場所にしたんだか」

良紀の話はぴんと来ませんでした。八重子っていうのも聞き慣れなくて。

さくらは最初のとき以外、自分を八重子とは一回も言いませんでした。

権田八重子——掛井八重子——さくらの経歴のことは、西山からおおよそ聞いていました。

誠華学園からたどろうとしたら、高校が違うということがわかって途方にくれたのですが、姪の沙久羅に電話をしてみたら、さくらが当時、マンションに親戚の女性と暮らしていたことを思い出してくれたんです。

マンションの管理者が、部屋を借りにきたときのことを覚えていました。お金持ちそうな男性が挨拶をしていったということですけど、何かあったらというので、残していった連絡先が、掛井良紀の番号だったのです。

「問題を起こしたっていうなら、なおさら、十四歳の女の子を遠くに行かせることはなかったでしょう」

「こっちには仕事があります。金もやったし、母親が一緒なんだから問題ないでしょう。高校になって帰ってきたはいいけど、こっちに近づかないっていう約束は破るし、美大へ行きたいだのなんだの、牧子まで一緒になって、わがままばかり言って。私だって困るんですよ」

「それで殴ったんですか」

「殴ってはいませんよ」

良紀は話していくうちに、だんだんふてぶてしくなってきました。馬脚をあらわす、っていうのでしょうか。離婚したからこっちに近づくなというのも酷い話です。

顔だけは綺麗だけど、口も育ちも悪い男だと思いました。さくらとは大違いです。

「子どもが何かやりたいと言ったら、応援してやるのが親の務めだと思いますけど」

「あんたは何もわかっていないから」

「あなたこそ、さくら……八重子さんの絵を見たことがないでしょう」

「見る価値もない」

「八重子さんには才能がありますよ」

「ないですよ」

なんという親だろうと思いました。さくらはあんなに絵が好きで、部屋にはどんどん、新しいスケッチがたまっていくというのに。

さくらの絵は見事なものでした。わたしは見るたびに複雑な気持ちになったものです。なぜって——自分に絵心がないからですよ。むしろ苦手でしたから。

漫画だって好きじゃなかった。母からは、どうして読まないの？　子どもって漫画を読むものじゃないの？　あんたは筧誠一郎の娘なのよ、となじられたりもしました。

一誠も沙久羅もお絵かきが大好きで、賞をとったりもしていたのに。

「——八重子には、高校だけは行くように言ってください。高校を出たら、あとは何をしてもいいから」

良紀は事務的にわたしに告げました。

「帰ってこいとは言わないんですね」

「言えたら言っていますけどね」

「伝えます。八重子さんは、しばらくわたしが面倒をみますから」

そう言ったら、かえってすっきりしました。

隣にいた西山は目をむいていました。良紀が帰ったあとしつこく確認されました。

「本気ですか、由香さん。他人の子を預かるのは覚悟がいると思いますよ」

「いいわ。もう決めたから」

「中学校のときに、美術教師を誘惑して、脅していたって話があるんですよ」

「それはさくらから直接聞くわ。あの子の性格はわかっているから大丈夫」

ええ、もちろんさくらから聞きましたよ。

さくらはしばらく泣いていたけど、絞り出すように言いました。

中学校のとき、美術部の先生を好きになってしまった。好きで好きで仕方がなくて、告白したらキスされた。びっくりしたけれど嬉しかった。でも誰かがそのことを学校に知らせてしまって、転校することになったってね。

自分がいけなかった。ごめんなさい。なんであんなことをしてしまったんだろう――。

だいたい西山から聞いたことと合致していたので、わたしは納得しました。

西山のほうは学校側の周辺から聞いていました。さくらを悪者にする人間もいたらしいですが、教師と中学生が恋愛をしたら、責められるべきなのは教師でしょう。

なんとかそこまでさくらから聞き出すと、さくらは突然怒りはじめました。

「由香さんは嫌い。なんでそんなこと聞くの。それじゃ、お姉ちゃんと同じだわ。由香さんは、わたしに優しくしてくれると思っていたのに」

「お姉さんって誰なの？」

「わたしのことを責める人よ。自分がいちばん正しいって顔をして」

「嘘をつかないで、正直に言いなさい。その制服はどこからもらったの」

「お姉ちゃんからもらったの。誠華学園の制服を着てみたいって言ったら、もう着ないからあげるって」

「あなたに姉はいないでしょう」

「いるの。とても才能のある人。さくらって名前をつけてくれたのは、お姉ちゃんなんだよ」

さくらは少し子どもっぽくなっていました。高校生になっても赤ちゃん返りというのがあるのでしょうか。子どもを持ったことのないわたしにはわかりません。

お姉ちゃんというのがどうやら、さくらの幼なじみか何かだというのはわかりました。

「機嫌なおしなさい、さくら。今度、どこかに連れていってあげるから」

「わたし、大阪のテーマパーク行きたい。東京のはもう行ったから」

さくらはテーマパークが好きでした。けっこうな年齢になっても行きたがりました。ケンカして、仲直りするたびにふたりで行っていた気がする。わたしは、たまには京都とか北海道とかに行きたかったんですけど。

男性のことはね、ある程度は仕方ないと思っていました。

さくらがもてるのは見ればわかるし、わたしだって若いころはけっこう遊んでいました。自分が言われたくなかったことを、人には言いたくありません。

彼氏はいないと言ったり、いると言ったかと思えば別れたと言ったり。

一回、バッグの中に避妊具が入っているのを見たことがあって……。自分の体を大事にしなさい、みたいなことは言いました。あと、マンションに他人を入れるのはやめてねと。

部屋に関しては、マスターキーはわたしが持っていて、いつでもアポなしで入ると言ってありましたから、他人を入れることはなかったと思います。

部屋は別だけど連絡はけっこうとりあって、食事もよく一緒に食べていました。休日なんて、さくらから電話がかかってきて、テレビで見たどこそこのお店に行きたい！なんて言うから、すぐに車を出して食べに行ったりね。

なにしろ女子高校生を預かるなんて初めてだから、こんなのでいいのかとはずっと思っていました。事務所に行くと憩子が話を聞きたがるので相談していましたよ。

わたしに隠れて憩子とさくらが電話していたのはいい気持ちはしなかったのですが、憩子はシングルマザーで息子を大学までやった経験があるから、相談相手としては最適だったんです。

まさかさくらが、憩子の息子とつきあっていたなんて、思いもよらなかったけど。

そういえばそのあたりで、さくらから電話に出てほしいって言われたときがありましたね。さくらがキッチンで電話に出ていて、わたしがお酒を飲んでいたら、由香さん、急で悪いんだけど話してくれる？　って。

わたしは、わけもわからずに携帯電話を受け取りましたよ。

『筧さくらさんの叔母さまですか？　わたし、吉岡と申します。吉岡郁也の母です』

知らない女性の声でね。びっくりしました。

察するところ、さくらの彼氏の母親です。

叔母ではないだのなんだの、ここでごちゃごちゃ言うのも面倒で。

「それは、いつもさくらがお世話になっています」

『こちらこそ。――失礼ですが、筧様は、どんなお仕事をなさっているのでしょうか』

上品だけれど言葉に険があったので、かちんと来てしまいました。子どものころ、愛人の娘だというのでこんな感じで挨拶されることがよくありました。

「父で漫画家の筧誠一郎の版権と、不動産などを管理する会社の社長をしております」

『さくらさんは、誠華学園高等部へ通われているんですよね』

「プライベートなことは、電話では話せません。お話がございましたら、今度、池袋の事務所へおこしください。ＨＰもありますから、ぜひごらんになって」

あれ、なんの電話だったんでしょうね。よくわからないまま話を合わせて切りましたけど、あとから何かに似ていると思って、思い当たりました。

さくらの母親です。家に来たばかりのときに携帯電話で話したとき、相手はあのときのわたしと同じように、話を合わせていたように思います。言い方は違いましたけど。

「今の人、彼氏のおかあさんなの？」

わたしが尋ねると、さくらはけろりとして言いました。

「友達。わたしが筧プロダクションの社長さんにお世話になっているって言っても、ぜんぜん信じてくれなくて困っちゃったの。由香さん、ありがとう」

さくらはニコニコしてわたしにお礼を言いました。

あれがあとから、わたしまで責められる材料になるなんて。

吉岡郁也さん。大学生だったらしいです。さくらが誠華学園高等部に通っていると信じ込んで、パソコンを買ってあげたり、あれこれお金を使っていたみたいで。子どもの恋愛に親が出てくるなんてね。まったく呆れた話です。

わたしとしてはね、結婚してもよかったと思うんですよね。

吉岡郁也でも、宮地洋太朗でも。さくらに普通の勤めはできなそうだし、わたしだっていつまでも面倒をみているわけにもいかないし。美人なんだから、若いうちにお金のある相手を見つけて、子どもを産んで、好きに絵を描かせてもらえればいちばんいいと思ったんですよ。

何かの話のはずみでそう言うと、さくらはまっすぐにわたしを見て首を振りました。

「わたしは、お金なんか要らないんだよ。由香さん。何も要らない。好きな絵を描ければそれでいいの」

さくらはお金が欲しかったんじゃありません。欲の無い子でした。それだけは断言できます。浅はかなところはあったけれど、お金のためではなかったのです。

「わたしが欲しいのは才能だよ、由香さん。わたしは自分を人に認められたいの。わたしは、誰かの奥さんとしてではなくて、自分の名前で生きていくの」

さくらの瞳は真っ黒で、吸い込まれるみたいでした。

さくらが高校三年になったとき、わたしはさくらの通っていた美術教室に行きました。尾野内アートスクール——さくらがモデルのアルバイトをしながら、絵を教えてもらっていたところです。小さなマンションで、個人がやっていた教室です。

さくらはそこに高校一年から通っていたんです。モデルのアルバイトをする代わり、授業料はなし。さくらによれば、見込みがあるので特待生扱いをしてもらっているということでした。

そのころわたしは、さくらを美大へ行かせてやってもいいと思っていました。高校を卒業したからといって、あの親のもとに帰すには忍びないですし。実際、筧プロダクションとしても悪い投資ではないと思ったんです。

当時、しましまユカロンが実写映画になるという話が出ていました。一代目のユカロンはわたし。二代目は姪の沙久羅。そして三代目として、美大生の女の子が広報になれば、けっこうな話題になると思いました。性格も似ていますよね。許されるならさくらが女優になって、主演してもらいたいくらいです。

尾野内シューマから、美大には行けないと言われたときはがっかりしましたよ。

そういえば尾野内シューマの絵はさくらの絵に似ていましたね。さくらによれば、尾野内先生を尊敬していたから、技法を教えてもらって、似たような絵を描いてきたということでした。

それからあちこちの大学を見てまわったりもしたんですけど、ぴんと来なかったみたいで。結局、ここがいいと言ったのが、山野手イラストレーション&クリエイター学院でした。さくらは、グラフィックデザインをやりたいと言いました。

そのころがいちばん平穏だったのかもしれません。わたしにとっても、さくらにとっても。

わたしにも恋人ができました。前の結婚で失敗して、男性はもういいと思っていたのですが、渉と会って少し考えが変わりました。

佐伯渉は編集者です。秀読社の——ええそうです、ご存知ですか。

佐伯は、父の売れないころに描いた短編を、埋もれた名作漫画っていうアンソロジーに収録したいからといって、筧プロダクションに訪ねてきたんです。

さくらがお茶を出したら、佐伯は驚いたようでした。

「姪なんです。ときどき事務所の手伝いをしてもらっています」

さくらは対外的には姪ということにしていました。説明するのが面倒なので。

「わたしも漫画を描くんです。祖父の大ファンなので、無理に事務所のお手伝いさせてもらっています」

さくらはニコニコしながら言いました。

「へえ。やっぱり蛙の子は蛙なんですね。筧先生に、こんなに綺麗なお孫さんがいるなんて思いませんでした。よければ漫画見せてくれますか？」

「とても人様にお見せできるようなものじゃないんです」

さくらははにかんで、軽く頬を染めていました。憩子やわたしには最初から人なつこい感じだったので、ちょっと意外でした。

佐伯とはそれから飲みにいって、自然におつきあいすることになりました。

わたしのタイプだったし、佐伯のほうは筧誠一郎のファンでしたから。佐伯も一回結婚に失敗していたし、年も同じだったから、意気投合したんですね。

さくらが姪ではなくて、姪の友達なのだ、という話はしました。

佐伯によれば、最近の漫画家さんはみんな可愛い子ばかりなんだそうです。デビューするときには同人誌に描いていて有名人だったり、裕福な主婦がマイペースに描いてたりね。父みたいに、漫画にしがみついてボロアパートでこつこつと描いて、売れるとぱっとお金が入ってくる、みたいな時代ではないんですね。

さくらが漫画を描くという話を聞いたのは久しぶりでした。漫研に入っていたことはあったようですが、作品を見たことはありませんでした。

さくらに尋ねてみると、学校に行ってからまた描き始めたそうです。

作品集を見せてもらったら、ちゃんとした漫画でした。

薄い本でしたけどきちんと製本されて、作者名も印刷されていました。

『馳川志温【グラフィックアート科　権田八重子　コミックアート科　長谷川優美】』

って。

タイトルは——そうです、『ひとりだけのリオ』どうして知っているんですか。

「ペンネーム、筧さくらにするかと思ったのに」

わたしは言いました。さくらの本名が権田八重子というのは、頭ではわかっていたけれど、あいかわらずぴんと来ませんでした。今だってそうなんです。

「共同ペンネームだから、優美ちゃんと相談して決めたの。馳川っていうのは、優美ちゃんの本名の長谷川から。志温っていうのは、紫苑って花の名前から。漫画を描くときは桜じゃなくて、青い花になってみたかったの」

「絵の感じ、ずいぶん変えたのね」

「美大を目指していた頃とは違うから。ちょっと自分を変えることにしたの。優美ちゃんのストーリーをもとに、わたしがネームをやって、ふたりで描いてるんだよ」

少したって、さくらは秀読社の少女向けのファッション雑誌に載ることになりました。漫画家志望の美少女として。読者モデルですね。

このことを佐伯から聞いたときは、ほっとしました。

さくらは派手な子だし、写真写りもよかったので、そういう仕事が向いていると思っていたんです。絵の才能はそれほどない、とは、遠回しに尾野内シューマからも言われていましたしね。

プロフィールの東都美術大学卒業というのは間違いでしたけど、それくらいはいいだろうと思いました。一般人ですし、年齢も本名も伏せていますし。佐伯はどういうわけか、さくらを東都美大出身だと思いこんでいたので、訂正するのもはばかられました。それより、共作者だった子から、漫画を載せるなと言われたほうに怒りましたね。それは佐伯から聞きました。

佐伯は漫画の編集者ですから、さくらを、モデルよりも漫画のほうで育てていきたかったらしいんです。

馳川志温——長谷川優美でしたっけ。あの無愛想な子。一回会いました。相談もせず突然共作を暴露しておいて、謝りもしませんでした。思えば失礼なのは当時からだったんですね。新人のくせに、打ち合わせで掲載が決まっていたのをひっくり返すとか、迷惑な子です。佐伯はその後始末が大変だったようです。

さくらは、優美ちゃんを責めないで、わたしが悪かったんだからと言っていました。今も昔もね。彼女のせいで酷い目にあったのに、かばっていたんです。それだけでも、どちらが人間的に信用できるのかわかりますよね。

それからさくらは、ちょこちょこと雑誌のモデルに使われるようになって。専門学校を卒業しても忙しそうにしていましたし、わたしは佐伯と結婚するつもりでしたから、さくらと秀読社がつながっていられれば、ちょうどいいと思っていたんです。変化があったのは、さくらが個展をはじめてからです。

さくらがアーティストとして本格的に活動を始めたのは、ちょうど十年前——二十三、二十四歳ごろからだったと思います。

最初は個展でした。吉祥寺のアートスペース——ええ、『ブロサム』で、ｓａｃｒａって名前で。事務所に問い合わせが来て気づきました。

主催が筧プロダクションになっていました。確認のためにさくらの部屋に行くと、さくらが机に向かって筆を走らせていました。

イーゼルもありましたが、そのときには机でした。

漫画の部屋は様変わりしていました。パソコンとプリンターと、ペンタブレットがあって、石膏像は埃をかぶっていました。

プリンターは学校へ行くときに揃えたものよりひとまわり大きい、新しいものでね。いつのまに買ったのかと思いました。卒業して三年くらいたっていたので、さくらはもう絵をやめたと思っていたんです。

デスクにはスケッチブックと、真っ赤なボーダーを背景にしたうさぎと、猫の絵がありました。印刷されたものです。

いちばん驚いたのは、額にいれて飾ってあった証書です。東都美術大学と、誠華学園高等部の卒業証書。名前は筧さくらで。山野手イラストレーション&クリエイター学院の卒業証書はありませんでした。

「この絵、可愛いでしょう。個展で飾るの。佐伯さんの雑誌にも載っけてもらえるかもしれないの」

「この卒業証書は？　作ったの？」

「うん。このプリンター業務用だから、なんでも作れるの。試しに作ってみたの」

さくらはそういうことが得意なんです。学校で、グラフィックデザインをやっていたからですね。本棚にはパソコンの本がありました。

誠華学園と東都美術大学といえばさくらの憧れですから、気持ちはわかりました。

「人には見せないようにしなさいよ」

「うん。ここには誰も入れないから大丈夫。はがきとポスターも作ったの、見て」

「個展をやるのはいいけど、プロダクションの名前を使うなら前もって相談して。事務所に問い合わせが来るから」

「ええ？　まだはがき出してないのに。ギャラリーのほうで勝手に宣伝しちゃったのかな。ごめんね」

さくらはぺろっと舌を出しました。

「それより由香さん、さくらうさぎとさくらねこ、どっちが好き？」

さくらが両手に持ってわたしに見せたうさぎと猫に、わたしは目を奪われました。

さくらうさぎとさくらねこ。見たのはそのときが初めてだったのですが、とても可愛くて、明るくて。さくらにぴったりでした。

実はわたしは、それまでのさくらの絵をあまり好きではありませんでした。

高校のときに熱心に描いていた繊細な自画像は、うまいとは思ったけれども、どこか冷たくて、しっくりときませんでした。不条理ＳＦの漫画も面白いとは思えませんでした。

さくらなら、もっと鮮やかな、元気いっぱいの絵が合うと思っていたんです。

「さくららしい絵ね。猫よりもうさぎがいいわね」

「そうなの？　猫はかわいくない？」

「ちょっと幼いし、どこかで見たことのあるような感じだから。うさぎのほうが明るくて好き」

「そうだね。じゃあ、さくらうさぎ、たくさん描こうっと。今、原画を描いているところなの」

スケッチブックを見ると、たくさんのうさぎが跳ねていました。カラーペンで描いた雑な絵でしたけど上手で、勉強してきただけのことはあると思いました。

パソコンのほうは、スケッチをとりこんで線をはっきりさせ、きれいに色がつけられていました。

イーゼルには彩色後に乾かしている紙がありました。パソコンとまったく同じ絵です。

さくらが作業している描きかけの机の絵も、完成したものはパソコンにすでにあるようです。

「原画って最初に描くものでしょ。なんでパソコンの絵と同じなの」

「最初に書くのはラフスケッチ。それをパソコンでとりこんで、完成させてから印刷して、それを紙に写して、色を塗って、原画にするんだよ」

「――それ、原画じゃないでしょ」

「できあがった絵は同じだから原画だよ。絵画展で、プリントしたのを飾るわけにはいかないし」

「だったら原画って言い方はしないわよ。デジタル作画したものをカラーインクで彩色――とかいう言い方になると思う」

「そういうの嫌なんだよね。全部パソコンでやるとか、抵抗があるの。古い人間かもしれないけど、わたし、絵はやっぱり全部、手描きのほうがいいと思うんだよね」

「じゃあ最初から、全部手で描けば？」

「だからこうやって、ちゃんと一から写して描いているんだよ。もうやること多くて大変だよ。——そんなことより由香さん、お願いがあるの」

「何?」

「服買ってほしいんだよね。めちゃくちゃ可愛いやつ」

さくらはわたしを見つめ、ニコッと笑いました。

雑誌で宣伝したおかげもあって、最初の個展の評判は上々でした。

それから半年に一回くらい、さくらは個展を開くようになりました。

地域の情報紙にさくらが載って、テレビのインタビューをはじめて受けたのもそのころですね。美人アーティストとして話題になりました。

さくらうさぎがお菓子のマスコットに採用されて、可愛いというのでぬいぐるみになり、グッズも売るようになりました。わたしももちろん、仕事として関わっています。

さくらは広告宣伝や、事務的な手続きが苦手ですからね。

さくらは生き生きしていました。マグカップと絵はがきは個展でしか売らなかったので、マグカップを欲しいという人が個展に並んで、ついでに「原画」も売れていきました。

ラフ画をパソコンにとりこんで、線と色をつけたのち、プリントアウトして、紙にトレースして、パソコンのままの色を塗る。それは原画ではなくて、塗り絵ではないでしょうか。

塗り絵を原画と称して売ることはどうなのか――さくらの言うとおり、描いたのは作者で、一点ものには違いないからいいのか。佐伯に聞こうかと思ったのですが、大ごとになったらと思うと言えませんでした。

――ああ、佐伯のことですね。

そのころは順調だったんです。別れたのは、さくらの仕事が軌道に乗ってからです。ずっとのらりくらりとかわされてきて。いいかげん結婚するのかしないのか問い詰めたら、ふられました。

好きな人がいる、結婚するつもりでいる。相手が誰だかは言えない。ってね。呆れました。

相手のことは調べませんでした、もちろん。調べたところでなんになりますか。わたしだって男友達は多いほうです。四十歳を過ぎても、結婚を申し込む男だっていました。その気のない男を追うつもりはありません。

まさか、さくらじゃないと思いますよ。

佐伯とさくらは、十六歳も離れているんですよ?

さくらがずっと、わたしに内緒で佐伯と会っていたとか、あるわけがないでしょう。

結婚詐欺だとはじめて言われたのは、三年ほど前になります。

憩子から。

まさか憩子がわたしに反旗を翻すなんて、思いもよりませんでした。

まったく頭にきます。憩子は――筧プロダクションを乗っ取ろうとしていたんですよ。

さくらを養女にするという話は、ちょっと前から出ていました。わたしは子どもに恵まれませんでしたから、このままではわたしが亡きあと、筧プロダクションを守る人間がいなくなってしまいます。

さくらが美大に――せめて、そこそこの大学に行ってくれればよかったんですけど。

弁護士の西山が反対したときに、味方になってくれたのは憩子でした。さくらは幼いところもあるけれど、まわりが補佐をすればいい。芸術家として知名度をあげていけば、いずれ筧プロダクションのためにもなると。

でもそれは、宮地洋太朗とさくらがつきあっていたからだったんです。

あるとき憩子から急に、さくらに結婚する気がないなら、専門学校の費用を返してくれと言われました。

全部で三百万円くらいです。さくらが手続きをしてきたから、もちろん両親が出していると思ったんだけど、洋太朗が出していたんですね。

わたしはもちろん知りません。知っていたらわたしが出しますよ。

洋太朗はさくらと七つくらい違っていたのかな。さくらが入学したときは社会人とはいえ、そんなに自由になるお金はありません。だからまず貯金とボーナスをつぎこんで、足りない分は憩子から引き出していたわけですよ。

三百万円くらいすぐに返せました。さくらうさぎが売れていましたから。憩子はもちろん辞めさせました。憩子は辞めるのはいいけれど条件がある、といいました。さくらから洋太朗に、謝ってほしいと。

さくらはもちろん了承して、事務所に来ましたよ。

憩子は洋太朗を連れてきました。母親と一緒にわたしをなじるのかと思ったら、さくらを見つめて言いました。

「こうなったら仕方ないよ、八重子。養女になるとかはどうでもいい。結婚しよう。本当の気持ちを、由香さんに言ってやってほしい」

「ごめんね。わたしがいけなかったの」

さくらは、ぽろぽろ涙を流していました。

「洋太朗君が、あまりに優しかったから、甘えちゃったの。ごめんね」

「謝られる意味がわからない」

「もう会えないの。わたしは由香さんが大好きで、とても大事なの。誰よりも」

「だから本当に意味がわからないんだけど。むしろ今が、全部を明らかにするチャンスだよ、八重子」

憩子は洋太朗をひきずるようにして事務所を出ていきました。

「すんだんですよ。もう終わったことです。

　そのほかに、細かいものはぼろぼろありました。去年、いろんなことがすっぱ抜かれてから、問い合わせが来て。

出してもらっていたのはお金じゃなくて、ものの場合も多かったです。パソコンだの本だの、服だの。あとなんだろう、卒業証書だの、何かの資格の証書だの、どこかの写真だの。変わったところでは、メールアドレスを作ってもらったり、本を製本してもらっていたりとか。食事もけっこう奢(おご)ってもらっていたみたいですね。

おかしいとは思いません。わたしが若かったときは、恋人同士じゃなくても、男が女に何かを贈るのはあたりまえのことだったんです。まして、さくらはあれだけの美人なんだから。一緒に食事をしてあげたら、感謝してもらいたいくらいです。

相手はいろいろです。友達だったり、どこかで偶然、となりに座った人だったり。最初にテーマパークに行ったとき、声をかけてきた人が入っていたのには驚きました。いつ電話番号を交換したんだろう。彼はわりと礼儀正しくて、大変ですねって気遣ってくれました。責める人だけじゃなかったんです。

どっちにしろ、向こうから声をかけてきた男たちです。さくらから持ちかけたのではありません。

これはひとつひとつ、誠実に処理させていただいています。

共同制作のほうですか？　あの漫画家の。

こちらもかたはつきました。

さっきも言いましたけど、Ｔｗｉｔｔｅｒの騒動があってすぐ、馳川志温に会っているんです。

ショートカットに眼鏡の。かわいげのない子です。あんな子が漫画家だなんて。売れない時代に共同制作に同意して、それなりのお金を受け取っていたくせに、売れたからって自分のほうが被害者みたいな言い方をして。本当に腹がたちました。

「わたしが大人げなかったことは認めます。何も言わずに引くべきでした。でも、そちらにも管理責任があるんじゃないでしょうか」

って、にこりともせずに言うんですよ。

話したのはファミレスです。まわりの目があるほうがいいからって。

そして、さくらが同席しないことが条件でした。宮地洋太朗と反対です。

「共同制作に同意したのはあなたでしょう、馳川さん。お金を受け取っていたんだから、解消するならそれなりの手続きが必要だったと思いますよ、社会人として」

「共同制作に同意って、証拠があるんですか？　わたしが描いたうさぎの著作権を、さくらに渡すっていう」

「同意書と領収書がありますよ」

「ふーん。これコピーですよね。原本見せてもらいたいですね。わたしは書いていません。断言できます。筆跡鑑定とか、してもらっていいですか」

「そこまで言うなら、出るところに出ればいいでしょう？」

馳川志温なんていう漫画家に、ちゃんとした弁護士を雇えるわけもありません。版権や著作権の管理はわたしの仕事ですから、扱いには慣れています。

でもだからこそ、裁判をしたところで双方に得るものはないということはわかっていました。

「そもそも馳川さんの名前は、共同ペンネームでしょう。ふたりで漫画を描いていて、自分だけが漫画家になったからって、今になって昔の絵も自分だけが描いたって言うのは通らないんじゃないかしら」

「はあ？　わたし、さくらに会う前からこのペンネームですけど。他人と描いたことなんてありません。専門学校で聞いてください。なんなら、高校の漫研の同人誌もってきますよ」

「——馳川さん、筧さん、落ち着いてください。それをはじめたら泥沼になりますよ」

西山が止めに入らなかったら、本当に裁判になっていたかもしれません。

強気だったわりに志温は、西山が申し出た手打ちをあっさり了承しました。西山は、さくらうさぎをこれまで通りに使わせてくれるなら、原案に馳川志温の名前をいれてもいいと提案しましたが、それはむしろ、やめてくれと言いました。

志温の剣幕からいって、もっとごねると思っていました。提示した金額は、グッズの売り上げの何分の一にもなりませんでしたから。

「さくらと関わりたくないので。お金をもらって無関係になれるならそれでいいです」

「本当にいいんですね」

西山が確認すると、馳川志温ははじめて、ちょっと弱気になりました。

「さくらうさぎに罪はないから。こんなふうに育って愛されてるキャラを、殺すことなんてできません。モデルのうさぎの名前、ウサ吉っていいます。わたしは手を離すけど、筧さんのほうでこれからも大事にしてもらいたいんです。それ、正式な書類にいれてください。——お菓子のキャラクターグッズからは外されてないんですよね？」

「それは大丈夫です。あなたが今後、何も言わないでいてくれれば」

「言いません」

駆川志温はすっきりしたのか、せいせいしたような表情で、念書に印を押しました。それで終われば印象もよかったのに。帰り際に一言、余計な言葉を残してね。

「——失礼ですけど、さくら、病院連れていったらどうですか。ちょっと頭おかしいですよ。あなたも。わたしはもう、関係ないことですけど」

たいした漫画家でもないくせに。

このゴタゴタでお金はそれなりに使いました。息子がいなくなったせいか、経営もちょっと悪化していましたし。賃貸に出していたマンションがふたつあったんですが、ひとつを売って、あと株も売ったのかな。株のほうは下がっていて、あまり利益にはなりませんでした。

タワーマンションは残しています。値段が下がっているというのもあるけど、売ったら住む場所がなくなってしまうので。わたしもさくらも。

駆川志温と話したあとは、さすがに疲れてしまってね。

さくらを部屋に呼んで、食事をしながら愚痴を言ってしまいました。

なんなのあの子。ちょっと漫画が売れたからって、自分を何様だと思っているのって。

そうしたら、さくらはね。駆川志温をかばったんですよ。

「でも、優美ちゃんは才能があるんだよ、由香さん」

って。ピンク色のスパークリングワインのグラスを前にして、まっすぐにわたしを見つめて言いました。

「由香さんがなんで優美ちゃんをバカにするの。優美ちゃんの漫画は、優美ちゃんにしか描けないんだよ。由香さんには才能がないでしょう。自分では何も創り出すことができない。お金があるっていったって、親の遺産に乗っかっているだけのくせに」

「――さくら！」

思わずわたしは叫びました。

さくらはきょとんとしていました。

わたしは傷つきました。さくらのためにいろいろやってきたのに、なんでさくらが彼女の味方をするのかわかりません。

気まずくなって、食事の後片付けもせずに寝室でワインを飲んでいると、そっとさくらが入ってきました。

さくらはちょこんとベッドに座って、わたしに寄り添ってきました。犬みたいに。

タオル地のショートパンツ姿でね。やっぱりきれいな太ももでした。くっついていると、温かかったです。

「――ね。テーマパーク行きたい、由香さん」

しばらくしてから、さくらはわたしにねだりました。

「どこに？　大阪？　東京？」

「フロリダ」

さくらは外国にいてもさぞ可愛いだろうと思いました。

うさぎの耳が似合う三十三歳なんて、どこにもいません。さくらくらいですよ。

さくらは三十三歳には見えませんでした。外見も内面も、ずっと十七歳くらいのままです。無邪気な、可愛い娘でした。

アメリカには半月ほどいました。さくらはアメリカでも人気者になったし、わたしにとってもいい息抜きになりました。

アメリカから帰ってくる飛行機の中で、さくらは、

「由香さん、わたし、新しい人間になる」

って言ったんですよ。

わたしは仕事がたまっていたので、そのまま池袋に直行して、さくらと別れました。

それきりです。さくらは失踪しました。ピンク色のスーツケースを持って。

実はね、電話があったんですよ。

三日くらい前かな――いいえ、さくらじゃありません。

沙都美さんからです。

ちゃんと話すのは久しぶりでした。父のお葬式以来じゃないでしょうか。事務所と年賀状のやりとりをしていたので、一誠と沙久羅がそれぞれ結婚して、赤ちゃんが生まれたことは知っていたんですけど。沙久羅の幼なじみのイラストレーターさんのこと、大変だったんですって」

「沙久羅から聞いたんですけど。沙久羅の幼なじみのイラストレーターさんのこと、大変だったんですって」

沙都美さんはわたしと十歳違うから、還暦手前くらいでしょうか。若々しい声で、ぜんぜん変わっていませんでした。

朝倉さんが沙久羅の取材に行ったから、何かのはずみで話題に出たんでしょうね。

「それで——そういえばって思い出したの。あの方、お葬式のあとで一回、うちに来たことがあって。ちょっと雑談したの。すっかり忘れていたんだけれど」

初耳でした。さくらは、父のお葬式のあと——高校二年生のとき、わたしと再会する前に、もう一回、長野に行っていたんですよ。

そこで沙都美さんは、父の思い出話やなんか——わたしとの確執のことを、さくらに話したんですって。筧プロダクションの経営状態のこととかも。沙都美さんも、父が亡くなったばかりで精神状態がおかしかったから、わたしの悪口みたいなこととか、家庭の内情まで喋（しゃべ）ってしまったんだって。

あとになってから喋りすぎたと気づいたけれどどうしようもなくて、沙久羅にも言わずに忘れることにしたんだそうです。

そういえばね――さくらがうちに来たとき、やけに家の話をしたと思ったんですよ。自分の父親は放蕩ものの画家だとか。自分は離婚家庭で、母親が病気だとかね。あれ、まさか、沙都美さんからわたしの事情を聞いて、わたしの同情を得るためにそういう話をしていたとか、そういうことってあるんでしょうか。

わたしが、使わなくて遊ばせているマンションの部屋を持っているとか。離婚したばかりでストレスがたまっていて、暇さえあれば買い物をして、要らない服までたくさん買ってしまうとか。

さくらはすべて知っていて、いろんな設定を作ってから、わたしに近づいたんでしょうか。

まさかね。そんなわけないとは思うんですよ。

だってさくらはあのとき本当に、捨てられた子犬みたいに途方にくれていたんだから。沙都美さんとはつい長電話してしまいました。やっぱりふたりきりの姉妹だし、わたしも今後について迷っていましたから。沙都美さんは、父の漫画が原作の映画を二回も見に行ったらしいです。話し出すと話題が尽きませんでした。

それから、一誠の子がね。

ふたりとも男の子なんだけど……。小学生の上の子が、筧誠一郎の大ファンで、自分でも漫画描いているんですって。ノートに、手描きで。だから今度の夏休みに、東京の事務所に連れていってもいいかって。

もちろん了承しましたよ。父のひ孫ですからね。生原稿を見せてやろうと思います。

わたしは、笑ってしまいましたよ。

隔世遺伝ですか。こんなことってあるんですか？

なんでわたし、絵が描けないんでしょうね。漫画を自分で描こうなんて、思ったこともないんですよ。なんででしょうね。

わたし、本当に父の子なんでしょうか？

今はそんな話をしているんじゃなかったですね。

わたしはさくらに会いたいです。聞かなきゃならないことがたくさんあるんですよ。

さくらは可哀想な子なんです。寂しがりやで、優しくて、才能のある子です。よりそっていると、温かくてね。ほんのりといい匂いがするんです。

会って、わたしだけはさくらの味方だって、言ってやりたいんですよ。

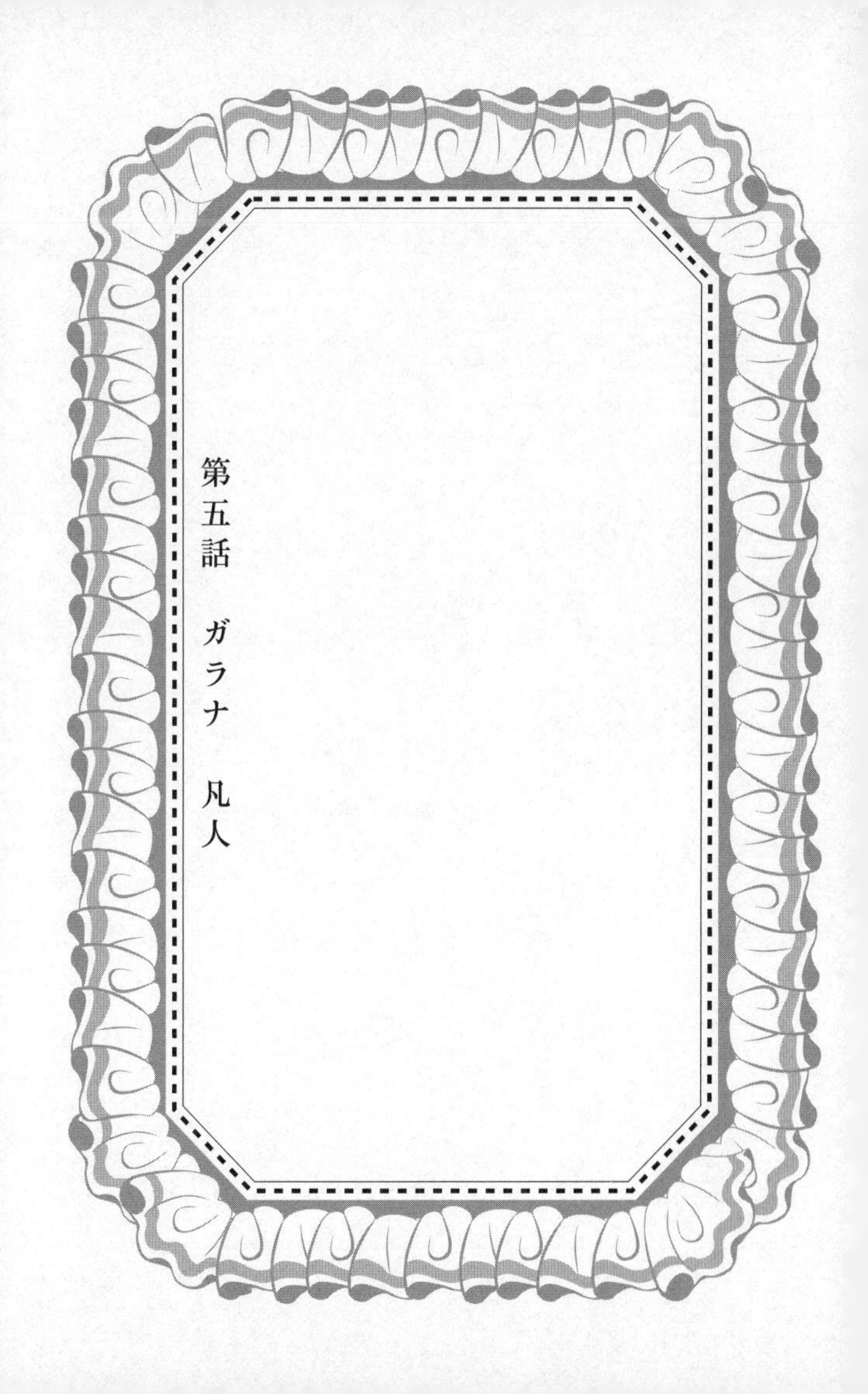

第五話　ガラナ　凡人

ガラナっていうのは、果物の名前です。

本名は我喜屋果子っていいます。父の出身が沖縄なんです。

おばあちゃんがつけてくれた名前だから気に入っているけど、フルネームだとごついでしょ。だからガラナって名前にしました。作品も、果物をモチーフにしたものが多いんですよ。

イラストレーターってことになっていますけど、立体物を作るのも得意です。絵で生活できるようになるまで、アクセサリーを作って売っていたこともあります。

美大の出身ではありません。卒業したのは九州の美術系短大の工芸科です。

福岡のデザイン会社にいったん就職しましたけど、創作の時間がとれないので、友人のすすめもあって思い切って東京に出てきました。

さくらとは、都内の展示会のメンバーとして会いました。

『Live in the city——都市に生きる六人展』って言って、当時できたばかりの電車の高架下のスペースを使って、若手アーティストを六人集めた展示会があったんです。

今でも毎年やっていて、去年が八回目かな。このときが第一回目でした。

これ、個人でやっているクリエイターにとってはありがたい企画なんです。個別に与えられたスペースを好きなように使っていい上に、補助金も出ます。わたしは当時二十三歳で、発表する場所を探していましたから、合格の知らせが来たときは嬉しかったです。

わたしは応募して採用されたんですけど、さくらは推薦だったと思います。当時はもうテレビに出ていましたし、イラスト集やカレンダーなんかも出版されて、売れっ子でした。ｓａｃｒａは目玉みたいなものでした。

顔合わせは鉄道会社の会議室で行われました。

女四人、男二人。学生が一人と、プロが二人、わたしみたいな駆け出しが三人。作品も、さくらうさぎみたいな可愛い絵もあれば、立体物あり、ファインアートありで、個性が強かったです。

さくらはおとなしかったですよ。いちばんの有名人だったけど、偉ぶるところはまったくなくて。

クリエイターって我が強い人も多いんですが、さくらはあまり自己主張がありませんでした。内田チカコさん――メンバーのひとりで、本の装画を中心にしてプロでやっている人がいたんですが、彼女も、さくらさんって思っていたのと違った、素直な人だねって喜んでいました。

わたしは全員が初対面でしたが、ほかの人たちは顔見知りだったり、名前を知っていたりしていました。チカコさんは年上だったので自然にリーダーっぽくなりました。

さくらがほとんど唯一、主張したのは展示の場所です。

「ガラナさんの隣がいい」

って言ったんです。

場所はくじ引きの予定だったんですが、チカコさんから、全体の統一感や、入りやすさ、回りやすさを考えて、話し合って決めようって提案があって。入りやすさとなると、有名な人を大通り側の入り口に近いスペースにするしかないわけで、社会人の男性なんかは不満げでしたね。

わたしは場所にはこだわらないので――っていうか、それが東京で初めての展示会だったので、そういうものなのかと思いながら、みんなの話を聞いていました。

「わたしとガラナさんの作品、なんとなく似ていると思うので。隣だったら映えると思うんですが、どうですか。ガラナさんの隣なら、奥のほうでもいいですよ？」

さくらは、わたしのファイルを見ながら言いました。

会議室には、それぞれの作品のファイルがありました。応募にあたって、実行委員会に、これまでの経歴と一緒に提出したものです。

さくらは奥でもいいと言ったけど、どう考えてもこの中でいちばん人気があるのはさくらで、目をひくから裏通り側にするのはもったいないでしょ。

チカコさんとｓａｃｒａを大通り側にするのはいいとして、わたしは無名もいいところだから、なんでガラナ――って雰囲気になりかけたんだけど、諒一君――ＲＹＯって子が、あっさりと、

「チカコさんとさくらさん、奥に持っていくわけにもいかないっしょ」

って言って、ぱっぱと決めちゃいました。

結局、入り口にチカコさん、その隣にさくらとわたし、向かいに残り三人になりました。こういう並びです。チカコさんの隣に入り口、わたしの隣に出口があります。

内田チカコ、ｓａｃｒａ、ガラナ
市ノ瀬竣、田島日菜、ＲＹＯ

日菜ちゃんは学生、諒一君は大学を卒業したばかり、竣さんは会社員です。

諒一君は言い出しっぺだからか、いちばん奥をあえて選んでくれました。

あとで諒一君に聞いたら、別にどこでもよかったんですって。彼は芸術家気質で、大きな油画を描いていて、売り込みとかを面倒に感じるタイプでした。

わたしはそのころは立体が主だったし、さくらの絵と似ているとは思えませんでした。

なんでさくらが、わたしの隣でって言いはったのかわかりません。

展示会そのものは、問題はなかったと思います。

搬入と飾りつけはさくらじゃなくて、知らない女性がやってたなとか、やたら差し入れが多くて、お客さんじゃなくて知り合いばかりが来ていたなとか、それくらいですね。

プロフィールに書いてありましたよ。祖父は漫画家の筧誠一郎、誠華学園、東都美術大学デザイン学科卒って。諒一君は同じ大学出身なので、よく話していました。学食のあれがおいしいとか、学園祭のこととか。まったく不自然さは感じませんでした。諒一君がおしゃべりじゃないせいもあると思いますけど。

あとそうだ——変わったことといえば、鈴ですね。日菜ちゃんの。

日菜ちゃんって、さくらの向かいのスペースの子です。ガラス工芸と、切り絵みたいな感じの絵を飾っていました。展示も、黒や金の布地をたっぷりと使ったシックなもので、中央に繭を作って。展示中も必ずいて、静かに絵を描いていました。

スペース全体を作品としてみていたんだと思う。絵を、窓みたいなものだと思っていたのね。そういうセンスがすごくいい子だったんです。日菜ちゃん自身もちょっとエスニックっぽい、変わった格好で。裸足で、片足には鈴をつけていました。

鈴には意味がありました。あの空間で鈴を鳴らさない、ということにこだわっていました。華奢だったので、本当に歩いても鈴は鳴らなかったです。たまに、ちりん、と鳴ったりすると、ちょっと妖精じみた、はっとするような感じがありました。わたしは好きだったな。あのときの日菜ちゃんの展示。学生だからひとりよがりなところもあったけど、それはそれでなかなか作れないものだと思います。

だけど二日目に、さくらが真似しちゃって。

さくらも裸足にサンダルで、片足に鈴をつけちゃったんです。

さくらは毎日は来なかったんですけど――スタッフがいますから、来ないのはかまわないんですが、気づくと、日菜ちゃんと同じような鈴をつけて、あちこちを歩き回っていたんです。

お客さんとかに、この鈴はどういう意味があるの？　とか言われると、ゆっくりと流れていく時間を感じさせたいから、とかなんとか、ニコッとしながらいっぱい話していました。

それ、日菜ちゃんの受け売りなんですね。たぶん。さくらは展示コンセプトのファイルを読んでいるから。日菜ちゃんは無口で、さくらみたいにフレンドリーではないから、お客さんには言わなかったけど。

で、やっぱりさくらのほうが有名だし、見る順番からいってさくらが先だから、日菜ちゃんのほうがさくらの真似をしているんだなってまわりの人は思うんです。

　さくらが鈴を足につけたところで、日菜ちゃんみたいな不思議な雰囲気にはまったくならないんですけどね。

　日菜ちゃんは悩んで、わたしに相談してきました。鈴をはずしたほうがいいかなって。チカコさんに言ったら、気が強いからさくらを怒っちゃうかもしれない。それは気まずくなるから避けたい。自分がやめるのはいいんだけど、どうしてさくらが鈴をつけているのか知りたい――って。

　まさかさくらみたいな有名人が、こんなに堂々と、学生の日菜ちゃんの真似をするとは思わないですよ。

　ちょうどわたしはさくらとお昼を食べに行く機会があって――ええファミレスです。日菜ちゃんは毎日、十時ごろから夕方までいましたが、小食だからか、何かを食べに行くのはなかったです。

「足の鈴、日菜ちゃんも一日目からつけてるんだよね。さくらさんは二日目からだけど、偶然なの？」

「うん。びっくりしちゃった。同じこと考えている人がいるんだなって。最近気づいたんだけど、すごい偶然だなって」

　さくらはけろりとしていました。

「――そうか。それなら仕方ないよね。日菜ちゃんが気にしていたんだけど、そう言っておくよ」

「日菜ちゃん、気にしていたの？」

「同じことをするのに抵抗があるから、鈴をはずすって」

「ええ？　それってダメだと思う。日菜ちゃんのほうが先なんだもの。それだったら、わたしのほうが外すわ。日菜ちゃんに謝らなきゃ」

さくらは、日菜ちゃんのところに飛んで行って、もう鈴は使わないからね。ごめんね
――って謝りました。日菜ちゃんは納得していたけど、やっぱりやりづらくなったのか、
鈴は外してしまいました。

最初の展示会の問題といえば、それくらいです。

それでさくらと連絡先の交換をして、そのときに言われたんです。

「二人展やらない？　ガラナとｓａｃｒａで。お金は全部出すから」って。

わたしは断りました。
理由――特にはないです。やる理由がないってだけ。さくらうさぎは、わたしと合わないかなと思ったんです。

わたしはそのときアクセサリーを作るアルバイトと創作を両立していて、それなりに順調でした。

アクセサリーは内職のつもりだったんですが、発注もとの女性が、わたしの果物のモチーフを気に入って、自由にやらせてくれるようになりました。西洋ビーズと樹脂で作るんですけど、木いちごのピアスとかバレッタとか、けっこう売れて忙しかったです。その人は今でも素敵なアクセサリーを作っていますよ。

日中は作品を作って、飽きたら可愛いアクセサリーを作って。こっちでできた友達とおしゃべりしたり、ひとりで美術展を見に行ったりしながら、次の作品について考える。目標もあったし、そういう生活が気に入っていました。

原画が売れたり画集を出したり、あちこちとの打ち合わせで予定がいっぱいだったり。さくらやチカコさんみたいな、そういう生活がプロなんだってことはわかっていましたけど、商業主義に抵抗がありました。

若かったんですよね。作りたいものを作りたかった。

——あ、わたしの作品、見ていただいているんですか？　ありがとうございます。わたし、アーティストっていわれるのに抵抗があるんです。いま、小児科病院のインテリアデザインのプロジェクトに携わっているんですけど、楽しいんですよ。病気の子どもたちが落ち着く空間になったらいいなって。そういうのが向いているんだと思います。

当時は、雑司ヶ谷の一軒家に、年上の友人とシェアして住んでいました。

そもそも最初に東京に来るきっかけが、その家だったんです。

福岡にいたとき、インターネットで作品を発表する場があって、気の合う人と作品を見せあったり、たまに会ったりして交流していました。関東の人が多くて、みんなすごくやる気があるので、本気でクリエイターを目指すなら東京に住んだほうがいいのかなと悩んでいたら、その中のひとりが紹介してくれたんです。

知り合いの女性が広い一軒家にひとり暮らししていて、しょっちゅう留守にするので、同居人を探しているんだけど、どう？　って。

紹介してくれた友達が信頼できる人だったから、勢いで決めちゃいました。寮にいたことがあるので共同生活には慣れているし、家賃が安くて、アトリエが確保できるのが嬉しかったです。

同居人の女性の名前はレミさん。本名は日置玲美っていうんだけど、レミさんってずっと呼んでました。年齢不詳で、すごくいい人で、綺麗な人。

すぐに旅行に行っちゃうの。いつのまにか帰ってきて、翻訳や通訳のアルバイトで三か月働いて、また一か月くらいぽんっとどこか行っちゃうみたいな。

ヨーロッパも好きだけど、タイと沖縄がお気に入りだったかな。

家はぼろ屋だから、どこかが壊れたりすると、ひょいひょいってはしごを担いで直しちゃうんだけど、腕とか腰とか太ももとか、パンとしてて頼もしいの。昔、フェンシングと乗馬をやってたらしいんです。料理もうまいし、普段はだらしなくしてるのに、ドレス着たら似合っちゃうし。いまでもわたしの憧れですよ。

休日なんて、ふたりでダラダラしながら映画見たり、猫撫でながらお酒飲んだりしてました。マンゴーってどんな形してたっけって悩んでいたら、次の日に高級マンゴー買ってきてくれたり。わたしの絵が賞をとったときは、銀座のお寿司屋に連れていってくれました。楽しかったな。

気さくな人で、わたしの知り合いや彼氏とも、すぐに友達になっていました。

彼氏は——海翔は、来るのはいいけど家でやるのはやめてねって言われて、目を白黒させていましたけど。

海翔は会社員です。アートとかぜんぜん関係ない人です。三つ年上です。たぶん、さくらと同じ学年ですよね。

わたしはアクセサリーのほうが軌道にのるまで、池袋のカフェで朝のバイトをしていました。そこで声をかけられて、なんとなくおつきあいが始まっていたんです。

海翔はレミさんが苦手だったみたいで、旅行に行くとほっとしていました。つきあったばっかりのころ、売れないイラストよりも、アクセサリーのほうに力をいれて、お金を貯めて引っ越したらとか言われたこともあります。

さくらはすごい美人だけど、レミさんは男からみたら不細工だってぽろっと漏らしたこともありました。わたしは普段は強く反論したりしないんだけど、レミさんの悪口はさすがに聞き流せなくて、レミさんは綺麗だって力説しちゃいましたよ。

さくらと海翔が会ったのは、たまたまです。

レミさんが、新しい鍋を考えついたって言って。材料を買いすぎちゃったから、友達呼ぼうって言われて、海翔と立花さん――最初にレミさんを紹介してくれた友達です――を呼んだら、さくらも来たんです。

立花さんの友達の知り合いとか、そういう感じだと思います。さくらは顔が広いし、人見知りしないから、ガラナちゃんなら知ってるって言って、ひょいと来たんですね。

その前にちょっと、変な話は聞いていたんですけど。

六人展の半年くらいあと、チカコさんから連絡があって、食事をしたことがあったんです。

さくらはわたしが二人展を断ったあと、竣さんと、チカコさんに声をかけていたんですね。それで三人でグループ展をやって、ちょっとゴタゴタがあったみたいで。

盗作とも違うんだけど。さくらは何もやらないでいて、チカコさんが出したアイデアを自分のものとして発言しちゃう、みたいな感じですか。

竣さんは何も知らずにさくらの味方をしちゃって、泣き寝入りするしかなかったとか。

チカコさんはちょっと口調がきつい人だから、さくらとチカコさんが争っていたら、
まわりはチカコさんが悪いと思ってしまったのかもしれません。

「ｓａｃｒａって何もできないよ。人が何かしたいっていうのに、それいいね、すごい
ねって言って従うだけ」

新宿の沖縄料理店で、チカコさんは沖縄ビールを飲みながら言いました。

わたしなんかに愚痴をこぼすのは、よほどだったのかなと思います。

「何か作ろうって人なら誰でも、どんなにおとなしそうにみえても、自分でこうしたいっていうのがあるものじゃない？　ｓａｃｒａには何もないのよ。責めたらすぐに謝るから、最初は素直な子だって思うけど、謝るくせに何もやらない。最後には怒るしかなくなって、こっちが悪者になるんだよ。さくらうさぎだって、本当に自分で描いてるのって言いたくなる」

「設営は三人でやったんでしょう？」

「やってないよ。わたしと日菜ちゃんでやったの」

「——なんで日菜ちゃん？」

「アルバイトで頼まれたんだって。まあそれはいいのよ。竣君は場所だけ指定して、さ

くらとお茶に行っちゃったけど、わたしは展示を人に任せたくないから、日菜ちゃんと仕上げた。日菜ちゃんていい子だよね。で、まずまずの出来になったから喜んでいたんだけど、そのあと、さくらはひとりで雑誌に載って、あの展示について、布と光の使い方にこだわりがあるなんてニコニコしながら語ってるの。いつのまに取材受けたのか知らないけど、驚いたわよ。だってそれ、どう考えても、わたしと日菜ちゃんのこだわりなんだもん。ふたりで、この光の当たり方がいいよねって話したの覚えてる」

そういえば六人展のとき、さくらの場所はアルバイトの女性が設営していたことを思い出しました。さくらは牧子さんとか呼んでいました。展示って最後の仕上げって感じで楽しいのに、自分でやらないんだなと思ったものです。

鍋パーティでさくらが来たとき、ちょっと三人展のことを聞いてみたんです。

「行き違いがあったの。搬入するとき、チカコさんは自分が最初にしたかったみたいだけど、わたしが先にやっちゃったから、機嫌を悪くしてしまって。あと、雑誌に、わたしだけのインタビュー記事が載ったのが気に入らなかったみたい」

さくらはちょっと困ったような顔をして言いました。

その場にいたのはさくらとわたしと海翔です。こたつの上で、チーズ鍋がぐつぐつと音をたてていて、レミさんと立花さんは台所で、締めのうどんの用意をしていました。

「取材受けたこと、チカコさんに言えば良かったのに」

「言うっていうか、その取材、チカコさんとふたりで受けたんだよ？」

さくらは軽く首をかしげながら、ピンク色のお酒に口をつけています。

大きめのニットから出た爪がピンク色で、とても綺麗だったことを覚えています。髪がサラサラと肩に落ちていて、いい匂いがして。ちょっと自分を反省しました。作品を作るのって汚れるし、力仕事があったりするので、綺麗にしていられないんです。そのころはずっと、髪をうしろにくくりっぱなしでした。

「え。ふたりで受けたの？　チカコさんは、さくらがひとりで受けて、あとから知ってびっくりしたって言っていたけど」

「そんなことないよ。ふたりで秀読社の編集部で会ったもの。チカコさんはその日のために、ネイルまで新しくしてたよ？」

「竣さんは？」

「それが問題だったんだよね。わたしはてっきり竣さんと三人で受けるものだと思っていたんだけど、チカコさんが竣さんに伝えなかったみたいなの。アマチュアだし、あまり主張もないだろうから、受けなくてもいいでしょうって。編集部に行って、ふたりしかいないのを知ってびっくりしちゃった」

「チカコさんが、竣さんを呼ばなかったの？」

「うん。だからなおさら、自分が雑誌に出てなかったのがショックだったんだと思う。

チカコさんは作品の写真もなくて、まるで、わたしひとりの展示みたいな記事になっちゃってて。竣さんがちょっと怒ってたから、自分もいなかったってことにしたのかも。わたしは何も言えなくて、謝るしかなかったわ」

「でもそれ、さくらちゃんのせいじゃないじゃん」

そう言ったのは海翔です。海翔は車なのでお酒は飲まず、鍋の底にある具材を食べながらさくらの話を聞いていました。

「展示を、日菜ちゃんにやってもらったのは？」

「あれは日菜ちゃんが手伝わせてっていって、当日に来てくれたの」

「さくらは設営しなかったんだよね」

「そんなことないよ。光の使い方とか、すごく気をつかったもの。チカコさんは竣さんとお茶に行っちゃってたから、そういうことを取材で話せなかったんだよね。だから、わたしだけの記事みたいになっちゃったんだと思う」

「竣さんはなんて言ってるの」

「あとから話したら、わかってくれたよ。チカコさんにも謝らないと。秀読社、代わりに今度、竣さんとチカコさんだけ取材してくれないかな」

海翔はうなずいていましたけど、わたしは戸惑っていました。

チカコさんは誤解されやすいけど優しいし、面倒見のいい人です。創作意欲も責任感もあります。アマチュアだからという理由で竣さんをのけものにするとか、設営を放っておいてお茶を飲みにいくとか、ちょっと信じられませんでした。

ふたりで取材を受けたというのが本当なら、チカコさんが嘘をついたということになります。

それから、作品のこともありました。

わたしは三人展を見に行っていないんですが、その話をきいて、ネットで調べてみたんです。

そうしたら、さくらの作品の一部に、木いちごをバックにした作品があって。

手前にはうさぎがいたけど、わたしがアクセサリーのシリーズとして作っていた木いちごにそっくりでした。写真を撮って、イラストに起こしたんじゃないかと思ったくらい。それから構図も、わたしが、六人展に応募したときに資料として出した作品に似ていました。

こんなこと、なかなか人には言えません。偶然かもしれないし。バレッタの木いちごと似ているなんて、考えすぎかなって思いました。

そういえば日菜ちゃんの鈴も、偶然だったんですよね。

レミさんの方針で、うちに遊びに来るのはいいけど、片付けをすませてから帰ること、っていうのがあるんですが、さくらは洗いものをきっちりと手伝っていきました。最後にはコーヒーを淹れてくれて、遅くなれないからとさっさと帰りました。コーヒーはとてもおいしかったです。

「いい子だよなー」

さくらが去ってしまうと、海翔はしみじみと言いました。

わたしはわかりませんでした。さくらっていい子なのかな？　って、考えました。立花さんやレミさん、日菜ちゃん、チカコさんなら、間違いなくいい人だ！　と言えるんですけど。

チカコさんからいろいろ聞いちゃったせいかなとか思いました。

海翔が車で帰ってしまうと、わたしはレミさんに尋ねました。

「さくらって、いい子だと思う？」

「ん？　よくわかんないな。楽しい子じゃないの？　美人だし」

レミさんはこたつの上で、ひざの上のモーイを撫でながら言いました。

あ。モーイってのは猫です。ゴーヤとモーイ。近所の野良猫が生んじゃった子を、レミさんが引き取ってきたんです。同居人を募集したのも、猫が来たからでした。

家の中はどこでも行き来できるようにしていたんですが、さくらたちがいる間は二階にいました。

「楽しいんだけど、なんか変だなって思って。理由はない」

「そういう感覚は大事にしたほうがいいね。理由なく好きとか理由なく変だなとか」

「海翔がさくらを誉めちぎるからさ、これは嫉妬かなとか思っちゃって」

「へー。果子って、嫉妬とかしないんだと思ってた」

意外そうにつぶやいて、レミさんはコーヒーを飲みました。

「でもあたし、同居人を募集していたとき、さくらちゃんが来たら、たぶん断ってたわ」

「――なんで？」

わたしは意外でした。レミさんはさくらの話に聞き入っていたわけじゃないけど、食べながらふんふんと聞いていましたから。

「ゴーヤとモーイが嫌がるから。――っていうのは冗談だけど。あたしは八方美人だけど、けっこう人みしりなのよ。果子だって気に入らなきゃ叩き出すつもりだった」

「あらら。わたし、いつのまにか合格してたの？」

「そうよ。あたし感心してるんだよ。果子ってタイ土産の謎の瓶詰めとか、気持ち悪いとか言わないで、パクパク食べるじゃん。雨漏りしている部屋でぐーぐー寝るし。こっちに来てからも、さっさとバイトはじめて、彼氏や友達作って、いつのまにかバレッタとかピアスとか売って生計たててるし。おとなしそうにみえて、たくましい子だなあと思って」

「なんだそれ、誉めてんの？」

ひさしぶりに飲んだお酒の名残もあって、わたしとレミさんはゲラゲラ笑いました。

ゴーヤは近くでおなかを出して寝ていて、モーイは寂しかったのかレミさんの膝から離れなくて、かわいかったな。

バカ話してましたけど、レミさんに認めてもらっているというのはすごく嬉しかった。自信になりました。これから作品が売れても売れなくても、わたしはたくましいから、ちゃんと生きていけるだろうと思うことができました。

さくらは猫が好きじゃなかったんですよ。

わからなかったみたいでね。

猫にわかるもわからないもないと思われるでしょうけれど。

ゴーヤとモーイはいい子で、ほとんどひっかいたりしないんです。特にゴーヤは愛想がいい子です。モーイは気分屋だけど。

だけどさくらは、ゴーヤが寄っていったら、がっと掴んで、ぬいぐるみみたいに抱こうとして。ゴーヤがびっくりしてちょっと爪をたてたら、傷になったところを押さえて、痛い、酷いって泣きそうな顔になっていました。

モーイのことは追いかけ回すしね。モーちゃんは初対面の人が苦手なんだよって言ったら、なんで？　って。

海翔は慣れてるし、立花さんは実家で猫を飼っているから扱いがうまくて、ゴーヤを撫でてごろごろいわせてたんですけど、だったらわたしもってさくらが行ったら、やっぱりだめ。

なんで？　なんでなの？　って。

なんでって、猫だからとしか言いようがないんですけど。猫ってそういうところも含めて可愛いと思うんですが、そういうのがわからない感じです。

二匹とも落ち着かなくなってたから、二階の部屋にいったん閉じ込めたんです。そしたら、いつものことですけど、ニャーニャー鳴くんですよね。出してーって。

さくら、わたしに、これどうやったらとまるのって聞いたんですよ。

猫が鳴いているのを、止まるとか変ですよね。

変じゃないかな？

結局、わたしが部屋に入って、ゴーちゃんモーちゃん待っててねって撫でてやったら、鳴きやみました。

さくらとはそれ以来、何回か会いました。

美術展に行ったりね。わたしは美術展や映画はひとりで見たいたちなんですけど、Ｔｗｉｔｔｅｒで盛り上がって、たまにはいいかなって。

で、やっぱりひとりで行けばよかったかなって思いました。

さくらは見るのが早いんです。あとおしゃべりっていうか、これは何？　これってどういう意味？　ガラナちゃんはどれがいちばんいいと思う？　って聞くんです。わたしはそういう説明はうまくないので、図録に載ってるからって逃げていました。

一回、わたしが留守の間にうちに来て、落ち込んでいたらしくて、おなかすいたっていうから、レミさんがラーメン食べさせてあげたって。切ない目で見上げられて、告白されるんじゃないかと思って緊張したとか言ってました。女の子から告白された経験あるらしいんですよ。わかります。レミさんって男らしいもの。

さくらはわたしの個展にはけっこう来ました。連絡もなくひょいと来て、チカコさんとバッティングしそうになったこともあって、焦りました。

撮影を許可している個展に男性と一緒に来たことがあって、全部の作品の写真を撮っていたのはちょっと嫌だったかな。男性が誰だかはわかりません。ひょろっとしている人で、そのとき以外は見たことがない人でした。

わたしが招待されて、さくらの個展のオープニングパーティに行ったことがあります。

吉祥寺のアートスペースでね。さくらはよくそこでやっていました。搬入の手伝いとかも、そこの人がやっていたみたいです。

カフェを併設していて飲み物がおいしいから、お客さんもたくさん来て。

さくらの叔母だっていう、筧プロダクションの女性社長も来ていました。名刺を交換しましたけど、やり手っぽいというか、わたしのまわりにはいないタイプだと思いました。

絵の関係者はほとんどいなかったんですよ。テレビの関係とか、芸能人、漫画雑誌、ファッション誌の編集者とかならいたかな。さくらは顔が広いと思っていたのに。

華やかだったけど、展示にも客層にも違和感がありました。わたしが派手なことに慣れていなかっただけかもしれないですが。

美大の名前は、そのときは正式なプロフィールからははずされていました。

どうして？　って聞いたら、学歴で判断されたくないから、大学名は出さないのって言っていましたよ。

美術の関係者が知り合いにいなくても、仕事のほうは好調でした。テレビには出る、画集は出る、お菓子のキャラクターにはなるで。さくらもCMに出ていましたね。

そんなさくらが、ガラナちゃんの絵を見ると心が洗われる、わたしもいいものを描こうと思うとか言うんだから、嬉しかったんですよ。

わたしって鈍いですね。いいものを描くって、わたしの絵をトレースしてって意味だったのかもしれないのに。

さくらはあるとき、書店のギャラリーで、自分の絵を見上げながら言いました。

「わたしって、ミダス姫だと思うの」

「ミダス姫って？」

「ギリシャ神話にいるでしょう？　触ると全部、黄金に変えてしまう王様。そのお姫様」

ミダス王。そのときはぴんとこなかったんですけど、あとから考えて、そうなのかなって思いました。

さくらって黄金を求めているんですよね。ひねくれていないっていうか、わかりやすい、ポピュラーなのが好きなの。わたしはこれが好き！　っていうのはなくて、みんながいいっていうものがいいんだろうって信じている感じ。

さくらうさぎはキャッチーだけど、何かを表現したいとかなかったんじゃないかな。さくらは、可愛いとすら思ってなかったのかもしれない。

一回、さくらがさくらうさぎの絵が入った便せんに何か字を書いていて、失敗したからって、大きくバッテンをつけて、乱暴に丸めて捨てたことがありました。なんか愛情がないなあって思いました。

展示のときも、自分の作品を見ない。人のもパッと見て終わっちゃう。創作と向き合うのが面倒そうっていうか、雑だと思うことがあって。

たまたまかもしれないですけどね。

それでも、いったん認められたら黄金になっちゃうんですよね。


「ミダス王ね、あの子にしちゃ面白いこというね。自分でもわかってんのかね。本当は違うものを、魔法の力で無理やり黄金にしてるって」

帰ってからレミさんに言うと、意外にもレミさんは感心しました。

夏の夜でした。レミさんはひさしぶりに長期のタイ旅行に行くとかで、仕事をいったん終わらせていたので時間がありました。

レミさんも迷っていた時期だったんですよね。翻訳の会社から正社員の誘いがあったり。ボランティアでやっていたNGOの活動に、本腰をいれるべきかどうかとか。

わたしとレミさんはだらだらとビールを飲んでいました。そばにはゴーヤとモーイが眠っています。レミさんはお酒に弱いので、一本飲んだら窓を開けて、星を見ながら煙草(たばこ)をふかしていました。

「作品の評価が見合ってないってこと？」

「作品のことはわからないけど、学校とかね。言ったもん勝ちっていうか、ばれないもんだなって。さくら、誠華じゃないのに」

「誠華って何だっけ」

「誠華学園て私立学校。さくらのどっかのプロフィールにあった。あたしの母校」

レミさんは煙を吐き出して、そばにあったビールの空き缶に灰を落としました。

「あたし、幼稚部から高等部まで誠華なの。大学は違うけど。さくらは中等部からいるって言ってたけど、話しても何も知らない。知らなすぎる。たぶん、美大ってのも違うんじゃないかな」

「うん……そうなのかなって思ったこともあった」

「追及しないほうがいいよ。事情があるんだろうしさ。そんなに仲いいわけでもないんでしょ」

「そうだね」

「触れるものがみんな黄金に変わっていったら、いずれ食べられないことに気づいて途方にくれる」

レミさんはひとりごとみたいにつぶやいて、新しい煙草を取り出しました。

「レミさん、煙草やめるって言ったじゃん」

「あーやばい。手が勝手に。肌が衰えちゃうわ。もうすぐ三十五なのに」

「もうダメだよ。一日一本だよ」

「あと十五本あるよ。半月は吸えるね」

モーイが賛同するみたいににゃーんと鳴いて、どの意見に賛同？　って争ったりして。やっぱりバカ話になってしまいますね。レミさんと話していると。


作品のことはね——。

怒りがないといえば嘘になります。わたしの場合、勝手に抜かれてトレースされていたわけですからね。あの漫画家さんと違って、協力していたわけではなかったので。え。馳川志温さんも別に、協力していたわけではなかったんですか？

ああ——その場の空気と、雰囲気でね。うん、なんかわかります。

友達なら発表前の作品を見せることもあるだろうし。抗議もしづらいですよね。さくらは口がうまいし、抗議をするとすぐに認めて謝るから、それ以上言えなくなっちゃう。

馳川さん、まわりに相談しなかったのかな。どうしていきなり暴露しちゃったんだろうって、それはちょっと不思議議です。

訴えれば勝てると知り合いの弁護士さんには言われました。あからさまなのもあったので。ただｓａｃｒａの所属しているプロダクションは版権管理のプロなんで、やるなら本気で、馳川さんや、ほかの人とも連携して、消耗するのを覚悟でやらなきゃいけないだろうって。

覚悟がつかないです。どうしても悪口を言うことになるだろうし。向こうが嘘を言ってきたら、嘘だっていう証拠を集めなきゃいけないんですよね。いったんはじめたら、頭の中が嫌な気持ちでいっぱいになって、描きたい作品まで変わってしまうような気がして。

こういうの、深く考えないほうが楽です。

わたし、ずっと考えないようにしていました。以前描いたやつに似ているなあ――さくらは最近、果物モチーフが多いなあ、もしかしてわたしから影響を受けているのかな、くらいにして、モヤモヤする気持ちに蓋をしていたんです。

発表した作品を真似されたわけじゃなかったし、気にする時間もなかったので。当時はわたしのイラストが企業のサイトやパンフレットに採用されたり、それらを描く合間に、小さなギャラリーで個展もやったりして、いちばん忙しい時期でした。

一回、友達とグループ展をやったときに受付に座っていたら、お客さんが、これってｓａｃｒａの真似だよねって話していて、がっくりしました。

認めたくないけど、わたしの仕事が増えたのは、ｓａｃｒａの絵に似ているからっていうのもあるかもしれません。ｓａｃｒａの絵に人気があるらしいが、高くて頼めないから、似た感じのガラナに頼もうっていう。

　本当は、似ているのはｓａｃｒａなんですよ……。

　友達はわかってくれていました。チカコさんとか日菜ちゃんとか、諒一君も。わたしはずっと昔からああいう絵を描いていて、さくらの絵に果物が出てきたのは、わたしと知り合った後だって。

　そして、ｓａｃｒａには気をつけたほうがいいって。

　わたしを信じていてくれる人たちがいたから、モヤモヤしながらも、まあいいかって。

　はっきりと気づいた――気づかされたのは、海翔からです。


　二年くらい前になるのかな。わたしの二十九歳の誕生日の前だから。久しぶりに海翔と会ってて、歩いているときに言われたんです。

「今度、ｓａｃｒａと一緒にグループ展やるんだろ」

　って。

「え？　やらないよ。展覧会はしばらくないって言ったじゃん。ていうか、なんでｓａｃｒａ」

「――え？　だって――。あ、そうか……。うん」

その態度がね。ヤバッ！って思っているのが丸わかりで。

もともと海翔は、わたしの仕事にはあまり興味がないんです。作品は見てくれていたけれど。

そういえば最初に会ったとき、海翔はさくらを美人だのいい子だのって誉めちぎっていたなあって思いだしました。

「それ、どこから聞いたの？　sacraとわたしがグループ展やるって」

「——勘違いだよ。なんか間違えた。それより、お茶飲もうよ。でっかいパフェ食べたいとか言ってなかった？」

「うん。——ね、スマホ見せて？」

こんなことを頼んだのは初めてです。

「なんで？」

「なんでも。LINEと通話記録だけでもいいから。いいでしょ」

「嫌だよ、そんなの。そんなことというなら、そっちは見せられるのかよ」

「見せるのは嫌だけど、疑われているなら仕方ないから見せるよ。海翔、さくらと個人的に知り合いだったっけ？」

「あのさあ、何か勘違いしてない？」

でもがんとしてスマホは見せないんですよねえ。

これは何か隠してるな。どこかで会ってるな。しょーもないな、って思ったんだけど、別れたあとすぐ、さくらに電話かけました。

さくらは、わぁガラナちゃん久しぶり！　かなんか、すごく嬉しそうにしてて。

「海翔から聞いたんだけど、一緒にどこか行ったんだって？」

『えー？　聞いちゃったの？　困ったな。内緒にするつもりだったのに。誤解しないでね。ガラナちゃんと一緒にいくの下見だったんだよ』

「そうなんだってね。誕生日に、今度、一緒に行こうって誘われちゃった。——テーマパークだよね？」

『ずっと一緒にいたわけじゃないよ？　中ではバラバラだったし』

「写真、一緒に撮っていたよね？」

『あれはね、ふたりで話してたら、近くにいた人がなんか誤解しちゃって、撮ってあげるって言われたのを断り切れなくて。すぐに消すって言ってたのに消してなかったんだね。ごめんね』

——信じられない。ふたりでしっかりデートしているじゃないですか。

誕生日にテーマパークっていうのは、海翔から誘われて、断っていたんです。嫌いじゃないけど一回行ったことがあったし、記念日にはゆっくりしたかったから。

海翔はこだわっていたからなあ。園内のホテルに泊まりたがっていました。だから、海翔がさくらって名前をきいて動揺していたとき、行き先はテーマパークかなと思ったんです。さくらって、うさぎの耳とか似合いそうですよね。

泊まったの？　って聞こうかと思ったんだけど、もう気力がなくなってしまって。

「一緒にグループ展やりたいって言ってくれたんだってね。海翔から聞いた。わたしもいつかやりたいよ。最近のさくらの作品、すごく可愛いよね。果物モチーフのやつ」

これはかまをかけたとかじゃなくて、嫌みのつもりだったんですけどね。

『うん、ありがとうガラナちゃん。ガラナちゃんのおかげだよ、絶対にグループ展やろう。海翔君にも感謝しているんだ。テーマパークはお礼の意味もあったんだよ。でも本当に誤解しないで。中ではバラバラだったからね。海翔君によろしく伝えておいてね』

「――ん？　うん」

海翔に感謝ってなんでしょう。

電話を切ってから、まさかと思って。

家に帰ってから自分の作品をチェックしたら、位置が変わっていました。

学生時代に描いたものとか、下絵のスケッチブックとか、持ってきていたけど何年も見ていませんでした。でもファイリングはちゃんとして、わたしだけにわかる法則で並べていたんです。

わたしの仕事部屋に入ったことがあるのは、レミさんか海翔だけです。レミさんがわたしのものを勝手に触るなんてことは、ありえません。

わたしはひと晩かけて、ネットで、ｓａｃｒａの絵を調べました。

昔描いて自分も忘れていた果物の絵と、さくらうさぎを組み合わせた作品が見つかって、そのほかにも怪しいのがあって、なんかもうパニックになってしまって。

レミさんは旅行中でいませんでした。半泣きになってチカコさんに電話したら、待っててって言われて、数日後に、さくらの画集や過去のカレンダーを持って、家に来てくれました。

チカコさんは勉強家なので、話題になるような画集は必ず買うんです。

マンゴーをかかえているさくらうさぎ。木いちごやバナナにのっかるさくらうさぎ。果物の部分は、わたしのスケッチをトレースして縮尺したものでした。カレンダーのみのオリジナルの絵に、六人展のときの資料に出した、女の子が森の中を歩いている絵もありました。構図や色がほぼ同じでした。背景とかも含めたら、もっとたくさんありました。

発表したのをアレンジしたのもあったけど、未発表のものが多かったです。

――海翔が、わたしの部屋からスケッチブックやファイルを抜いて、さくらに渡して、それからまた戻した？

いつ？

わたしはチカコさんに口止めして、数日後に海翔を呼びました。

問い詰めたら、言いましたよ。最初は認めなかったけど。

海翔はね、ずっと、さくらとわたしが共作しているって思っていたんだって。

さくらと初めて会ったときから。

最初の鍋パーティの帰りにさくらと偶然会って、車で送ってあげたんですって。

さくらは、周囲に内緒にしているけど、昔からわたしと共作をしているって言ったんですって。昔、一緒に描いた絵のコピーをなくしてしまって、どうしても確認をしたい箇所があって困っているって。だったら俺が持ってきてあげるよって、軽い気持ちで作品を持ち出したんだそうです。

それはその日のうちに、すぐに返してもらって、部屋に戻したって。

そんなのおかしいんです。海翔は家の鍵は持っていません。海翔がいるときはわたしがいるときなんだから、わたしの確認をとればいいんですよ。

「わたしが台所にいたりするときに、こっそりと仕事部屋に入って、ファイルをとったってこと？」

「言いづらかったんだよ。果子はさくらとケンカしていただろ。さくらも言いにくいっていっていたし、一日で戻せばわからないから」

「ケンカなんてしてない。そんなに親しくないよ。言いづらかったらこっそりとるの？

それって泥棒なんだよ、わかってるの？」

「俺だって寂しかったんだよ！」

海翔は逆ギレしました。なんでわたしが怒られなきゃならないんだろう。わけがわかりません。

「果子は冷たいよな。他に言うことないのかよ。いつも俺は二の次だし。どうせ俺よりも、レミさんのほうが好きなんだろ」

「そういう話をしているんじゃないでしょ」

「そういうところがかわいげがないっていうんだよ」

あーもう最低ですね。思い出すときついです。

かわいげのある女性って、さくらみたいな人のことでしょうか。そうなんですか。

海翔とは長くつきあっていました。価値観は違うけど、違うのを面白がって、わたしに合わせてくれる人でした。結婚も意識していて、海翔のご両親には会ったから、次に長い休みがとれたら、うちの両親に会いに行こうかって話していたんです。

わたしが黙り込んでしまうと、海翔もさすがに反省したらしくうなだれました。

「——ごめん。俺、さくらに言って、コピーしたの全部、捨てさせるから」

「ありがと。でももう無理なんだよ、さくらの作品になっちゃってるから。——何回くらいやったの？」

「やってないよ。浮気はしてない、ほんとに」

力が抜けました。そういう意味で聞いたんじゃないです。

「テーマパーク行って、ホテルに泊まって、浮気はしてないの？」

海翔は絶句しました。

わたしは質問したことを後悔しました。これは、どう考えても浮気しています。好きだったけど、別れるしかなくなってしまいました。

普通の人ですよね。こういうとき、ぺらぺらと嘘をつけないっていうのは。

「――ファイルやスケッチブックを盗んだのは、何回？」

「だから……最初の鍋のあとに二回くらいで……。テーマパークに行く前が久しぶりで、全部で、三回くらい」

「わかった。教えてくれてありがとう。でも、もう会えない。会ったら嫌いになってしまいそう」

「そんなのってあるかよ。本当に何もしてないのに」

海翔にとっては、絵を盗むことよりも、浮気したことのほうの罪が重いんですね。

それからしばらくの間、海翔は何回も家に訪ねてきたり、門のそばで待っていていきなり結婚しようと言われたり、ストーカーみたいになって大変でした。

さくらについても、いろいろと弁解していましたよ。

最初に車に乗せて携帯番号を交換して、写真を送られて、同僚に可愛いとか言われると自慢で、ついつい一緒に食事をしたりしたこともあった。そのときはただの女友達のつもりだった。

テーマパークに行ったのは、追及する一か月ほど前。最初は本当に、サプライズでわたしと行くつもりだった。結婚を申し込むために。

そのことをさくらに話したら、準備を整えてくれた。

わたしが来ると思ったらさくらがいて、流れで泊まった。一回だけ。でも何もなかった。

そのとき、ガラナとグループ展をやるって聞いて、別のファイルを持ち出してほしいと頼まれた。しかしそれはきっぱりと断り、もう二度と会わないと決めた。

なぜなら俺は、果子と結婚するから。

……もう、呆(あき)れてしまいません？

さくらにメールをいれたら、折り返し電話がかかってきました。いろいろ言われたので、これからわたしの絵を使わないでくれればいいからって言いました。

念のため、そのときの電話は録音しています。

『作品は、海翔君が親切で貸りてくれたと思ってた。ガラナちゃんの許可、とってなかったんだね。ごめんね』

「テーマパーク行って、一泊したんでしょう?」

『ごめんね』

さくらはすすり泣くようにして言いました。

『それまで何度も誘われていて、わたし、海翔君のことが好きになってしまったの。ガラナちゃんのファイルを持ってきてくれるのも、海翔君がわたしのためにしてくれたと思ったら嬉しかった。それで、つい受け取ってしまっていたの。あのときはホテルの予約をとってくれていて、どうしても気持ちを抑えきれなくなってしまって』

「ホテルの話はいいよ。わたしの絵を、カレンダーのオリジナルイラストで使った?」

『使ってないよ。似ていたのなら偶然だと思う。許してガラナちゃん。今は海翔君のことはなんとも思ってないよ』

わたしはそのころは、さくらよりも海翔のほうに嫌悪感を抱いていました。ストーカー被害もありましたし。

どっちが、どこまでが本当なのかとか、考えるのも嫌になっていました。

前からチャレンジしていたインテリアデザインの資格がとれたのと、レミさんが結婚することになったのもあって、生活をリセットしようと思いました。

それで、今のマンションに引っ越したんです。

今の事務所は、チカコさんから紹介されました。そこでフリーのイラストレーター、デザイナーとして契約することになって、今に至ります。

一昨年の秋、ひさしぶりにさくらと一緒のグループ展をしました。

『Live in the city──都市に生きる十二人展』。わたしが第一回目に出展した展示会なんですけど、何かと連動する企画として、その年は倍の人数で、これまでの参加アーティストも呼んで、大規模にやることになったんです。

わたしは推薦でスペースをいただきました。最初は無名だったのに、推薦をもらえるまでになったのが嬉しかったです。チカコさんにも打診があったらしいんですが、忙しいので断ったみたいです。

さくらも出るのは知っていたけれど、考えないようにしていました。

できるだけ遠いスペースになるように願ってはいましたけど。

それ、わたしだけじゃなかったんですよ。場所を決めるくじ引きの前に、まわりの人はみんな言っていました。ｓａｃｒａのそばじゃありませんように──ｓａｃｒａには気をつけたほうがいい、あまり仲良くならないほうがいいって。

まだ馳川さんのＴｗｉｔｔｅｒの暴露はされていませんでしたが、たぶん、いろんなところから少しずつ、そういう噂（うわさ）を聞いていたんだと思います。

さくらはいつも通りでした。まわりが何か言っていても、聞こえてこないかのようにひとりでくじをひいて、お人形さんみたいに座っていました。

そのときで三十二歳くらいのはずなんだけど、とてもそうは思えなかった。化粧も薄くて、となりの美大生よりも初々しかったです。思っていたのと違うね、なんて言っている人もいました。やっぱりテレビに出ている人だから、まわりもついつい見ちゃっていましたね。

一回だけ、急に、大声を出しました。

「――整形じゃないよ！」

スタッフがまったく関係ない話をしていたときだったんですけど。

誰かが、さくらって整形じゃない？　ってひそひそと話していたらしいんですね。

さくらが声を大きくするのって初めて聞きました。

それまでは誰に何を言われても、どんなに嘘を指摘されても、怒ることはなかったのに。怒るのはそこなんだって思いました。

展示会は順調でした。さくらは新しい作品はあまりなかったです。

原画――はい。飾ってありました。ちょっとファンタジックな感じのものが多かったです。わたしのことを気にしたのか、果物のモチーフのものは一枚もありませんでした。

正直、散漫になっているように思いました。さくらうさぎは可愛いんですけど、背景が主張しすぎているというか。彩色もタッチが変わって、昔より下手になっているように感じました。

　唯一さくらと話したのは、ライブペイントのときです。

　三回目くらいからやっている恒例のイベントです。参加アーティストが週末に、会場の、お客さんの前で絵を描くの。創作のパフォーマンスですね。

　強制じゃないんだけど、絵の人はだいたい受けていました。断ったら推薦が来なくなるという噂もありましたし。わたしはそういうのは苦手だったんですが、アピールする機会だと思ったから引き受けました。

　わたしは会期の最初の土曜日にやりました。

　そのころちょっと凝っていた、空と鳥の絵。会場が暗めだったので、明るい絵がいいと思って、水彩紙に水色とレモンイエローのアクリルで、三時間くらいで描き上げました。わたしなんかでも写真を撮られたり、事務所の同僚や、昔からの友達、チカコさん、日菜ちゃん、留学から帰ってきた諒一くんも来てくれて、差し入れをもらったりして、意外と楽しかったです。

　さくらは期間のうちうしろのほうで、三人の共同制作でした。

　わたしはひとりでしたが、何人かでやってもいいんです。大きな絵を描けるし、人数が多いほうが賑やかですよね。友達を助手として連れてきたり、参加アーティスト同士で組んで一枚の絵を仕上げたりする人もいました。
さくらは参加アーティストのうちのひとりと、その友達との三人ってことになってい
たんだけど、始まる寸前に、リーダーの人がキャンバスに三等分の線をひいて、それぞ
れで描きましょうって言い出したんです。
黒板みたいな横に長いキャンバスで、ちょうど正方形三つ分の大きさでした。
事前にどんな打ち合わせがあったのかはわからないけれど、たぶんさくらのことだか
ら全部相手に任せて、いいね、すごいね、がんばろうねとしか言わなかったんだと思い
ます。布のロールを木枠に打ち付けたり、下地を塗ったりとかのやりかたもよくわから
ないみたいで。見ているだけで、手伝っているふうもありませんでした。
だからリーダーの人は、だったら勝手にやればって感じで、線をひいちゃった。
それか——これは憶測だけど、最初からわざとだったのかもしれません。
以前、同じような感じで共同制作する機会があって、さくらはほとんど何もしないで、
一緒に描いた人の絵をなぞるだけだったっていうことがあったらしくて。
それを共同制作って発表されたら、一緒に描いた人はいい気持ちはしませんよね。
さくらって本当に描いているの？　って、うっすらと思っていたっていうのもあると
思う。ちゃんと描いているところを見たこともないし、趣味や好みがクリエイターらし
くないんですよ。テレビではそれっぽいことを話していますけど。

だから今回は最初から、ライブペイントを共同でやろうよって持ちかけて、いざ始まったら、ひとりでやってねって放り出して、描かせてみようってことだったのかもしれません。

とにかくライブペイントは始まり、さくらは正方形のスペースの前に立ちました。

画材はアクリルだったかな。ライブペイント専用のやつだったかもしれない。さくらはインクが得意だったような気もするんですが、そのあたりは詳しくはわかりません。

始まったらずっと見ているものではないので、わたしは自分のスペースに戻りました。そのときは本と、ポストカードやしおり、ブックカバーなんかの物販もしていて、お手伝いの友達はいたけど、わたしもずっといるようにしていたんです。

そうしたら、さくらがわたしのところにやってきたんですよ。

始まったばかりなのに、ライブペイントを放り出して、お客さんの間を縫って、わたしの服の袖をつかんで、泣きそうな声で訊いたんです。

「何を描けばいいの？　ガラナちゃん」

わたしのスペースはライブペイントのすぐ前ではありませんでしたが、会場を遠目に見ることはできました。

長方形のキャンバスは三つに区切られていて、さくら以外のふたりは順調に筆を走らせていました。真ん中の子は、黒を基調にした、うねるような雲と水の模様を丹念に描き込んでいます。左の子は塗り始めたばかりでしたが、赤い背景に、生い茂る緑と人の絵でしたね。ふたりとも隣をみて、なんとなく似たテイストにしているようです。

さくらは右です。見たところ、右下に、鉛筆かパステルで描いたらしいうさぎのシルエットがあって、それ以外には何もありません。うさぎのシルエットといったら聞こえはいいけど、下手な素人のらくがきです。

やっぱりそうか、と思いました。

やっぱり、さくらは絵を描けなかったのかって。

ずっと疑問に思っていたことが解けて、すっきりしたくらいです。

でもそのときは、それどころじゃありません。ライブペイントははじまっているし、何も知らないお客さんは、ｓａｃｒａは何をしているんだろうって不思議そうな顔で見ています。

「全部塗っちゃえばいいよ」

わたしは、とっさに言いました。

「一色だけのベタ塗りでも、綺麗に塗れば作品になるから。描かないよりマシよ」

「色は」

わたしはうんざりしました。なんとかごまかせる方法を考えてやっているんだから、色くらい自分で決めてよと思いました。

「自分の好きな色で」

「わからないよ。ガラナちゃんなら何色にする？」

「――じゃあ赤で」

単色で作品にするのなら、半端な色では負けてしまいます。となりの作品が黒っぽくて迫力のある作品だったから、暗めの赤なら浮きすぎず沈まないで一部になれると思いました。

「うさぎは？」

「――描けないなら、要らない。塗りつぶしたほうがいい」

「描けないなら、要らないの？　ガラナちゃん」

さくらは泣きそうな声で言って、ライブペイントに戻りました。

気に入る赤を作るのかと思ったら、絵の具のまま、何も混ぜないで塗りました。なんの濃淡もつけないで、なんの深みもない、ぺったりした赤で。少しだけ描いていた、下書きのさくらうさぎを塗りつぶしたんです。

作品の出来ですか？　いいわけがないでしょう。ライブペイントの三時間をもたせるために塗っただけなんだから。さくらは平坦に塗るのは上手だったから格好はつきましたが、それだけです。意図がないんですよ。壁を塗るのと変わりません。

――タイトルがね、『描けないなら要らない』っていうんですよ。

あんなに腹がたったことってなかった。すごく嫌でした。わたしは、あれが絵だなんて認めない。二度と見たくありません。

描き終わって飾られた絵を見てみんなぽかんとしていました。ｓａｃｒａはあんなのも描くんだとか、さくらうさぎを描かなかったんだねとか話している人もいました。うさぎを塗りつぶしたことに意味があるとか、したり顔で語っている人とかもね。

さくらが周囲にどういいわけをしたのかは知らないし、知りたくないです。わたしの名前が出ていないことを祈るだけです。

わたしの責任じゃありません。これだけは言いたいです。わたしは一回も、さくらと共作したことはないし、あれはわたしの作品ではないです。

いろいろあったのに、あの場で、よくわたしを選んで訊きに来たなって。それだけは感心します。皮肉ではなくて。


最後に見たのは、レミさんのサイン会でした。

レミさん本を出したんですよ。『大地の向こうへ　女アジアひとり旅』って、レミさんがＮＧＯに協力してサポートしてきたタイの僻村(へきそん)の暮らしと、あちこちの旅行記を組み合わせたエッセイです。

おととし結婚して、去年の夏に出産したんですけど、妊娠している間に書いたんです。わたしは関わっていません。レミさんはもともと頭のいい人だし、旦那さんが学者さんだから、そのつながりから話があったんだと思います。

本持ってくればよかった。写真もいいし、面白いんですよ。わたしのこともちょっと書いてあります。けっこう売れて、サイン会の話があってきいたときは、自分のことのように誇らしかった。レミさんは迷っていたけど、わたしが赤ちゃんをみるからやってってせがんでしまいました。

サイン会は年が明けてからだから、三か月くらい前です。

東柏(ひがしかしわ)駅のそばの書店です。わたしは子守りとして行きました。レミさんも、果子がいてくれると心強いって言っていました。レミさんはいろいろ経験している人だけど、サイン会なんてはじめてだから、やっぱり緊張していたんでしょうね。

結婚してからもゴーヤとモーイに会いに行っていたから、赤ちゃんもわたしになついていました。最初は控え室で待っていたんですけど、機嫌がよかったので、ママの頑張っている姿を見せたくて、書店の売り場に入っていったんです。

壁ぎわの机の前でレミさんが座ってサインをしていて、その前にファンが列を作っていて。

列より少し離れた、エスカレーターのそばですね。本を持っているのに列に並ぶでもなく、じっとレミさんを見つめているさくらがいたんです。深く帽子をかぶって、マスクもしていましたけど、間違いなくさくらです。わたしは目がいいんです。あっ、って思いましたもん。

そのころは、さくらはテレビや本で見なくなっていました。失踪——っていうほどでもないと思うんですけど、筧プロダクションの人が探していることは知っていました。どうしようって思ったんですけど、赤ちゃんを抱っこしていたから動けなくて。迷っていたら、さくらがわたしに気づきました。はっとして、目が合いました。それからさくらは身をひるがえして、エスカレーターに乗ってしまいました。

このことは誰にも言ったことはありません。

もうみんな忘れていますよね。ｓａｃｒａのことも、あんなに人気だったさくらうさぎのことも。

さくらをどう思うか、ですか。

うーん。美人だとは思います。かわいげっていうか、いつまでも子どもみたいな、守ってやりたいような儚(はかな)さがあった人だと思います。

でも、なんだろうな。それだけです。深く知りたいと思わない。整形とは思いませんけど、のっぺりしているっていうか、整いすぎて、色ムラがなさすぎてつまらないの。

わたしは昔から、みんなが綺麗だっていうものが綺麗に思えなかったりするから、あてにならないですよ。

ジェットコースター？　フルカラー？　いいえ。そんなふうに思ったことはないです。

嫌いじゃなかった、と思います。

うん。嫌いじゃありませんでした。

盗作もされたし、彼氏もとられちゃったけど、憎めない子でした。

さくらのほうも、わたしを嫌いじゃなかったですよ。尊敬してくれていたような気がする。わたしと、わたしの作品を。もしかしたら、自分の作品よりも。

好きだったし、欲しかったから盗んだんだと思います。

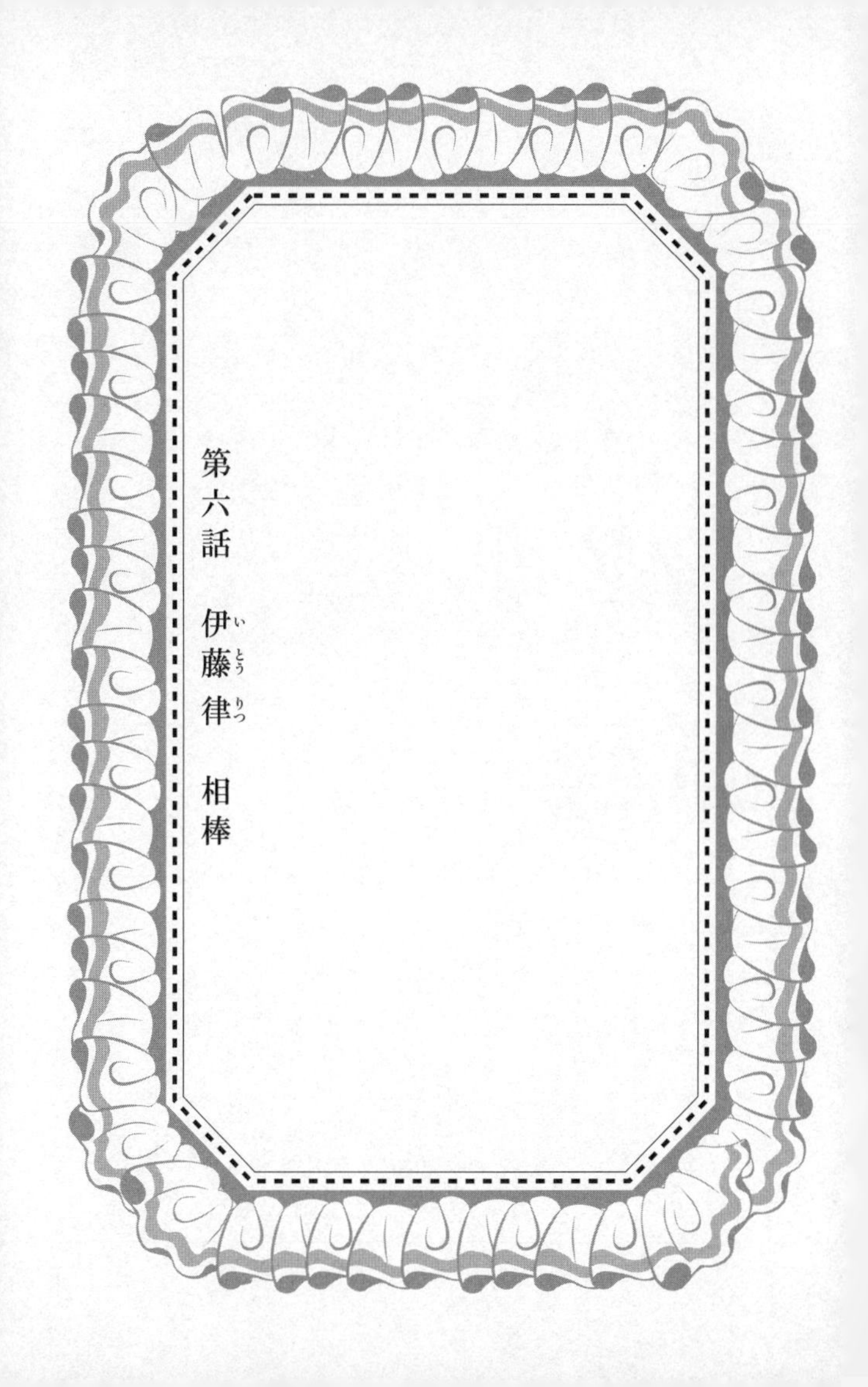

第六話　伊藤律（いとうりつ）　相棒

ぼくのところに取材が来るとは思わなかった。

さくら——権田八重子の男なら、いっぱいいるでしょう？　宮地洋太朗、佐伯渉、八名井司郎、尾野内シューマ、それから——あ、尾野内シューマから聞いたんですか。彼とはちらっと話したことがあるだけなんですけどね。ぼくのことはシューマから聞いたんですか。彼とはちらっと話したことがあるだけなんですけどね。

ぼくは弁護士ではありません。フリーターです。司法試験には合格したけど、それで燃え尽きてしまったというか、合格したまま放っているんです。

かといって法的な知識を捨てるのも忍びなくて、知人からの相談に答えたり、友達の弁護士からの伝手で、あれこれ調べ物なんかをしたりして、糊口をしのいでいます。

もう三十代後半ですからね。親も泣いているし、ここはちゃんと弁護士になるか、正式に調査会社でも開業しちゃおうかななんて思っているくらいですよ。

さくらのことは、ある男から聞いたんです。

朝倉泰之。大学時代に尾野内シューマの教室に通っていて、いまは建築士をしている男です。

彼とはたまに飲んだりする仲です。家庭がいやで、家に帰りたくないみたいで。すごくいい奥さんなんだけどね。息苦しいらしいです。

実は、泰之の両親から、見合い相手の――奥さんの調査を依頼されたのがぼくなんですよ。

嫁の経歴と素行の調査をした人間を飲みに誘うって変な奴だと思うんですが、勤め先が親の建築事務所だから、家庭の愚痴を言える場所がないらしいんですね。彼が結婚してからふと呼び出されて、おまえのせいだって言われて。それ以来、愚痴を聞く仲です。五、六年くらい前かな。新宿で飲んでいたらテレビにさくらが出ていて、泰之が、俺この女とやったことあるよって。

しかもさくらが中学生のときとか。

へえーって思って、どうやって、どうして？　って聞いたわけですよ。

すみませんねスケベで。ふたりとも酔っ払っていたものですから。

「先輩が池袋で絵画教室を開いていて、大学時代に俺も通っていたんだけどさ。さくらはそこで、絵を教えてもらうかわりにモデルやってたんだよ」

「それで手を出したわけ？」

「向こうから誘ってきた。っていっても中学生だから言い訳にはならんわな」

歌舞伎町のペンシルビルのスナックでね。泰之はわりとクールな男で酒にも強いんですが、三軒目くらいだったんで、すっかり口が軽くなっていました。

「シューマさん、少女の絵が得意なんだ。中学二年の美少女に、ファンです、モデルやりたいなんて言われて、舞い上がっちゃったんだよ」

「ｓａｃｒａ、可愛かったろうな。どんな子だった？」

「——あぶなっかしい子だったわ」

　少しだけ目を細めて、泰之は言いました。

「清楚なんだけど、男好きするっていうかね。個展の撤収を手伝いに行って会ったんだけど、よろけて先輩の袖をつかんだりしているの。飲み屋の女の子じゃないんだから——とか思っていたら目が合って、ニコッと笑うわけ。子どもなのにさ、クラクラした。美人って小さいころから、誰かと目が合ったら笑うって癖がついているのかな」

「それはあざとくてやってるの？　それとも無意識？」

「それがわからんのよ。最後までわからなかった」

　泰之は首をひねりながら、薄い水割りのグラスを傾けました。

「可愛かったんでいちおう気になっていたわけ。そうしたらさくらから電話が来たのよ、絵画教室に。朝倉泰之さん、妹さんから伝言があって、外で待っているそうですって言われて。妹がいるのは事実だし、そのときはうちがちょっとゴタゴタしてたから、泡食って待ち合わせのファミレスに行ったら、さくらがいた」

「嘘ついて呼び出したってこと？」

「そう。名前はギャラリーで聞いたとか、本当はシューマ先生に連絡をとりたかったんだけど、勇気が出なくてとか言ってた。——考えるとおかしいんだけど、おかしく思わなかった、そのときは」

「そのまま寝た？」

「はい寝た。バカだろ」

「バカだ。中学生はやばいわ。——さくら、初めてだった？」

「ああ」

——酔っ払っていたんですってば。そんな妙な顔をしないでください。

泰之は女性には淡泊なほうです。本当に。女っ気がないから親が心配して、見合い結婚させたくらいなんですよ。

「綱渡りだったよなあ。親にばれたら大変なことになる。そのときは警察や相手の親のこととかはまったく考えなくて、自分の親にばれたら大変ってばかり考えていた。——結局ばれたんだけどさ」

泰之は妙に懐かしそうな顔をしていました。

「それから半月くらいたって、いつのまにかシューマさんのモデルをやってたときは動揺したわ。どうすんだよって思ってたら、わたしが泰ちゃんのヌードモデルやってるってことは、みんなに内緒ねって言われた。そうかこれ、ヌードモデルかって思ったら気が楽になった。ホテル行くときにも画材持っていったりして」

「シューマさんとさくらは、つきあってなかったの？」

「シューマさんは真面目な性格だから、そのときには考えてもみなかったんじゃないかな。さくらの言葉を真に受けて、中学校に匿名の電話までかけてる。さくらがシューマさんに適当に言ったらしい。美術の先生に何かされたとか」

「さくらって確か、誠華学園だよな。そんなことがあったら問題になるんじゃないの」

泰之は苦笑しました。

「それは嘘。さくらは埼玉の公立中学と、都内の私立高校の出身」

「——美大は？」

「美大とか、絵画の技法の話は全部、シューマさんから聞いたのの受け売り。シューマさん、さくらのいいなりだったからね。誠華学園中等部のセーラー服着てみたーいって言われて、奥さんのを持ち出したんだよ」

尾野内シューマは奥さんに頭があがらないんですね。泰之はシューマを画家として認めていたけど、ぼやぼやした性格なのに呆れていたようです。

「シューマさんが電話したせいで、さくらが長野に転校することになった。俺のことも親にばれた。当時はさくらと本気でつきあっているつもりだったから、親にはものすごく反発したけど、大学生だからどうしようもない。さくらには、戻ってきたらまた会おうって言った」

「シューマさんはそれ知ってるの？」

「俺のことは知らない。シューマさん落ち込んでた。自分のせいでさくらが転校することになって、申し訳ないって」

「でも戻ってきたんだろ」

「高校のときに戻ってきた。誠華学園の高等部に合格したとかいうから驚いたよ。偽物の制服かと思ったら本物だった。中等部の制服と同じように、誰かから制服をまきあげたんだろうね」

「入学してないって、どうしてわかるんだよ」

「話していればわかるよ。うち、母親と姉貴が誠華学園出身なんだよ。あの学校はあんなにさぼれない。――でもシューマさんは、さくらが誠華学園の高等部だっていうのは、ずっと信じてたみたい。努力して入ったんだなとかいって感心していた」

泰之はしみじみと言いました。

「シューマさんは純真なんだよ。さくらのことを心配していた。さくらが誰かと――まあ俺なんだけど、寝ていたことを知ってケンカになって、さくらを殴ったこともあった。好きだったんだろうね」

「——殴った？」

「高校二年のときね。さくらが顔を腫らしていて、シューマさんに殴られたって言った。でも、俺のことは言わなかったって。それで離れるかと思ったらシューマさんはさくらに謝って、なぜかいいなりになっちゃった。さくらはシューマさんが大好きだって言ってた。片方で俺と寝てるのに。俺、先生がかわいそうでかわいそうで」

「それがめちゃくちゃ気持ちよかったんだろ」

　泰之は答えませんでした。

　一盗二卑、でしたっけ。泰之は盗んだ女、卑しい女がいいんですね。あるいは、最初の女が——さくらがそれだったから、癖になったのかもしれないと思います。

「——変なこと言うようだけどさ、あのあたりのシューマさんの絵、すごくいいのよ。賞もとった。芸術家って、私生活が乱れていたりするじゃん。シューマさんってそういうのないからさ。これもエネルギーなのかなあと思って」

　泰之はやや言い訳がましくなりました。

「シューマ先生も、さくらと寝てたの？」

「寝てた。高校になってからね。シューマさん、隠すの下手だもん」

　泰之はぐびりとウイスキーを飲みました。

「どっちみち、俺は無色透明の男。さくらの本命は先生で、俺は浮気相手。心はあっちで、こっちは体だけ。それはずっとそう」

「どうしてわかる？」

「――俺、さくらに金渡してたのよ。たいした額じゃないんだけどさ、ホテルで、もうちょっと泊まっていくからお金置いていってって言われたり、新幹線のチケット買わされたり。券売機に連れていかれて、使い方がわからないからやって？　ってねだるの。席はグリーンにしてね、あとタクシー代もねって。あげたら、ありがとう泰ちゃん大好きって言うの。これがめちゃくちゃ可愛いの」

「――マジか」

ばれたらけっこうヤバイのではと思いましたが、泰之にとってはたいしたことではなかったようです。

金持ちだから、つきあった女の子に小遣いをやるくらい普通なのかもしれません。

「で、俺には小遣いとか、新幹線のチケット代を出させるのに、シューマさんからはしょぼいスケッチブックとか、せいぜい服とかしか貰わないわけじゃん。会うのだって俺はいいホテル、シューマさんは近くのラブホ。俺だって親にばれないように必死なのにさ。二股かけるのはいいけど不公平じゃないかって言ったら、シューマ先生には才能があるけど、泰ちゃんは才能ないから公平だよって言われて。意味わからないし、むかついて別れた」

泰之はそこだけ沈んだ声でつぶやくと、最後のウイスキーを飲み干し、時計を見て、しぶしぶと立ち上がりました。

なにひとつ間違っていない、正しい奥さんのところに帰るために。

あ、これは泰之が自分で言っていた奥さんの評価ね。欠点が何ひとつない女。美人で家事子育ても完璧で、浮気して帰っても、おかえりなさいって笑顔で応える女。

両親が気に入っているし、別れる理由がないのがしんどいらしいです。

泰之は偽悪ぶっているけれど繊細な男です。尾野内シューマに対しては本気で尊敬していたし、だからこそさくらと寝ていたのかもしれない。

あれでいて、さくらが好きだったんじゃないですかね。


その話をきいて、ぼくとしては俄然、さくらに興味がわきました。

売れっ子のタレント兼イラストレーターが、中高生のときに売春まがいのことをしていたとかすごいでしょ。温めておいたらどこかに売れないかなと思って。

ぶっちゃけ、金になるかもしれないと思いました。さくらが所属しているプロダクションはそこそこ金があるみたいでしたし。

当時、さくらは二十代後半でしたか。そうはみえませんでした。美人っていうより美少女って雰囲気です。目が大きくて、睫毛が長くて。化粧もほとんどしてないのに、もぎたての桃みたいな肌をしていました。

会うのはそんなに難しくなかったです。個展がありましたからね。

さくらは小さなギャラリー展が好きだったんです。テレビでしょっちゅう見かけるようになってからも、半年に一度は必ずやっていました。

そういえば一回テレビで特集されて、いろいろ語っていましたね。

「個展が好きなんです。ずっと絵が恋人でしたから。自分の絵に囲まれていると安心します」

「男性とつきあったことはありません。つきあうってことがよくわからないんです」

「理想の人は——ユカロンかな？　筧誠一郎の漫画の。理想の女性です。え、そういう意味じゃないんですか？」

「わたしは芸能人ではありません。テレビに出ているのは、わたしを知ってもらって、たくさんの人に絵を見てもらうためです。高校や大学の名前も受賞歴もあかしたくありません。先入観なく、絵だけを見て、評価してもらいたいと思っています」

受賞歴なんてないのにね。

さくらうさぎは可愛かったし、ファンがつくのもわかります。でも芸術的には大して評価されていなかったんじゃないでしょうか。

漫画家にＴｗｉｔｔｅｒで暴露されたあと、同業のイラストレーターでさくらをかばう人間はいませんでしたよね。漫画家のほうに賛同する人はいましたけど。

ぼくがさくらと初めて会ったときは誰も、さくらの絵を、ほかの人間が描いているなんて思わなかったわけですが。

さくらと会ったのは吉祥寺の『ブロサム』です。さくらがいちばん数多く個展をやっていたギャラリーです。当時は改装したばかりで、とてもきれいでした。布をふんだんに使った展示でね。ぼくは、さくらがいるオープニングの日を見計らって行きました。

招待状は持っていなかったから、受付で名刺を出しました。

名刺には当時、友達の弁護士事務所の名前をいれてありました。彼に頼まれる調べ物が多かったので。弁護士とはいれませんから嘘ではないです。連絡先は携帯ですし、ラフな格好でいれば、弁護士バッジがなくても不自然ではありません。

「――さくらさんとは個人的な知り合いなんです。呼んでもらえればわかります」

こういうことには慣れていました。入れればよし、断られれば名刺を置いて去る。呼んでもらえればそこで面識を作る。こういうところの受付は女性なので、彼女の裁量で入れてもらえることもあります。

ぼくはけっこうもてるんですよ。高身長で、独身で、女性の扱いを知っている三十代の男っていうのは案外珍しいのかもしれないと思います。

受付の女性がぼくの左手の薬指に何もないことを確認したので、いけると思ったんですが、どういうわけかほかの弁護士が来てしまいました。

「西山です。弁護士をしています。多喜本弁護士事務所の所属だそうですね。彼とは面識がありますよ。──お名前は、伊藤さんでよかったですか」

「──ああ、はい」

「あの事務所は、多喜本さんと、息子さんのふたりでやっていたと思いますが」

「その息子──多喜本春基さんとぼくは、大学時代の友達なんですよ」

ぼくは言葉を選びました。西山弁護士という人は知りません。見た目はもさっとしていましたが、頭の切れそうな男だと思いました。彼はパーティの間中、ずっと筧由香のそばにいて、守るみたいに立っていました。

多喜本春基とぼくは、苦労して司法試験を突破した仲間です。春基はいつまでも弁護士を名乗ろうとしないぼくを心配して、バイトをまわしてくれるんです。主に離婚案件の、配偶者の有責調査を。

「筧さくらに何のご用ですか、伊藤さん」

「──作品を見たいと思っただけですよ」

「個人的な知り合いだと仰っていたようでしたが?」

なんでこいつは、こんなふうにネチネチとからむんだろうと思いました。

どちらにしろ、面倒になりそうならすぐに退く。それがぼくのポリシーです。こんな男がいるのなら、できれば名刺は回収したいと思いましたが。

「ぼくは歓迎されていないようですね。だったら帰ります。ご迷惑をおかけしました――」

「――律ちゃん？」

あたりさわりのないあいさつをしていると、さくらがギャラリーを横切るように走ってくるのが見えました。

輝くようでした。うすいピンク色のミニドレスを着て、髪はアップにしていました。みんなが道をあけてさくらを見ました。

「律ちゃんでしょう？　弁護士になったって聞いていたけど、本当だったの！」

さくらは言いました。

「――そうだよ。びっくりしただろう。さくらのことを聞いて、来てみたんだ」

ぼくはとっさに話を合わせました。この場合、それしかないでしょう。

さくらはぼくの名刺を持っていました。にこにこしながら西山に紹介するんです。

「中学のときの友達なの。伊藤律ちゃん」

「あなたは誠華学園の中等部出身？」

西山は疑り深そうな目でぼくを見ています。ぼくは、ちらっとさくらに目をやりました。さくらの出身校は泰之から聞いていましたが、公式には誠華学園になっています。この場合はどうしたらいいのか。

「違うよ、西山さん。埼玉のほう。でもこれ、みんなには言わないでね。律ちゃん」

さくらは声を小さくして、さらりと言いました。

これは効果てきめんでした。西山は、さくらが誠華学園出身でないと知っていて、ぼくにかまをかけたわけです。そしてぼくが誠華だと言わなかったことで、逆に、本当の同級生だと思ったようでした。

「――そうですか。失礼しました。どうぞ」

西山から離れ、ギャラリーに入っていったときは、借りを作ったような気分になっていました。

「――すみません、初めてお会いするのに」

「いいんです。せっかく来てくださったのに、追い返すなんてできないもの。西山さんはちょっと頭が固いの」

さくらはニコッと笑いました。

「ゆっくり見ていってください、伊藤さん。おとなりでお茶やお酒も出していますから、飲んでいってね。弁護士さんなんて素敵です。今度、一緒にお食事しましょう」

さくらは流れるように言って、あっという間に談笑する輪の中に戻っていきました。

いい子じゃないか、とぼくは思いました。ほんの数分ですが、妖精に会ったみたいでした。泰之が忘れられない気持ちもわかりました。

時村の報告を聞くまではね。

時村っていうのは、ぼくの仕事仲間です。

調査中に知り合ったんだけど——大ざっぱに言うと、こっちが夫側で妻の調査をして、妻のほうは時村に頼んで夫の調査をしていたみたいなね。ぼくは片手間だけどあっちはプロで、調査能力が高い。ぼくには法的な知識があるし、女性あしらいがうまい。それぞれの得意分野を生かして、必要なときに助け合っている仲です。

ぼくはさくらと会う一方で、時村にさくらの男関係を洗ってもらっていたんです。

とりあえず一週間頼むつもりが、時村のほうが興味を持ってしまって、見切れないのでおまえもやれと言われて、結局半月ばかり、さくらと男を尾行しました。

ええ、出るわ出るわ。びっくりしました。

土曜日には宮地っていうサラリーマンとテーマパークに行き、ホテルに泊まって彼だけを帰し、翌日には脇坂っていうフリーターともう一度テーマパーク。平日はギャラリーに顔を出すか、テレビの仕事をこなしたあと、佐伯っていう編集者と会ってホテル。

何もないときは有明のタワーマンションにいるんですが、そこには高梨っていう漫画家か、八名井っていう漫画家アシスタントが訪ねてくる。合間に知り合いらしい男としょっちゅう食事をしていました。

高梨のことは知らなかったですか。漫画家で、八名井は彼のアシスタントをしています。表にはまったく出てこないけど、彼にも何か描いてもらっていたんじゃないですか。顔に似合わず繊細な絵柄だし、線の感じが似ているような気がします。

海翔――辻村海翔？　この顔はなかったな。市ノ瀬竣――いたような気がする。ランチの合間にタブレットをふたりでのぞき込んでいました。こう、肩を寄せ合って。吉岡郁也――これはいません。佐山寛――これも見てないな。あなたもけっこう調べているんですね。驚きました。

最初は売春を疑いましたが、それにしては妙です。

というのは、明確に、定期的にホテルに行っているのは宮地と佐伯だけなんですよ。

そもそもさくらは寛由香にかわいがられているから、金には困っていない。金だけのためなら、金持ちの愛人にでもなったほうが効率がいいでしょう。

とりあえずぼくは、宮地と脇坂をあたることにしました。

佐伯は出版社へのコネ、八名井と高梨は創作の手伝いが期待できますが、このふたりとつきあうことでさくらが得るものがないからです。

脇坂劉生はアルバイトをしながら俳優を目指して劇団員をやっている男でした。

彼のアルバイト先の居酒屋に行って、写真をちらつかせて、ｓａｃｒａのことで話があるんだけど、仕事いつ終わりますか？　って聞いたら、いかにも、ああーばれちゃったか、と言いたげな顔で、深夜に会ってくれましたよ。

「――まあ、覚悟はしていました。いつかこんなときが来るんだろうなって。できれば、俺がちゃんとした俳優になってから公表したかったんですけど」

場所は新宿の、彼のアルバイト先ではない個室居酒屋です。

脇坂は少し緊張しているみたいでした。イケメン野郎でね。役作りのために髪を伸ばしているんですみません、といって、しょっちゅう金茶色の前髪をかきあげていました。

「マスコミに公表するつもりはないので安心してください、脇坂さん。さくらは芸能人じゃないし、不倫でもありませんし。ただ、こっちとしては隠されると嫌な気分になるわけ。意味わかりますよね」

「――マジっすか」

公表しないと言われて、脇坂はちょっとがっかりしていたみたいでした。

そのときのぼくの肩書きですか。ライターです。――嘘じゃありませんよ。名前をかえて、フリーペーパーやウェブに法律コラムを書くことがあるんです。

「――でも俺、やましいことは何もないので。さくらとはちゃんとつきあっているつもりだし。さくらはテレビに出ていて目立つし、まわりには彼氏がいないってことになっているから、どうしても内緒ってことになってしまいますけど」

そこだけはやけに真面目な顔をして、脇坂は言いました。

「じゃあ交際してるってことでいいんですか」

「そうですよ。さくらが高校、こっちが専門学校のときからのつきあいだから。途中、自然消滅したこともあったけど、またつながって、もう十年くらい」

「専門学校、っていうと――」

「山野手イラストレーション&クリエイター学院です。さくらが高校生のときに学園祭に案内したことがあって、それでさくらはあそこに通うことに決めたんですよ。ここっていいね、たくさん人がいて、楽しそうだねって」

「ということは、高校時代からの知り合いってことでいいのかな？　年齢は少し上みたいだけど」

「知り合ったのはテーマパークです。さくらは高校二年のときに、叔母さんかなんかと来てて、可愛いなって思って声をかけました。俺、テーマパーク好きなんですよ」

「専門学校っていうと、あなたも絵を描くんですか」

「いいえ、俺が行っていたのは、そこの声優部門なんで。当時、声優になりたかったから。でも、そのあと誘われて劇団に入って、声優はやめて、俳優になろうと思って」

「変なことを聞くけど、さくらに何か買ってやったり、お金を渡していたことある？」

「そりゃ彼氏だからお茶代くらい出すけど……。ファミレスばっかりですよ。今は俺バイトだから、さくらのほうが金持ちですから。むしろ服買ってもらったり、ワッキーはかっこいいんだから、次に会うときまでにヘアサロン行ってきて！　って金もらったり。ホテル代も向こう持ちが多かったです。こういうのって気が引けるけど、いつか、本当に俺が養えるようになったら、絶対に返してやろうと思って」

　彼はさくらと十年ものつきあいで、貢ぐどころか貢がれていました。

　泰之が知ったら愕然（がくぜん）としそうですね。いや喜ぶのかな。高校二年からといったら、かぶっていますよ。

「養ってやるつもりだったということですか？」

「そりゃそうですよ。さくらは、自分は夢をかなえたから、次はワッキーが夢をかなえる番だよ、とか言っていましたけど。もうそろそろ腹をくくるべきかなって」

　脇坂は思い切ったように言いました。

「うちの実家、茨城で農家やってて、土地とかあるんですよ。これまで好きにさせてもらっていたけど、親に相談して金借りて、こっちで勤め先を探して、さくらが恥ずかしくないようにちゃんとしたいと思っていたところです」

　ぼくは彼を少し見直しました。チャラチャラした男かと思ったら、案外考えているじゃないですか。いつも輪の中心にいるような女は、何かのはずみでこういう男に逆に惹かれてしまうことがあるのかもしれないと思いました。

さくらは何人かと同時進行しているわけですが、それを言うのはぼくの役割じゃないので、ぼくは早々と精算をすませました。

そうしたら、ぽつりと彼が言ったんですね。

「——俺、あなたと話したことないですよね。電話で」

「今日がはじめてだと思うけど。どうしてそう思うんですか？」

「俺の声、聞き覚えないっすか」

「ないですよ」

「そうですか。じゃあいいです」

「よくないよ。——どこかで電話かけるバイトでもしてるの？」

「バイトはしてないけど。さくらに頼まれて、あちこちに……電話かけたり、受けたりはしてるんで」

「——よくわからないけど、もう一軒行こうか」

もと声優志望だけあって、脇坂はいい声をしていました。今いるのも小劇団だから、いろいろな発声の訓練は受けているみたいですね。

で、たまにさくらに頼まれて、電話で話すことがあったらしいんです。

さくらの父親や、マネージャーという設定でね。さくらにはマネージャーなんていないんですが。

「――具体的に、誰と話したか覚えてないですか？」

ぼくが訊くと、脇坂は少し気弱そうな顔になって、言いました。

「昔からだし、普通になっていたから、あまり細かくは覚えてないんですけど……」

「いちばん最近のは？」

「半月くらい前かな。宮地って――昔から、さくらにしつこく言い寄ってくる男がいるんですが、彼に、忙しいから当分近寄らないでくださいって言いました」

「――宮地洋太朗ですね」

「知っているんですか？」

「名前だけ。さくらは、彼のことをなんて言っていましたか？」

「元彼だって。――本当ですか？」

「――たぶん」

「そうですか……。俺といったん別れていたときにつきあっていたみたいなんだけど、なにしろしつこいんで、けっこう話しています。テーマパークにいたんだけど、プロデューサーに代わるねってスマホを渡されたんで、さくらは忙しいから、もうおまえと会うのは無理だって言いました。ちょっと前には、俺は実は彼氏だから、もう電話するなって言ったこともありますよ。向こうは信じなかったけど」

「――つまり宮地はさくらのストーカーだったと?」

「まあそんな感じですね」

「警察に行こうとは思わなかったんですか」

ぼくが尋ねると、ちょっと黙りました。

「――正直イライラしたけど、俺が電話に出ればおさまるから、いいと思っていました。俺がさくらにできることなんてそんなにないし。宮地って昔、俺が父親として話したこともあったのに、気づかないんですよ。馬鹿な男だなと思って」

宮地洋太朗とは、脇坂と会う前日にテーマパークに行って泊まっているはずです。

それだけでも綱渡りなのに、二股をしている同士で話させるとか、大胆だなと思いました。

「――よく考えたらおかしいっすね。父親として話せとか、プロデューサーとして話せとか。もっと詳しく聞いといたほうがよかったですかね」

「被害がないならいいんじゃないか」

脇坂はさくらを八割くらい信じていました。残り二割は不安だったわけですが。

不安が当たっていることに気づかせる前に、宮地に会うことにしました。

宮地は都内の不動産会社勤務のサラリーマンです。

一か月に一回か二回くらい会って、いちばん恋人らしいつきあいをしていた男です。黒ぶち眼鏡（めがね）の小柄な男で、頭はいいけど女に慣れていないタイプだと思いましたね。彼に対しては、本当に結婚詐欺といっていいんでしょうね。結婚をちらつかせて専門学校の学資を出させていたわけだから。

当時はさくらが二十八歳くらいで、宮地が三十五歳くらいかな。こっちも十年くらい継続して交際していたことになります。

さくらはあれで情の深い女でね。打算的にみえるけど、そうじゃないんですよ。どんな人でもわけへだてなく大事にしたし、自分からは絶対に人間関係を切らない。いったん知り合ったら大事につきあっていくんです。

脇坂と宮地と佐伯、三人ともつきあいは高校からです。高梨や八名井とも知り合ったのは二十代の前半らしいし、漫画家の馳川志温は、専門学校のときでしたよね。

脇坂が言うには、何かトラブルがあって離れることがあっても、何年後、何か月後に会ってみたら、何事もなかったかのように交際が再開するらしいですよ。だから何年つきあっているといっても、話をきいてみたら長い空白の期間があったりするわけです。

ぼくは最初にさくらの個展のオープニングパーティに行ったときに、動画を撮っていました。時村が、宮地とさくらがホテルから出てきたところの写真を撮ったんですが、動画とつきあわせたら、宮地もパーティにいたのがわかりました。

宮地洋太朗は、宮地憩子——筧プロダクションの事務職の女性の、息子でした。

宮地をつかまえて、喋らせるのは容易ではありませんでしたが、さくらの学歴詐称のことをちらつかせたら認めました。

けっこう話してくれましたよ。脇坂もですけど、普段は秘密にしている分、話し始めたら堰を切ってしまうみたいでした。

自分は八重子の婚約者です、と宮地は言いました。

八重子の親への紹介もすませているし、結婚式場の下見もしたそうです。

八重子。さくらではなくて八重子と言いました。

宮地によれば、彼は母親の宮地憩子とともに、イラストレーターとしてのさくらのプロデュースをしてきたそうです。さくらの絵が雑誌で紹介され、ギャラリーで個展を開き、企業のキャラクターとして紹介され、テレビからコメントの依頼が来る。そういうマネージメントをすべて。

「——筧プロダクションは行き詰まっていましたからね。このままだったら会社として成り立たなくなることはわかっていました。母は、八重子がこの窮状を救ってくれると思っていたんです。だから専門学校に行かせました。美大は無理でしたからね。本当は漫画家になってほしかったけど、イラストでもこれだけ有名になれば十分です。そろそろぼくと結婚してもいいんじゃないかと思っているところです」

「マネージメントというのは、社長の筧由香さんも一緒に？」

「あの社長は何もできません。版権と不動産の収入を受け取るだけの人です」

ぼくが訊くと、宮地洋太朗はうっすらと笑いました。

「筧誠一郎の娘であることは間違いないからいいんだけど、父親の漫画の価値を高く見積もりすぎなんです。版権が正妻の子どものところに行くことになるのが嫌で、愚痴ばかり言っている。ぼくの母は現実的な人だから、昔のこととか、そんな先の版権収入のことより、今の心配をしろって思っていたんです。八重子はそんなときにあらわれた救世主のようなもんです。実際、彼女が来てからユカロンの重版がかかりましたし」

「それは、八重子さんも同じ意見なんですか？」

「そうですね。ぼくが八重子と会ったのは、母が家に連れてきたからですけど、八重子が何かの話のはずみで、じゃあわたしが洋ちゃんと結婚したら、みんなうまくいくねって言ったのを覚えていますよ。あのときは笑い話でしたけどね」

「そのとき携帯の番号を交換して、向こうからかかってきて、すぐに会ったんでしょう」

「――まあ、そうですね」

「そのときはまだ、筧プロダクションのことなんて考えてなかったと思いますが。会ったのはやっぱり、美人だったから？」

「まあね。見たことがあるならわかるでしょう。大学の同級生とは比べものにならないくらいの美人ではありました。つきあいはじめたのは、もっとあとですけど」

宮地とさくらがつきあいはじめたのは、専門学校に入学したときくらいからのようです。脇坂とはいったん離れて、泰之と尾野内シューマとは別れていたから、このときは二股じゃなかったかもしれません。

「――八重子さんのご両親と会ったんですよね」

「父親のほうは、専門学校に入る前に会いました。掛井ペイントって、所沢で小さな塗装会社を経営している男です。八重子の母親と離婚して、いまは再婚して別の家庭を持っています。八重子が片親なのは、ぼくもそうなのでまったく気になりません。ぼくに、八重子と結婚するならよろしくお願いしますって言いましたよ」

「母親は」

「会いましたよ。ギャラリー『ブロサム』に勤めている人です。病気がちで、意志がない人だから、話すときはおとうさんと話して、って八重子には言われていました。――専門学校の入学費用の話とかね。実はうちの母が出したんだけど、こういう話は男親にしかできないから」

「電話で話したわけですね」

そのころになると、宮地はすらすらと話していました。最初、口ごもっていたのが不思議なくらいに。

さくらの出自を、ぼくなんかに言っちゃっていいんですかと言うと、ちょっと複雑な顔になりましたよ。

「――最近、明かしたほうがいいと思っています。学歴とか、筧誠一郎の孫だとか、どこから嘘がばれるかわからないじゃないですか。――筧誠一郎のほうは、社長が八重子を養女にすれば、すぐに解決することなんですけど。そこがクリアできればね、すぐにでも結婚するつもりです。式もあげたいし、もう新居の話なんかもしているんですよ」

「どうして結婚しないんですか？　養女になるのは結婚してからでいいでしょう」

「社長は疑り深いんで、ぼくと八重子が婚約していることが知れたら、養女にするって話自体が立ち消えになるかもしれません。母が筧プロダクションを乗っ取ろうとしてるんじゃないかって思われそうで。ぼくとしても、母の職を失わせるわけにはいきません」

宮地は切ないため息をつきました。

「養女の話は、前々から出ていたんです。弁護士の西山が反対していて、最近は社長まで、自分が編集者の恋人と結婚できるかもしれないというので渋り出して。八重子も、由香さんの幸せが第一だというので、せっつくこともはばかられました」

「不安じゃありませんか」

「お互いの気持ちに不安はありませんよ。八重子にはぼくしか見えてないですから。見てのとおり一途というか、可愛い女性なんです。はじめてつきあった男でもあるしね。

――ただ」

宮地は一瞬だけ、不快そうな表情を見せました。

「何かいやなことでもありましたか？」

「――テレビ局のプロデューサーで、嫌なやつがいるんですよ。ぼくの仕事が忙しくて、一時的に別れていたときがあるんですが、そのときに食事につきあったことがあるみたいで。やっかいなことに、力のあるやつらしいんです」

「なるほど。八重子さんに、お金を渡したことはありましたか？」

「婚約者だから、出すときもあるんじゃないですか」

「いくらですか？　車一台分くらい？」

「あのね。ぼくはそれほど馬鹿じゃありませんよ。一緒にいるときはいつも、ぼくが主導権を握っているんでね」

宮地はぼくを見つめて言いました。

プライドが高いんですよね。彼は最後まで自分が結婚詐欺にあったと認めなかったっていうじゃないですか。これは誤解で、八重子には悪意はなくて、まだ自分が好きなはずだって。いっぱい男がいても、自分だけは違うって。

なんだかおかしかったですね。だってそれ、さくらの口癖なんだから。これは誤解なの。わざとじゃなかったの。ごめんなさい——ってよく言っていましたよ。

宮地はさくらを信じていたんですね。完璧に騙(だま)されていました。さくらが由香の養女になり、自分がさくらと結婚して、憩子とともに筧プロダクションを経営する——と夢見ていたんでしょう。

自分のほうがさくらを利用していると思っていたのかもしれません。

あとは——ええと、佐伯ですか。
漫画家とそのアシスタント——高梨ミチオと八名井司郎は、別々にマンションを訪ねてくるだけでしたから、何も調べていません。たぶんファンタジー系の絵を描(か)いたり、業務用のパソコンやら何やらを買ってやったのは高梨だと思うんだけど、既婚者だから、追及しても否定しそうですね。
佐伯とさくらは頻繁に会っていました。夕方から夜にかけて、郊外の高級なホテルが多かったです。彼は漫画の編集者で、筧誠一郎のファンであることを公言しています。

さくらと同時に、筧由香ともつきあっていたようです。彼のほうも二股だったわけです。筧由香は、別れた今もそのことは知らないはずです。

ぼくも知りませんでした。佐伯とは直接話していないので。

話す前に、さくらがぼくに連絡してきたんですよ。

多喜本弁護士事務所に電話をかけてきたんです。携帯にかけてくればいいのに。

ぼくに多喜本から電話がかかってきて、泡をくって折り返し電話をしたら、さくらが会ってくださいって言ったんです。

ぼくは、指定されたファミレスまでのこのこと出かけていきましたよ。

約束の五分前に行ったらさくらがいて、立ち上がって、ぺこりと頭を下げました。

「こんにちは。急に電話をしてしまってごめんなさい。脇坂さんからあなたのことをきいて、どうしても相談したいことがあって」

ぼくは焦りました。脇坂から聞いたということは、ぼくの肩書はライターということになっています。でも、ギャラリーでは弁護士を装って会いましたから。名前を変えていたので、さくらが気づくとは思いませんでした。

「──脇坂さんはなんて言ってたんですか?」

「取材ですって。そういえば、弁護士さんで本を出している人っていますよね。伊藤さんはそういう人なんですね。すごいですね。尊敬します」

さくらはさらっとぼくの不安をかわしてくれました。

「大変だけどね。それで、相談したいことって何ですか？」

「わたし、困っているんです。――ずっとお世話になっている女性がいるんですけど、その人の恋人からお誘いを受けて、食事に行ってしまったんです」

お世話になっている女性というのは寛由香だろうと思いました。

そして恋人とは佐伯渉かなとも。ぼくはパーティの様子を横から見て、こっそりと動画にもおさめていますからね。そういう空気には敏感なんです。

「告白でもされたんですか？」

「――はい。好きだって」

さくらはあっさりと認めました。

「そんなつもりはなかったので困ってしまいました。わたしのお世話になっている人は、その男性のことがとても好きで、結婚も考えているらしいんです。その話だと思ったから食事に行ったのに、裏切られたような気分でした。彼女のためにどうしたらいちばんいいのか、悩んでいるんです」

ぼくの傍らのかばんの中には、さくらが男と会っている写真が何枚か入っていました。

ぼくはそのことを思い出し、佐伯とはシティホテルだからなんとでも言えるなとか、宮地とラブホテルに入っていく写真、脇坂と腕をくんで歩く写真をつきつけたら、さくらはどういう反応をするかなとか、そんなことを考えていました。

なんにせよ証拠がある場合は、相手にしゃべらせてからです。

「隠しても仕方ないでしょう。言ってしまったらどうですか」

「彼女を傷つけたくないし、気まずくなりたくないんです。——その男の人がわたしを誘ったということを知らせずに、彼女のほうから、その恋人が嫌になるように仕向けることはできないでしょうか？」

天使のような清らかな瞳で、さくらは言いました。

蛇の道は蛇です。ぼくはすぐに納得しました。

実は、これまでにぼくはそういう仕事をしたことがあったので。多喜本には内緒で。夫婦が離婚する際、自分の立場を有利にするために、相手に有責条件をつける、という仕事をね。

泰之じゃないですが、配偶者に非のうちどころがないと別れるのも大変なんですよ。

「つまりあなたは、お世話になった女性と、その恋人とを別れさせたいわけですか？」

「はい。大好きで、とても素敵な人なんです。あんな不誠実な男の人にはふさわしくないです。由香さんには幸せになってほしいんです」

「由香さんね。その女性から、恋人をとってしまいたいとかじゃなくて？」

「そんなことは考えたこともありません。彼とは十六歳も違うんですよ？」

「そうか。――まあ、やればできるかもしれない。お金がかかってもいいですか」

ぼくは筧由香の、年齢のわりにはつやのあるロングヘアを思い出しながらつぶやきました。

若いころはさぞもてたであろう、独身の美人。結婚願望があり、見栄っ張りで、肩書に弱い。やや高圧的だが、他人であるさくらをかわいがっているところをみると人柄は悪くない。

――正直、それほど難しくないと思いました。記号のような女性は、記号のような男性が好きなものです。そういう意味では佐伯こそ筧由香にぴったりではあったわけです。

「はい。お願いします。こんなこと、誰にも相談できなくて」

「確かに誰にも相談できないでしょうね。しかし、その中でぼくを選んできたのはどうしてですか？　どこかでぼくの評判でも聞きましたか？」

「評判なんてわかりません。信用できる方だと思ったんです」

ギャラリーで弁護士を名乗った男が、隠していたはずの恋人に、ライターとして接触してきた。これを信用できるなんて、よくもぬけぬけと言えるものです。

ぼくのいかがわしさを見抜いたって意味では、嗅覚が発達しているんでしょうね。そういえばさくらのまわりにいるのは、どこか流されやすいような人間ばかりでした。

「――同類だから？」

「同類って、なんのことですか？」

さくらは目をぱちくりとさせて言いました。

その瞳が真っ黒で、汚れがなくて、可憐な少女みたいでね。

この顔とこの体で、あちこちの男を翻弄しているんだと思ったら、ぞくぞくしました。

手の内を見せないものなら、俺が何かで使ってやれないものかと思いました。

「――あのさ」

くだけた雰囲気を作って、ぼくは言いました。

「――あのさ、金はいいから。俺、いい男を知っているんだけど、食事してみない？」

さくらは一瞬、首をかしげましたが、すぐに納得したようです。ぼくを見て、ニコッと笑いました。


ぼくとさくらはね、けっこう相性がよかったんです。

ぼくの本業は――もう言ってしまいますよ。別れさせ屋、というやつです。フリーのね。多喜本には秘密です。

離婚したがっている夫婦の内情を調査しているうちに、だんだんそちらのほうが向いていることに気づいてしまいまして。なにしろ世の中には別れたい男女と、浮気したい男女があふれかえっているんです。

当時ぼくは、夫と離婚して、できるなら慰謝料をもらいたいという妻と知り合っていてね。彼女に浪費と浮気の経験があって有責なので、自分からは離婚できなくて途方にくれていたんですよ。

夫はまともなんだから、そんなろくでもない妻に執着しなければいいと思うでしょう。でも別れたくないんですね。理由はもちろん妻子を愛していたからだけど、それ以上に、向こうが悪いのにもかかわらず、自分が別れを告げられるという事実をどうしても飲み込めない様子でした。

その男とさくらを会わせて、食事をさせて――その先に何があったのかは知らないけれど、男は離婚に同意しました。それはもう、拍子抜けするくらい。妻は慰謝料をもらうことはできなかったけれど、養育費と財産分与で、それなりの額を手にしたようです。

「きみには才能があるよ、さくら」

と、ぼくは言いました。

場所はぼくの西新宿のマンションです。こういう話をするのにファミレスというわけにもいきませんでしたから。

「絵のこと？」

さくらが聞き返したので、ぼくは失笑しました。

「悪いけど、きみの絵には興味がない。それより、たまにこういうことを頼んでいいかな。俺が紹介する人とちょっと食事をして、相手のプライドをくすぐってあげて――」

「そういうのはイヤだよ。律ちゃん。わたしはただ高橋(たかはし)さんが素敵な人だから、一緒に食事をしただけ。まさか、奥さんと離婚するなんて思わなかった。びっくりしたわ」

さくらはキッチンでコーヒーを淹(い)れていました。

ぼくはビールです。さくらはあまり酒が好きじゃないんです。

最初にマンションに来る日に、銀のコーヒーポットとカップをねだられました。ポットとサーバーとフィルターはこれじゃないとって頑固にこだわっていましたけど、カップはどうでもいいみたいだし、コーヒーの味がわかるわけでもなさそうで、変だなと思いましたよ。

夏だったんで、さくらはめんのワンピースに、素足でした。ほとんどすっぴんで、アクセサリーもつけていませんでした。

十代みたいだと思ったけど、そうやって見ると、やっぱり大人の体つきです。うしろから抱きつきたくなるような女だなと思いました。きっと怒らないだろうし、ダメでもうまくあしらって、胸くらい揉(も)ませてくれるかもしれないとか考えました。

「俺の前で格好つけなくてもいいよ。俺は、きみは男をとっかえひっかえしていることを知っている。今回だって、俺が何もいわなくても全部くみ取って、やってくれたただろ」

「とっかえひっかえなんてしていないよ。みんないい人だから、大好きなの。いろいろ言われて困ってしまうことはあるけど、そんなつもりはぜんぜんないの」

「――そういうことにするのか。それならそれでいいよ。これからも素敵な人を紹介してもいいか」

「うん。律ちゃんも大好き。ね、コーヒー入ったよ」

さくらはマグカップを抱え込むようにして、コーヒーを飲みました。

それからしばらくして、高橋――妻と別れたその男が、さくらの絵を買ったということを知りました。彼はさくらのファンになっていたんですね。

さくらはそうやってファンを作り、あちこちとつながりを作ってきたんです。だから、ぼくが男を紹介するのはさくらにとってもよかったんじゃないでしょうか。

ぼくの顧客は基本的に堅気の人間です。募集は口コミで、中でも金払いのよさそうな人間を選んでいました。さくらのやりかた――知り合った人間に片っ端から声をかけていくなんていうのは危なっかしすぎるし、効率が悪いでしょう。さくらがこれまで無事だったのは、天性の嗅覚のおかげとしか言いようがありません。

ぼくはさくらの正体をあばくよりも、一緒に仕事をするほうにシフトすることにしました。そのほうが金銭的にも得だし、何より面白かったんです。

もちろんさくらだって万能ではなかったですよ。特に、三十歳過ぎてからは。一回、さくらにスマホを渡されて、話してって言われたことがあります。

「イラストレーターの友達に、テレビ局のプロデューサーを紹介するって言っちゃったの。でも、いま彼が忙しくて、話す時間がないの。そういう話があるのは本当なんだけどね。だから代わりに、あなたの絵を一回見せてほしいって言ってくれない？」

「俺がテレビ局の人のふりをすんの？」

「ダメならいいよ、律ちゃん」

脇坂がテレビ局のプロデューサーのふりをして誰かと話したとか言っていたことを思い出しました。脇坂とは別れたようだから、俺が代わりをしろということなのでしょう。とにかくもう電話はつながっていたので、受け取って、あなたの絵を見せてもらいたいとかなんとか、適当に言いかけたら、相手の声にさえぎられました。

『――すみません、俺、そういうの、いいんです。テレビとか苦手なんで。突然言われても困るし。さくらさんによろしく伝えてください』

訥々(とつとつ)とした男の声でね。それだけ言われて、ぶちっと切られてしまいました。

スマホを返すまえに、ちょっと通話履歴は見ました。かけたのはこちらからでした。名前は、ＲＹＯ――だったかな。詳しく見たかったけど、その前にさくらにスマホをとりあげられました。

「――誰なの、今の」

「ん。友達。東都美術大学出身なの。すごく素敵な絵を描くの。テレビに出たいって言ってたから、紹介してあげたんだ」

切られたのはわかったでしょうに、さくらはけろりと言い、それから目をそらして、小さな声でつぶやきました。

「――諒一君はダメだったかあ」

そのときは珍しく、少し不機嫌そうでした。一瞬だけね。

いくら綺麗(きれい)といっても、二十代のときみたいに、釣り針を垂らしたら釣られることを承知の魚が群がってくる、というわけにはいかなくなっていたようです。

あ、筧由香と佐伯渉ですか。別れました。筧由香のほうからね。

どうやってって――それはいいでしょう。ぼくだとあれなんで、元ホストのバイトを使ったんです。

筧由香は、佐伯と結婚して子どもを産みたかったと号泣したらしいですよ。

それが、失踪する前の年ということになりますか。

さくらは焦っていたと思います。いつも笑っていて、怒ったり不機嫌になったりしないのはさくらの美点だと思いますが、そのときに限らず、たまに、数秒だけ不機嫌になるようなことがありました。電話やメールに自分の思うような答えが来なくて、あれこれと言い訳をすることもありましたね。

おかしなことです。だってさくらは絶好調だったんだから。

個展を開けば満杯だし、絵は売れて、キャラクターグッズにもなったでしょう。美人イラストレーターとしてクイズ番組に出たり、あちこちで特集されたり、画集も出版されましたよね。

宮地との別れ話が出て、二股三股がばれて、金を返せだのなんだのともめたらしいけど、それだって筧プロダクションが守ってくれるわけですよ。筧由香はさくらを娘同然に思っていますから。焦る理由は何もありません。

宮地に関しては不思議でした。宮地が出した金は三百万。それくらい、当時のさくらならさっさと返すことだってできたんです。それをしないで、なんでずるずるとつきあっていたんだろうって。

ほかの男だってそうですよ。俺の仕事だって、受ける必要なんてないんですよ。

素敵、大好き、ありがとうって誉めて、愛想をふりまいて、場合によっては結婚をちらつかせて、さくらは何が欲しかったんでしょうね。俺とは違って、さくらはいくらでも華やかに、まっとうに生きられるのに。

結婚したら？　と言ったこともあります。そろそろいい年なんだし、その気になればそれなりの相手もみつかったでしょう。寛由香はさくらを養女にするつもりはないようだし。

「わたしに必要なのは、絵だけなんだよ」

って、さくらはコーヒーを淹れながら言いました。

いつものように、ぼくのマンションでね。

さくらは何もないときでも電話をかけてきて、突然来ることがありました。

いい友達——というよりは、相棒みたいなものですね。

ぼくからさくらに何かを——どこかの男の気を引くことを頼むこともあったし、ぼくが電話や、誰かと会うのを頼まれることもありました。お互いに、それが何かということには突っ込まないで、頼まれたことだけをやるんです。

「わたしは、絵が恋人なの。男性とつきあうってことは、よくわからない。テレビに出たり、いろんな人と食事したりするのはみんな、絵を見てもらうためよ」

「——それ聞いたことあるけどさ。そのわりには絵を描いてないんじゃないの？」

ぼくは言いました。

さくらはイラストレーターを名乗るわりには作業していないんです。

ぼくはひょっとしたら、さくらの絵は、誰かに発注したものなんじゃないかと思っていました。電話で、新しい絵がどうの、受け渡しがどうのこうのと話しているのを聞いたこともありましたし。

ふと思い立って今日は家にいるとさくらが言った日にタワーマンションを張ってみたら、思った通り、漫画家アシスタントの八名井がのこのことマンションに入っていきましたよ。

「うん描いてない。でもみんな、わたしが描いていると思っているよ。それなら描いているのと同じでしょう？」

さくらが認めたので、逆にびっくりしました。

コーヒーをふたつ、お盆からテーブルに移しながらね。もしも本当なら二股三股よりも大変なことなのに、堂々と言っちゃっていいのかよと思いました。

「——本当に描いてないの？　マジで？」

「本当とか嘘とかいうのは問題じゃないよ。大事なのは、自分の名前で仕事をしているっていうこと」

さくらは諭す口調になりました。

「わたしはミダス姫なの。ゼロから一を。何もないところから、何かを生み出す。それが才能。わたしはそれができるんだから、結婚して養ってもらうなんていう、普通の生き方はしない」

「何もないところからか。割りきってやってるんだな」

「割りきるとかじゃない、まわりが勝手に信じているの。だったら賞をくれればいいのに、くれないんだよね。ガラナちゃんだってとったのに。どうしてなんだろう。こんなに頑張ってるのに。それだけはわからない」

珍しく本音だったと思います。

さくらは困っていました。何もかも手に入るし、ちやほやされるけど、本物じゃない。欲しいのはこれじゃないって。そりゃそうですよ、嘘なんだから。いろいろと手詰まりになってきたんじゃないですかね。

絵のことはわかりませんが、さくらうさぎが日展や二科展で賞をもらうのは難しいんじゃないかとは思いました。反面、さくらのことなので、なんとかするかもしれないとも思いました。イラストの業界ではほかにもステイタスのある賞があるでしょうし。

さくらの絵のうち、どの程度が発注で、どの程度がさくらの自作なのか。興味はありました。それこそ週刊誌に高値で売れるネタかもしれない。

でもそんなことよりも、さくらがこれから、どんなあさっての方向に頑張るのか、観察していたい気持ちのほうが強かったです。

そうこうしているうちに、例のあれがあって、先を越されてしまうわけですが。

ｓａｃｒａアーティスト気取りすぎ。それほどの美人かよ。さくらうさぎ描いてるの、私だってばらしてやろうか。

追随するＴｗｉｔｔｅｒもありましたね。イラストレーターの。ええと――そうです、内田チカコ、ですか。まったく知らない人ですが。

私、ｓａｃｒａの絵とすごくよく似ている絵を知ってる。ｓａｃｒａが発表する以前に描かれた作品で。誰のとは言わないけどＲＴ　ｓａｃｒａアーティスト気取りすぎ。それほどの美人かよ。さくらうさぎ描いてるの、私だってばらしてやろうか。

ぼくがそれを知ったのは、検証サイトか何かが立ち上がったあとです。やられたなと思いました。筧由香は版権にはとりわけ厳しいはずだし、さくらはさぞ落ち込んでいるだろうと思って、電話をかけました。

『律ちゃん久しぶり！　うん、元気だよ。大変なの。そっちに行ってもいい？』

「忙しいんじゃないの？」

『ひま。テレビの仕事がなくなっちゃったから』

さくらはけろりとして答え、その日のうちにぼくのマンションにやってきました。

「あのTwitterってどうなの。さくらうさぎ、あの漫画家に描かせていたの？」

「ふたりで描いてたの。最初から共作って発表したかったんだけど、優美ちゃんから、自分はかわいくないから表に出たくないってお願いされて、仕方ないからわたしだけの名前で出してたの。これから正式に発表しなおそうねって話し合っているところ」

さくらの声からは、ここ数か月の焦りが消えていました。むしろ、さっぱりしているようにも思えました。いちばん焦っていい状況のはずなのにね。

さくらは新しいコーヒー豆を持っていました。勝手知ったるキッチンに入り、豆を挽き、いそいそとお湯を沸かしはじめています。

「ほかの絵は？」

「偶然似ていたり、名前を書くのをうっかり忘れてたり。わたしのミスが多くて、西山さんに叱られちゃった。わたしって作業に集中すると、そういう細かいことができなくなっちゃうの。そっちは由香さんがやってくれるから、何もしなくていいの。由香さん、イライラしてて怖いんだよね。憩子さんがいないから、仕事が増えちゃって、お酒を飲んでばかりで。あまり近づきたくない」

うっかりって、先日ぼくに、自分は描いていないって言ったばかりなんですが。

「これからはテレビとか出られなくなるんだろ」

「うん。次の個展も、フォトエッセイの話も消えちゃった。由香さんと西山さんは、さくらうさぎだけは残したいって言ってる。わたしはどうしようかな。ほんと暇なの」

「しばらく海外でも行けば?」

「海外?」

「パリとか、ニューヨークとかさ。アメリカなら、フロリダにテーマパークがあるよ」

「フロリダか。――いいね」

「こうなったら当分、絵は売れないだろ。どうせ描けないんだし。そろそろ人生の目標変えて、新しい自分になれば?」

コーヒーはまだ完全に落ちきっていませんでした。ぼくはうしろから、さくらの背中と細い腰を抱きしめました。

信じてもらえないかもしれませんが、それまでぼくとさくらはそういう関係ではありませんでした。寝たら終わりで、もう相棒ではいられないだろうなというのもあったし、こんな股の緩い女につかまりたくなかったというのもあります。ほかの男と一緒の列に並びたくなかったわけです。

しかしさくらはもう、これまでのように強気ではいられないわけですからね。さくらは抵抗しませんでした。むしろ自分から求めてきました。

「律ちゃん、大好き」

　ってね。

　これまで何人に言ったんだよって思ったらむちゃくちゃ腹がたって、それが逆に刺激になったっていうか、けっこう乱暴にしてしまいました。

　終わったあとで、ぼくはさくらに言いましたよ。

「あのさ、八重子。結婚しようか？」

　こんなことを言う予定はありませんでしたが、なんとなく、それもいいなという気分になっていました。

　楽しかったんですよ。気持ちいいというより、楽しかった。さくらはとても明るくて、素直でした。くすくす笑って、なんでもしてくれました。

「いいよ、律ちゃん」

　さくらはニコッと笑いました。

　寝室のベッドの上でした。さくらは裸で、シーツで胸を隠して座っていました。

　昼間だったから、閉めたカーテンから陽射しが漏れていてね。髪が乱れて肩にかかって、ウエストから腰にかけての線がなめらかで。脱毛が完璧で、どこもかしこもすべすべなんです。さくらこそが何かの芸術品みたいでした。

　ぼくはコーヒーをマグカップに注いで、さくらに渡しました。コーヒーはもう冷たくなっていましたが、さくらは嬉しそうに受け取りました。

「――冗談だと思っているんだろうけどさ、それがいちばんいいんじゃない。俺、わりといい家の出なのよ。それがイヤで、こんなことやっているわけ。俺なら八重子が嫌がるような、月並みな暮らしにはならないよ」

「司法試験、受かってないくせに」

さくらは笑いながらコーヒーに口をつけていました。

頭に血がのぼりました。ぼくは自分の分のコーヒーをテーブルにのせ、そのままさくらに襲いかかりました。

「律ちゃん、ダメだよ。こぼれちゃう。今日はもうダメ」

さくらは笑っていました。やっぱり抵抗はしなかったです。仕方ないなあ、と言ってね。年甲斐もなく夢中になってしまいました。あんなのは久しぶり――いや、初めてだったかもしれません。

いろいろありましたけど、さくらは、ぼくのことは本気で好きだったと思います。

＊＊

「――で、どうだったんですか？」

と、わたしは尋ねた。

伊藤律はあからさますぎる。いくら特定されるようなことは書かないと断ってあっても、無名のライターをこんなに信用していいものだろうか。

言いたくてたまらなかったのかもしれない。さくらについて取材した、ほかの人たちと同じように。

「そのときのことですか？　そうですね。たぶんさくらも久しぶりで――」

「そうじゃなくて、司法試験のほうです。合格していなかったんですか？」

律はわずかにむっとした。

「もちろん合格してますよ。弁護士会に登録をしていないだけです」

登録くらいしておけばいいものを、彼は彼で、正しい道をあえて避けているかのようである。

しかし、さくらの男性遍歴についてはわかった。――年齢とともに、さくらのまわりにはだんだん、質の悪い男が増えていったということが。

律のマンションはファミリータイプだったが、ほかに人のいる気配はなかった。

わたしと律は傷だらけのテーブルの前に座っている。テーブルの端には書類が乱雑に積み重ねられており、そのうしろにキッチンがある。

自炊しないらしく、ダイニングもキッチンも雑然としていた。調理台の上に銀のコーヒーポットがあったが、律はわたしのためにコーヒーを淹れようとはしなかった。

「――それが、去年の七月だったわけですね。それからさくらはフロリダへ旅行に行って、帰ってきて、一月くらいに東京にいたことははっきりしています。さくらはどこにいるか、心当たりはありますか？」

律は呆れたような目でわたしを見つめた。

「ぼくが知っていると思っているんですか？」

「寛由香さんも、さくらの父親も何も知らないし、母親は『ブロサム』を辞めてしまっていて、連絡がとれないんです。さくらは、ひとりで自分の行く先を決められるような性格ではありません。取材した限りでは、伊藤さんに対して、いちばん心を許していたようなので」

「なるほどなあ。ぼくとしては、あなたに心当たりがないほうが不思議なんだけど。最終的には、さくらはあなたを頼ると思っていたから」

わたしはぎくりとした。

律がどうしてここまで正直に話し続けたのかわかった。

この男の職業を忘れていた。律は話しながら、抜け目なくわたしの様子をうかがっていたのに違いない。ひょっとしたらどこかから撮影でもしているのかもしれない。

「――朝倉未羽さん。朝倉建築事務所のお嬢さんで、朝倉泰之の妹。八重子のふたつ上の幼なじみで、彼女にさくらって名前を与えて、あれこれと吹き込んだお姉さん」

わたしが言葉を探している間に、律はわたしにたたみかけた。

「中学校のとき、美術の遠野先生のことが好きだったのはあなたでしょ。あなたは自分に自信がないものだから、中学校一年生の八重子を身代わりにして、先生と交際させた。絵の才能があるなんておだててあげてね。あなたさえいなければ、八重子はこんなふうにはならなかったんじゃないですか。すべては、あなたのせいですよ」

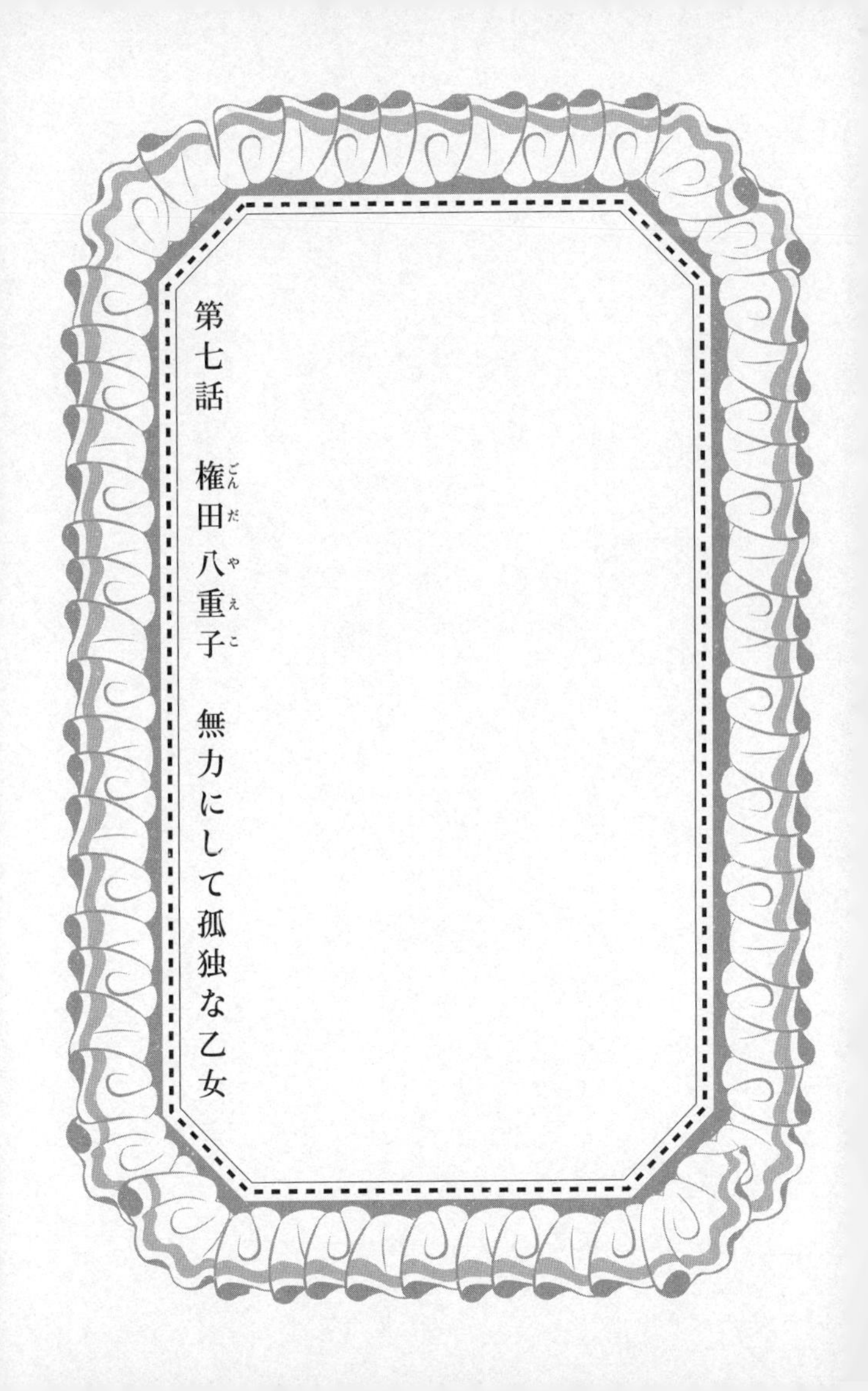

第七話　権田八重子　無力にして孤独な乙女

八月になっていた。

筧沙久羅に会ったときは桜が咲いていた。季節がひとつ過ぎ去ったことになる。

わたしがたどり着いたのは茨城県の住宅地である。東京から最寄りの駅まで一時間。駅からさらに二十分ほど、バスに揺られていく場所だ。

交通の便は悪いが困るほどではない。駅前には銀行のほかに、マクドナルドと牛丼屋とファミリーレストランがある。なるほど都心から身を隠そうと思ったら、海外やら新幹線の距離の地方やらに行かなくても、こういうところに住めばいいのかと感心したくなるような場所だった。

あたりには新婚向けらしい低階層のマンションが並んでいた。ベランダにはカラフルなバスタオルが干され、どこかから赤ん坊の泣き声が聞こえてくる。車が必須の場所らしく、小さなアパートにまで駐車場がついている。湿気の多い日で、わたしは流れる首筋の汗を拭きながら、細い路地を歩いていた。

人気イラストレーターのｓａｃｒａ——筧さくら——権田八重子の評伝を書くにあたり、取材した全員に心あたりを聞いたが、さくらの居所を知っている人間はいなかった。

予想のついていたことである。どうせ本人の許可がとれなくても書くつもりだったので、真剣に探すこともなく、わたしは執筆にとりかかっていた。

その矢先、伊藤律からメールが来たのだった。さくらから連絡があったと。

折り返し電話をすると、律は少し困ったような声で言った。

『さっき非通知で、律ちゃん元気？って、いきなりかかってきたんです。びっくりして、今どこにいるんだよってきいたら、茨城って。とりあえず地名とマンション名だけ聞き出したんで、伝えときます。番地はないけど、細かくあたったら見つかるんじゃないですか』

「伊藤さんは探さないんですか？」

『探したいんだけど、仕事の手が放せないんです。情報の見返りって言ったらなんですが、見つけたら教えてください。寛由香とか、他の人には言わないでくださいよ』

電話口の律はていねいだった。取材のときのふてぶてしさはなく、心配そうである。

「さくら、どんな様子でしたか」

『うーん。それが、元気じゃなかったんです。落ち込んでるっていうか、憑きものが落ちたみたいで、心細そうでした。体調がよくないのかもしれないですね』

元気のないさくらなんて想像もつかない。さくらは昔から、明るくて、頭がからっぽの、可愛いだけがとりえの女の子だったのだ。

わたしはコピーした住宅地図を手に歩く。マンションの名前をひとつひとつ確かめながら、律から言われた言葉を思い出す。

（中学校のとき、美術の遠野先生のことが好きだったのはあなたでしょ。あなたは自分に自信がないものだから、中学校一年生の八重子を身代わりにして、先生と交際させた。あなたさえいなければ、八重子はこんなふうにはならなかったんじゃないですか。すべては、あなたのせいですよ）

伊藤律は間違っている。

わたしがさくらを身代わりにしたのではない。

さくらのほうが、わたしになりたがったのだ。

わたしがさくらと会ったのは、中学生のときである。

わたしが中学校二年生、さくらが小学校六年生。

わたしの祖母の家だった。物置の外壁を塗り直すことになったので、掛井ペイントの掛井良紀と妻の牧子が、ひとり娘のさくらを連れて仕事に来たのだ。

四月だった。祖母の家の庭には大きな桜の木があって、さくらはその下に立って、うわぁーとつぶやきながら、花びらを浴びていた。

さくらは当時から美人だった。髪の毛から爪の先、耳たぶや細いすねまでがいちいち綺麗（きれい）で、人の美醜というものにさほど重きをおいていなかったわたしに、可愛い子は本当に可愛いのだ、可愛い子の前では人は態度が変わるのだ、と知らしめるほどに愛くるしかった。さぞ両親は自慢かと思いきや、人なつこすぎて手をやいているんですわ、と掛井良紀は困り果てたような声で言った。

きっとあのころから、さくらには虚言癖があったのだろう。

さくらはいつのまにか祖母のふところにするりともぐりこみ、休日ごとに遊びに来るようになった。わたしは自分の家があまり好きではなかったので、学校から帰ったら祖母の家に行き、自然にさくらと仲良くなることになった。

さくらはわたしを慕って、わたしのものをなんでも手にいれようとした。

わたしの大好きな祖母も、兄も、憧れていた教師も。わたしが求めていた成功も。

さくらが嘘をつくことと、嘘を補強するために見え透いた小細工をすることはわかっていた。わかりながら利用したこともあったし、利用されたこともあった。

(吉岡郁也君、たいしたことなかったよ？　だって、わたしが誘ったらついてきたよ。ホテルまで。あんなのを彼氏にしたらダメだよ、みーちゃん)

わたしが大学一年生のときに、さくらはわたしの男を盗んだ。

それ以前にもケンカはしていた。原因は他愛のないこと――高校生になったさくらが、わたしの姉の、誠華学園高等部の制服を着たまま返さないことだったのだが、よりによってさくらはその制服を着て、わたしの恋人、吉岡郁也に接近したのだった。

わたしはさくらを嘘つきで男好きの女だと罵り、殴り、さくらは泣いて謝った。わたしは郁也と別れ、さくらに手切れ金代わりに制服をあげ、それ以降、さくらが雑誌のモデルになっても、テレビに出ても、他人だと思ってきた。

最後に話題に出たのは三年ほど前である。

わたしが仕事を辞め、佐山寛と婚約し、婚約破棄をした年。

母がたまたま会った掛井良紀に、わたしの結婚が決まったと軽い気持ちで話したらしい。その後、佐山に浮気とギャンブルが発覚し、わたしは悩んだ末に別れを告げることになった。

――さくらが、「別れさせ屋」の伊藤律と知り合っていたころである。

テレビを観ていたら、さくらが出ていた。母はわたしに、そういえば八重子ちゃんも結婚しないわよね、八重子ちゃんには才能があるから、結婚しなくてもいいのよね、と、感心したような声で言った。

わたしは家を出た。――これ以上、比べられるのには耐えられなかった。幸せそうな主婦の姉にも、優秀な兄にも、完璧な兄の妻にも、近所の人や、もとのクラスメイトの誰それにも。とりわけ、さくらと比べられたくはなかった。

そのときには、兄――朝倉泰之がさくらと交際していたことと、妻をそれほど愛していないことを知らなかった。兄はいつだって優秀で、姉同様、両親の自慢の種である。

趣味といえばジムで体を鍛えることと、絵を描くことだけという物静かな男だ。

一盗二卑――。兄に妙な性癖があると知った今のほうが、兄を好きだと思えるのは不思議なことである。

わたしが失意の底にいるとき、さくらは絶好調だった。

さくらうさぎのマグカップが売れ、画集を出し、あちこちで誉めそやされている。わたしを慕って、わたしのようになりたいと言っていた女の子が。

さくらの成功はさくらの嘘のせいで、ルックスのせいで、偉い男に気に入られているせいで、運が良かったからだといくら思い込もうとしても無駄だった。結果こそが現実なのだ。ひきかえわたしは、親の反対を押し切ってジャーナリストになるつもりが、自分の名前で本も出せず、結婚すらできなかったライターだ。

住宅地は続いている。いつのまにか最初の地点へ戻ってきていた。

目の前には、四階建てのベルファーレ滝山というマンションがある。

ベルフォーレ秋山――と、わたしは律から教えてもらっていたが、それらしい名前の建物は、これしかなかった。

さくらは何の意味もなく、自分の話に嘘を混ぜる。正直に言うのは損だと思っているのだ。こんなときでさえ。

ここなんだろうな。

わたしはマンションのエントランスの、細長いガラスの窓の前で立ち尽くす。

エントランスに入るのには暗証番号がいるようだ。管理会社に連絡してみるか。誰かに続いてこっそりと入って、ひとつひとつ、それらしい部屋を探してみるか。

どちらにするか迷っていたら、玄関に気配がした。

扉が開き、小柄な女性がそっと出てくる。

「——みーちゃん？　みーちゃんだよね？　どうして、ここに来たの？」

さくらは見失った飼い主を見つけた子犬のような目をしていた。

わたしが立ちすくんでいると、さくらは両手をのばし、わたしの首筋にすがりついた。

「洗濯物を干しながら、窓から外を見ていたらみーちゃんが見えたの」

わたしとさくらは、肩を並べて歩いている。

こうやって歩くのは久しぶりだった。十九歳——さくらが十七歳のとき以来だから、十七年ぶりということになる。

さくらが三十四歳。わたしが三十六歳。

お互い年をとったものだと思う反面、変わっていないとも思う。

さくらの外見はほとんど高校生のときのままだった。胸が大きくなったくらいである。

華奢(きゃしゃ)で、小柄なのに手足がすんなりと長い。あっさりとしたデニムのワンピースを着て、アクセサリーをつけず、ほとんど化粧もしていないのに、おそろしく美人である。

帽子を目深にかぶっているのは、日よけもあるのだろうが、注目を集めたくないからかもしれない。

「まさか、みーちゃんが来てくれるなんて思ってもみなかった。もう誰にも会わないで、ひとりで暮らしていこうと思っていたの」

「でも、伊藤さんには知らせたんでしょう?」

わたしは少し意地の悪い気持ちになっていた。さくらが律に番地を伝えず、マンションの名前を間違って教えたせいで、暑い中、一区画を歩かされたのだ。

さくらは軽く目を見開いた。

「律ちゃんを知ってるの?」

「仕事をしているうちに知り合って、昨日連絡をもらったのよ」

わたしは言った。

「――みんな心配してるよ。筧由香さん――筧プロダクションの社長さんって、もともとは関係ない人でしょう。嘘がばれて気まずいのはわかるけど、場所くらい教えておいたほうがいいよ。そのうち、本当に見捨てられちゃうよ」

久しぶりの再会、しかも取材に来たはずが、わたしは余計なおせっかいを焼いていた。

幼なじみで姉のほうの役割なんてこんなものである。昔からわたしは、さくらに対して、あれこれとアドバイスばかりしていた。

「見捨てられてもいいよ、もう」

こんなふうに投げやりになったさくらをはじめて見た。

「――由香さんて重いんだよね。お酒飲んでばっかりだし。なんかもう、そっち方面はいい気がしてきた」

「だからって、何も後始末しないで逃げるのってどうなの。さくらの悪い癖だよ。ズルして、おいしいところだけもっていって、ダメになったら逃げちゃうの」

「逃げてるのかな、わたし」

「逃げてるよ。誠華学園に入りたいけど、受験をするのが面倒だからって、制服を勝手に着て、誠華出身でーすって言っちゃうくらいには逃げてる」

「だって憧れていたんだもん」

珍しく正直だった。何かに憧れていたなんて、昔はけして口にしなかったことだ。

さくらが着ていた誠華学園高等部の制服は、わたしの姉、未咲（みさき）のものである。わたしの姉は中等部から大学まで誠華学園に通い、制服を処分せずにすべて持っていた。

わたしは誠華学園には通いたくなかったので――そのときは兄の私立大学進学があり、家の経済状態が昔ほどよくなかったのもあって、公立中学、高校から国立大学へいったわけだが、誠華学園の制服を着て、あちこちの文化祭へ行けば優遇されることはわかっていた。——正確には、母に教えられた。

男子校の文化祭に行くのなら、お姉ちゃんの制服を着ていったらどう？　たまにはいいでしょう。もともと未羽の行く学校だったんだから。

バカバカしい。他人の制服でモテたところで、何になるというのだ。

と、さくらは思わなかったようだ。

母の言葉に触発されて——かどうかは知らないが、さくらは尾野内シューマから中等部の制服を手にいれた。

高等部のものはわたしの祖母を通じて手にいれた。母は、わたしが誠華学園高等部の制服を着たがっていると知らされて、嬉々として祖母に制服を渡した。わたしはなぜか、さくらをかばって母に言い訳をすることになった。

さくらが案内した場所は、落ち着いた小さなカフェだった。

ファミレスかと思っていたので意外である。

平日の半端な時間なので客は少なかった。

いちばん奥の席に落ち着くと、わたしはかばんからレコーダーを取り出して、テーブルの中央に置いた。

「話を聞かせてくれる？　わたし、さくらの本を書こうと思っているの。それでずっと取材してたのよ」

　さくらは目をぱちくりさせた。

「それ、みーちゃんの仕事なの？　みーちゃん、ジャーナリストになったの？」

「まだなってない。でも協力してくれない？　さくらだって、いっぱい人に迷惑をかけたんだから、説明する義務があるよ」

「何を説明すればいいの？」

　さくらはポットから、ゆっくりとカップに紅茶を注ぐ。いつの間にか紅茶党になったらしい。

　わたしはアイスコーヒーに手をつけず、ボイスレコーダーのスイッチを押す。

　さくらはお喋り（しゃべ）りだ。話さずにいられるわけがないのである。意味のある言葉など何も言えないくせに。

「初恋の話なんてどう。さくらが、いちばん最初に好きになったのは、誰だったか」

「初恋？」

「三人いたでしょ。中学校のときに、つきあっていた人。尾野内シューマ、遠野秋登（あきと）。それから――お兄ちゃん。朝倉泰之」

「――ああ」

　さくらが空に目を泳がせ、うっすらと夢見るような表情になる。

胸の奥が、ちくりと痛んだ。もう忘れたと思っていたのに。

遠野秋登。——優しい遠野先生。わたしの詩を美しいと、未羽ちゃんには才能がある
から、文章を書く仕事についたらいいね、と言ってくれた男。

「——わたし、才能のある人が好きだったの」

そして、さくらは話しはじめた。

＊＊

才能がある人が好き、と最初に言ったのはみーちゃんだったよね。
最初は、みーちゃんのおばあちゃんに見せてもらったの。山の水彩画。
青い山に、うっすらと白い雪がかかっていてね。地面には長い線路が続いていて、空
がピンク色なの。
とてもきれいで、びっくりした。あんな絵を見たのははじめてだった。
きれいだなあって言ったら、みーちゃんが、あれはお兄ちゃんが描いたんだよって教
えてくれて、スケッチブックを持ってきてくれたんだよね。
お兄ちゃんの部屋から、こっそり持ってきちゃったって。
お兄ちゃん——泰ちゃんね。

泰ちゃんとは、おばあちゃんの家で会ったことはなかったけど。絵がとても素敵だったから、会いたかったな。

こんな絵をわたしも描きたいなあって思って、スケッチブックを買ってもらって、絵を描くようになった。

でもどうやっても、あんなふうに淡い感じ、きれいな、儚い感じにならないの。

わたしはわたしの絵でいいんだって思えるようになったのは、秋ちゃんがいたからだよ。秋ちゃんがわたしの絵を誉めてくれたから。

秋ちゃん。遠野先生。

懐かしいよね。みーちゃん。

忘れたことはないよ。わたしの絵を最初に認めてくれた人だから。

秋ちゃんは先生であると同時に、画家だった。

そして、そのことをわたしに教えてくれたのも、みーちゃんだったよね。

「八重子の絵、面白いって秋登先生が言っていたよ。才能があるかもしれないって。すごくかっこいい先生なの。中学校に入学したら、美術部に入らない？　文芸部と仲がいいんだよ。わたし、美術部に遊びに行くよ」

わたしが絵を描きはじめたのは、みーちゃんが詩を書いていたからだよ。

みーちゃんが詩集を出すのに、表紙の絵を描いてほしいって言ったから。

──え、泰ちゃんの絵を見てじゃなかったかって。

だから、泰ちゃんの影響で絵を描きたいなあって思い始めて、みーちゃんから詩集の表紙を頼まれて、本格的に描き始めたってこと。

わたしとみーちゃん、一緒に本を作ったんだよね。

わたしが小学校六年のときと、中学校一年のときと、二回。

わたしが絵を描いて、みーちゃんが詩を書く。カラーコピーをしてホチキスでとめるってだけのうすっぺらい本だけど、わたしは嬉しかった。みーちゃんとふたりで、すごいものを作ったと思った。

作者の名前は、ｓａｃｒａ──ふたりで決めた。ふたりで最初に本のコピーをしに行った日が、桜のきれいな日だったから。

──え、違ったっけ？

そうそう、最初はmiu a sacraって名前だった。中学校のとき、みーちゃんが使っていた名前。それを秋ちゃんが見て、miu & sacraって名前だと間違えてて、それで、わたしの名前はｓａｃｒａだって思っちゃったの。それ以来、わたしの名前はｓａｃｒａになったんだった。

みーちゃんのすすめで美術部に入って、わたしは秋ちゃんがすごく好きになったの。

「ｓａｃｒａは変わった絵を描くね。無機質な感じだ。なにもかもがからっぽだ。思想がないのが思想だ。稚拙なようでいて、妙にひきつけられる」

　秋ちゃんは、誉めるのがうまいよね。

　美術部で最初に描いた絵に、掛井さくらって書いてみたら、ユカロンってマンガのモデルの女の子が、同じ名前なんだよって言って、雑誌の切り抜きを見せてくれた。

　秋ちゃんは筧誠一郎のファンだったから、学校にこっそりといろんな漫画を持ってきていたんだ。変な美術の先生だった。わたしのことを、しましまユカロンみたいだねって言った。

　つきあいはじめたのは、どっちからかって。どっちでもないよ。

　ああいうのは誘うんじゃなくて。相手から誘わせるんでしょ。十三歳まではダメで、十四歳になってからね。

　わたし、みーちゃんが考えたとおりにしたんだよ。

「わたし、もうすぐ十四歳なの。先生」

「ああそうか。おめでとう」

　中学二年生の四月の春休み。わたしは美術室に遊びに行っていた。秋ちゃんがそこにいたのを知っていたからね。窓から桜が見えて、とてもきれいだった。

「あのね。わたし、先生のモデルになりたいの。十四歳になったらお願いしようと思って、待ってたんだ」

「それは、こっちからお願いしたいくらいだな」

「嬉しい。わたし、この制服、大嫌いなの。だから、脱いでもいい？」

白いブラウスのボタンをひとつずつはずしたら、秋ちゃんはとめなかった。みーちゃんが言ったとおりだったよ。

泰ちゃんと会ったのはそのあとだね。偶然だった。

秋ちゃんの知り合いが、ギャラリーで個展を開くって聞いたから見に行ったら、そこに泰ちゃんが手伝いに来ていたの。

みーちゃんのお兄ちゃんだってことは知らなかった。そんなのわたしが知るわけないじゃない。そもそも泰ちゃんはひとり暮らししていたから、わたしがみーちゃんと友達だってことも知らなかったんだし――。

――え、おばあちゃんが言ってた？

うん。そういえば、おばあちゃんの家で聞いたのかも。

わたし、おばあちゃんに、シューマ先生の個展のちらしをもらったんだった。泰ちゃんの先生だったから。そうそう、それで、泰ちゃんも片付けの手伝いに行くっていうから、あの線路の絵を描いたのはどんな人なのかなあと思って、会いに行くことにしたの。

わかってるよ。嘘はつかないよ。もうつかない。

そういうこと言わないで、みーちゃん。

わたしは、みーちゃんに怒られると、本当に悲しくなってしまうの。

ギャラリー『ブロサム』に行って、泰ちゃんと知り合いになれて、とても嬉しかった。

モデルにしてもらうのも簡単だった。秋ちゃんで練習していたからね。

泰ちゃんは家族のことを話さなかったよ。わたしも話さなかった。俺ってバカだな、最低だなって嬉しそうに言うから、最低だね、本当にバカで、酷い男だねって言ってあげたよ。

それよりも、シューマ先生と知り合いになれたのが嬉しかったなあ。

だってシューマ先生って、本当にすごい人だったから。泰ちゃんの絵よりも、秋ちゃんの絵よりも素敵な絵を描く。わたし、シューマ先生の絵の女の子になりたかった。本当になりたかった。絵の女の子が羨ましかった。

シューマ先生は天才。なんで本当の画家にならないの？　ってきいたら、シューマ先生は悲しそうに、ダメなんだよって答えた。ぼくにはきっと、足りないものがあるんだ。

わたしがいてもダメ？　わたしが、足りないところを埋めてあげることはできない？　って言ってみた。

シューマ先生、そう言ってもらいたがっていたから。

それで、秋ちゃんや泰ちゃんと同じように、モデルにしてもらうことになったの。

こんなすごい人たちが、わたしをモデルにしてくれるなんて、信じられなかった。夢中になったわ。

無理やりじゃない。全員、いやじゃなかった。三人とも大好きだった。

だから三人を責めないで。わたしが悪かったのよ。

でも秋ちゃんのことが学校にばれちゃって、どういうわけか中学校を変わらなきゃならなくなって。

どうせなら、ユカロンのいる中学校に行きたいと思ったの。

筧沙久羅ちゃんのね。

同じ年だから、住んでいるところにいけば、同じ中学校に入れるかもしれない。

でもそれにはお金が必要だと思ったから。泰ちゃんの家にはお金がたくさんあるのを知っていたから、おとうさんに頼んでもらったの。

秋ちゃんが学校を辞めることになったとき、校長先生が来て、そのあとでみーちゃんのパパがうちに来て、転校したらどうかって言った。どうせおとうさんとおかあさんは離婚することになってたからね。ちょうどよかったみたい。

わたしは、もしも筧沙久羅ちゃんと同じ中学校に入れるなら、転校してもいいよって言った。

そうしたら何があったのか知らないけど、わたしは長野に転校できることになったの。

みーちゃんのパパが決めてくれたんだよ。知らなかった？　住むところも、引っ越しの手配も、みーちゃんパパがやってくれたのよ。

みーちゃんのパパに、もう二度と戻ってこないで、泰ちゃんにも、おばあちゃんにも、みーちゃんにも会わないでねって言われた。

みーちゃんのパパは、おとうさんにお金を渡していたよ。よかったって思った。お金があれば離婚できるっておかあさんが言ってたからね。おかあさんは、ありがとうって言ったよ。

引っ越すのはとても悲しかった。

ほかの人はいいけど、みーちゃんとだけは離れたくなかったから。

高校生になったら、みーちゃんから誠華学園の制服をもらうつもりだったし。シューマ先生の奥さんからは難しそうな感じだったから。

でもみーちゃんはどっちみち誠華学園には入らないみたいだから、いいやって思って。

高校まで長野に行くことにしたの。

それまでに筧沙久羅ちゃんと友達になって、しましまユカロンについて教えてもらおうって。しましまユカロン、大好きだったからね。かわいくて、みんなのことが大好きで、みんなもユカロンのことが大好きで。

ユカロンはわたしの理想。わたしはユカロンになりたかった。本当にそう思ったよ。

＊＊

「――で、誰がいちばん好きだったの？」

と、わたしは尋ねた。

「誰って？」

さくらはわたしをじっと見つめている。

さくらはおおむね正直に語っているようにみえた。ところどころの記憶を修正しているけれど、あまり破綻はない。ときどきふっと我にかえって、考え込むようなところもある。

さくらを壊したのは男だろうか。十四歳で三人の男とつきあえば、壊れるのも無理はない。たとえ三人とも真剣だったにしても。

三人はもちろん三股をかけられていたことなんて知らなかったし、相手が中学生であることを悩みながら愛していたのに違いないのだ。

兄が中学生のさくらと交際していたことを知って、わたしの父が仰天したこと――別れさせようとして奔走したことは想像に難くない。結局、高校生になったら元の鞘に戻るわけだが。

「誰でもないよ。三人とも大好きだった」

しばらくたってから、さくらはぽつりと言った。

「でも、いちばん好きなのは、みーちゃんだったよ」

＊＊

筧沙久羅ちゃんのことは、大好きだった。わたしの絵を描いてくれた。

だけど沙久羅ちゃんは、わたしよりも奥村大輝くんに夢中だったの。

奥村くんは背が高くて人気がある男子だった。沙久羅ちゃんはおとなしい子だったし、
奥村くんは楓って子と仲が良かったから、いちばん仲のいい亜弥と一緒になって、なんとか引き離そうとして必死だった。

奥村くんはクラス委員だからわたしのことを気に掛けていて、それを知った沙久羅ちゃんはわたしを美術部に誘ったり、わたしの絵を描くようになったりしたの。

奥村くんに見せるためにね。

ふたりして美術部で絵を描いて、よく放課後にずっと話していたよ。

セーラー服は、シューマ先生からもらったのを着ていた。先生に、卒業するまであと少しだから、東京のころの制服でもいいよって言われたから。どうせ違っててもいいな

ら、憧れの制服を着たいよ。

わたしが沙久羅ちゃんの絵を、自分のものだって言って賞をもらおうとした――。

沙久羅ちゃんには、悪かったたって思ってる。

わたし、東京に戻りたかったの。

絵が賞をとったならシューマ先生に誉めてもらえるし、どこにいるかわからない秋ちゃんが見てくれるかもしれないと思ったから。みーちゃんに次に会ったときに自慢もできるかもしれないって。

人の絵で自慢なんて変だよね。でも、そのときは本当に、それがいちばんいいことだって思ってしまったの。わたし、子どもだったんだよ。

沙久羅ちゃんとは高校のときにまた会った。筧誠一郎先生が亡くなったって知って、いてもたってもいられなくなって、訪ねていったの。

そこで、由香さんを紹介してもらった。

ちなみに――そのあと沙久羅ちゃんは、奥村くんとつきあったんだよ。

奥村くんは沙久羅ちゃんのことを本気で好きだったみたいよ。

でも沙久羅ちゃんは、就職していまの旦那さんと知り合ったら、すぐにそっちと結婚しちゃったの。

これは奥村くんのＳＮＳで知ったことだけどね。

高校でまたこっちに戻ったときは、嬉しかったよ。

長野も大好きだったけど、こっちにはシューマ先生や泰ちゃん、みーちゃんもいるからね。

本当は誠華学園に入りたかったけど、おとうさんとおかあさんが離婚していると入れないみたいで、仕方ないから、ブーゲンビリア女子高等学校に入った。

制服がかわいくなくて嫌だった。吉祥寺のおかあさんのところから通わなきゃならなかったし。そのころはひとり暮らしをしたくてたまらなかったな。

おかあさんに、吉祥寺の『ブロサム』で働いたらって言ったのは、そうすればまた泰ちゃんやシューマ先生と会えるかもしれないからだよ。

お金はまだ、みーちゃんのパパからもらったのがあったんだけどね。いつか個展をここで開くねって言ったら、おかあさんも協力するって言ってくれた。

そう牧子さん。あんな人をおかあさんだなんて、人前で言えないよ。

おかあさんを好きかどうか？

考えたことなかったけど、どっちかといえば嫌いかも。

個展の搬入やなんかでは役にたったけど、むかつくことのほうが多かった。才能がない人ってダメだね。『プロサム』に何年勤めてもセンスがないんだよ。由香さんみたいにお金があるわけでもないし。

みーちゃんとまた会えたときは本当に嬉しかった。みーちゃんの家に近づくわけにもいかないから、泰ちゃんとまた仲良くなって、妹さんってどこの学校だったっけ？って、一生懸命聞き出したんだよ。みんな、みーちゃんと会うためだよ。

学校のそばでまた会って、一緒に男子校の文化祭に行こうって言ったら、みーちゃんが誠華学園の制服を持ってきたんだよね。

ママが着ろっていうけど着たくない。もう大学生なのにバカバカしいってみーちゃんが言うから、わたしが着た。みーちゃんはとても喜んだよね。その日はみんなから声をかけられて、わたしもとても嬉しかったのに、なぜか最後に怒ってしまって——。

ん——違ったっけ？

わたしがみーちゃんのおばあちゃんからもらったんだっけ。みーちゃんから借りてくるように言われたって言って？

——わかってるよ。そうだった。わたしが勝手に借りて、返さなかったんだよ。でも、どっちでもいいじゃない。そんなこと。

憧れの制服だったんだよ。中学校のは着られなくなっていたから、みーちゃんの家から手にいれるしかなかったんだもん。

吉岡郁也くん――紹介されたっけ？　誘ったかな？　よく覚えてない。

せっかく憧れの制服を着られたから、あちこちでみせびらかした覚えはあるよ。高校生のときって、知らない男の人に声をかけられることがあったし、そのあとで会うこともあったから、その中のひとりだったんだと思う。

わたしはいろんなものが欲しかったから、買ってくれるって言ったら、嬉しくてみんなを好きになっちゃってたんだよね。

みーちゃんに殴られたことは、よく覚えている。

「あんたなんて、口がうまくて、顔がいいだけの女じゃない。人のもの盗んでそんなに楽しい？　男の気をひく前に、少しは自分で努力したらどうなの。あんたみたいなやりかたしてたら、いつかひとりぼっちになって、何もなくなるんだよ」

「その制服はあげるわ。代わりに、もう二度と会わないから。あたしのまわりをうろつかないで」

ひどいよ。顔が腫（は）れたんだよ。ショックだった。

それで制服のまま由香さんのところに行って、お世話になることになった。

このままじゃいけないと思ったの。みーちゃんは正しいよ。もう男の人に頼るのはやめて、努力して、新しい自分になろうと思ったの。

シューマ先生に殴られたこと？　ないよ。シューマ先生はいつも優しかった。家が辛いなら、いつかふたりでどこかへ行こうって言ってくれて、嬉しかったな。

由香さんの周辺についてリサーチ？　なんのことかわからない。

高校になってから、奥村くんに会いに行ったことはあるけど。

そのときの新幹線のチケット代は——忘れたけど、もしかしたら、泰ちゃんに出してもらったかもしれない。

泰ちゃんは何か買ってとか、お金をちょうだいっていうと喜ぶの。こういうのってシューマさんは知らないんだよなって言って。

転校するとき、みーちゃんと泰ちゃんのパパからお金をもらったでしょう。またつきあっているってばれたら困るから、わからないようにしてって言ったら、それも嬉しかったみたい。

高校は自由だったから、通ったり通わなかったりしても大丈夫だった。

おかあさんは、携帯だけは手放さないで、ってよく言っていたな。由香さんが社長だってわかると、すごく安心して、その人から離れないようにって言ってた。養女になればいいねって。華やかな世界で生きるのが八重子には合ってる。昔からそう思ってた、頑張ろうって。頑張るのはわたしなのに、うるさいんだよあの女。

泰ちゃんとシューマ先生とはずっとつきあっていたよ。

絵を教えてもらいたかったし、みーちゃんのことも知りたかったからね。二股——二股なのかな。よくわからない。どっちも好きだったよ。そうそう、吉岡くんも好きだった。服買ってくれたからね。ピンク色のミニスカート。高校のこととか家のこととかいろいろ聞かれて、面倒くさくなって別れたんだった。

シューマ先生は才能あるけど、重かったな。結婚しているしね。

高校三年生のときにふられてしまって、ひとりで泣いたわ。で、シューマ先生にふられたら、なぜか泰ちゃんもわたしのことを好きじゃなくなってしまったの。変だよね。

どうして専門学校に行ったたか？

本当は美大に行きたかった。美大に行けるなら、養女にしてもいいって由香さんに言われたこともあるし。でもシューマ先生に無理だって言われてしまって。

脇坂くんは、テーマパークで知り合った人。とてもいい人で、彼から専門学校を紹介された。受験もなかったし、パソコンの使い方を教えてくれるし、いちばん楽しそうだったから。

おとうさんとおかあさんにお金がないのはわかってたし、由香さんは専門学校にはお金を出してくれないだろうと思って、事務所の宮地さんに相談したの。

宮地憩子さん。優しくて頭のいい人。いろいろわかってくれて、専門学校の手続きもみんなやってくれた。そういうの、由香さんは苦手だからね。

そのころからね。わたしはずっと考えていたんだよ。

わたしに、何ができるんだろうって。

努力しなきゃ、頑張らなきゃって。必死だった。

読者モデルは楽しかったけど、欲しいものじゃなかった。だってみんな、わたしの顔が好きなだけなんだもの。わたしは、わたしの作品を見て、すごいって思ってもらいたかったんだよ。わたしがずっと、みんなの作品をすごいって思っていたみたいに。

最初は漫画家になろうと思った。美大は無理だっていわれたら、漫画しかないでしょう。でも描いたことがないから、どうしようって思っていたときに、馳川志温——優美ちゃんの漫画を読んだの。

すごい、この人はプロの漫画家になるんだろうって思った。優美ちゃんとふたりで漫画を描いて、デビューできたらいいなって思った。

でも優美ちゃんに断られてしまって、途方にくれた。

で、やっぱりわたしには絵しかないって思い直したの。

ギャラリーで個展を開いて、それを由香さんと佐伯さんに宣伝してもらって、やっとイラストレーターになることができたわ。

その絵は優美ちゃんが描いたんだろうって——。

うん。優美ちゃんはとても素敵な人。才能のある漫画家だよ。

優美ちゃんから呼び出されたら、わたしはどんなに忙しくても行って、どんな知り合いにでも会った。

テーマパークに一緒に行ったり、映画観たり、服買ったり。ふたりでホテルのレディースプランを使ったり、今これがはやっているんだよって教えてあげたりした。

海に一回行ってみたい、バーベキューしてみたいって言うから、ふたりで行ったなあ。

優美ちゃんは太っているから水着になれないんだよね。バーベキューするとき、優美ちゃんも男の子と話して、仲良くなったこともあった。

優美ちゃん、喜んでいたよ。

クリスマスにはプレゼント、バレンタインデーにはチョコレートとマカロン。優美ちゃんは甘いものが好きだから、頑張って選んだよ。

「こういうのって初めて。楽しいね。こういう世界もあったんだね。さくらがいなきゃ、わたしはこんなの何も知らずに過ごすところだった」

優美ちゃんは派遣社員の漫画を描いていたでしょう。ふたりでどこかに行って、少したつと、そのことが優美ちゃんの漫画に出てくるんだよね。

だから、少しは助けにもなったかな？　と思ってる。

優美ちゃんは、ときどき、さくらうさぎを描くのやめようかなあとか、描いているのが自分だって公表しちゃおうかなあなんて言ったりしたから、すごく困った。でもいつも、最後には機嫌を直して描いてくれた。

でもね。優美ちゃんに甘えすぎたよ。

わたしはだんだん、自分の絵がわからなくなってしまったの。

優美ちゃんの絵、高梨先生の絵、八名井くんの背景と――それから、いろんな人の絵を参考にしたりしたけど。何を描いたらいいのかはわからなかったの。

どんどん、個展を開くたびにわからなくなっていった。

テレビ局の人には誉められるけど、美大を出た人には誉めてもらえない。

あちこちの賞に出してみたけどとれないし、テレビと雑誌と出版社と、ギャラリー以外の仕事が来ないの。どうして？　って思っていた。

そんなときに、ガラナちゃんに会ったんだよ。

ガラナちゃんのところにも行ったんだね。

ガラナちゃんの絵を見たことがある？

これはわたしの絵だって思わなかった？
町の絵や、人の顔や、果物や、花や鳥や空なんかをね。きれいな色で、明るく描くの。
とてもかわいくて、そんなにうまくないんだけど、ずっと見ていたくなるの。
やっとみつけたって思った。
でも、ガラナちゃんは嫌い。
ガラナって果物、みたことある？　ぜんぜんかわいくないんだよ。りんごとかいちご
にすればいいじゃない。なんであんなのを名前にしたんだろう。
ガラナちゃんのところには、猫が二匹いるんだよ。変な模様の猫。
ガラナちゃんの好きなレミさんって人、誠華学園を出ているんだって。ブスなのに。
かわいくないのが好きなの？　だったらなんであんな絵を描くの？
あの絵はあの子にふさわしくない。きっとわたしの絵を盗んでいるんだよ。
なのに、まわりはそのことに気づかないの。嘘つき女。

いなくなる前はね、ずっと、怖かった。
考えるのが怖かったし、自分の絵を見るのも怖かった。
わからないから。

批判されても、誉められても、意味がわからないの。

さくらうさぎもさくらねこも、あの絵もこの絵も、何なのかなって思っていたよ。

わたしが何か言ったら、みんな感心するの。でも嬉しくない。遠野先生みたいなことは、誰も言ってくれない。

どうしてだろう、ガラナちゃんの絵とどこが違うんだろうと思った。

新しいものを描いてって言われたら、探すのが大変だった。

たまに、びっくりするくらい冷たい人がいて。

ガラナちゃんもそうなんだけど、それがだんだん増えていって。やめる少し前くらいなんか、女の人はほとんど意地悪な人ばかりで、辛かった。

わたしはもうダメなのかなって思った。

いろいろ頑張ってきたけれど、そろそろダメ。

いつか、昔みたいに誰かが転校しろと言ったり、さくらには無理だよって言われるんだろう。それはいつなんだろうって、びくびくしながら暮らしていた。

みーちゃんがどこからか現れて、言ってくれるんじゃないかってちょっと思っていた。

あんたなんて、口がうまくて、顔がいいだけの女じゃないって。

あのときは違うって思ったけど、その通りだったかもしれない。はじめてわかった。

実際に終わりを告げたのは、みーちゃんじゃない、優美ちゃんだった。

あのＴｗｉｔｔｅｒを見たときにわたし、少しほっとした。

これでわたしは、すべてを捨てることができる。

別の場所で、新しくやりなおすことができるんだろうって。

優美ちゃんのことはぜんぜん恨んでない。今でも大好き。親友だと思ってる。

わたしは誰も恨んだことはないよ。悪いのはわたしなんだから。

さくら散る。そう思った。

ちょっと長く咲きすぎたよ、わたし。

＊＊

「――終わるのを、待っていたってこと？」

わたしは言った。

さくらからはふんわりとミルクに似た香りがした。カップに軽く触れている爪の先はきちんと切りそろえられ、肩には癖のない髪がさらさらと落ちている。

さくらは自分の体が大好きだ。服や持ちものにはあまりこだわらないけれど、髪と肌と、爪やら指やら鎖骨やら、体の細かいところの手入れは欠かさない。

それもわたしが教えた。わたしに出会うまで、さくらは爪を伸ばしっぱなし、髪もぼさぼさだったのだ。

こうやってシャンプーして、こうやって爪を磨いて、要らない毛を抜いて。毎日ちゃんと顔を洗って。リップクリームとハンドクリームを使って、眉毛もカットするんだよ。

――本当は自分がそうやって、さくらのように美しくなりたかった。

「誰かが、終わらせてくれるのを待っていたの。自分からだったらできない」

「仕事がいやになっていた？」

「仕事は好きだったよ。でも、優美ちゃんも高梨先生も、ほかの人もあまり協力してくれなくなって。ガラナちゃんがいろいろ言いふらしたのかもしれない。八名井くんだけはもっともっとできますよ、行くところまで行きましょうって言ってくれたけど。八名井くん、絵はそんなに上手じゃないんだよね」

八名井司郎を批評できる立場か。自分で描くという選択肢はないのかと言いたくなるが、さくらにとっては正直な気持ちなのだろう。

「だったら違うことをすればいいじゃない。優美さん――馳川さんとの話し合いも済んだっていうし、法的なことはすべて、覧プロダクションの方がやってくださるんでしょう。そりゃ、これまでと同じとはいかないだろうけど。今度こそ、誰の力も借りないで頑張ったら？」

「――ダメだよ。きっと、わたしには才能がないんだと思う」

さくらはぽつりと言った。

意外である。さくらが自分で、才能がないというなんて。

そもそもさくらは、才能という言葉を簡単に使いすぎる。特別な人についている、特別なスイッチだとでも思っているかのようだ。

おそらくそれは、わたしたちが幼かったときの話と関係があるのだろう。中学生というのはきっと、人生のうちでもっとも理想主義的になる時期なのだ。

スイッチを押せば何か完成するのなら、苦労はしない。

「失踪したあとのことだけど。どうして、ここに来ることにしたの？」

わたしは話を変えた。

「知り合いが、こっちでマンションを経営していたというのを思い出して。電話をしたら紹介してくれたの。もう由香さんにも迷惑をかけられないと思って」

「おかあさん――権田牧子さんと一緒？」

わたしは尋ねた。

さくらの父親――掛井良紀とは話した。彼は何も知らなかった。新しい家庭が大事で、別れた妻と子どものことは語りたくないらしい。わたしが朝倉家の人間でなければ取材を受けることもなかったのに違いない。

わかったのは、幼いころからさくらの嘘に翻弄されていたことと、離婚してから、さくらを権田牧子に任せているということである。

「みーちゃん、おかあさんとも話したの？」

「取材したかったけど会えなかった。ギャラリー『ブロサム』は辞めちゃっているし。だからさくらと一緒にいると思った。さくらはひとりじゃ何もできないでしょ」

さくらは軽く鼻にしわを寄せた。

「――まあね。あの人でも役にたつことがあるんだなって思ったよ。猫に餌やるのがうまいんだよね」

さくらは急に冷たい口調になった。ふざけんなよババア――寛沙久羅からきいた、さくらが牧子に言っていたという言葉を思い出す。

「猫を飼ってるの？」

「野良猫。マンションで猫が飼えるわけないじゃん。汚いよ。あの人には似合いだね」

わたしは牧子に同情した。娘からこんなふうに扱われたら、自分を慕ってくる野良猫に餌でもやりたくなるというものだ。

「あの人なんて言い方するもんじゃないよ。母親なんだから」

「わかってるよ」

「これからどうするの？」

「考えていない。――お金はまだあるけど、そろそろ何かしないとね。考えるの、苦手なんだけどね。何もしないでいるよりましかな」

「いっそ結婚したら？　できるでしょ」

男を誘うのは得意なんだから――と言いたくなったがこらえた。

さくらはちょっと困ったような顔になった。

「結婚っていやなんだよ。なんでなのかわからないけど」

「それは、刷り込みというやつよ。さくらのご両親の仲が良くなかったことは同情する。結婚なんかするもんじゃない、自分の名前で生きていきたいって、中学校、高校のときによく話したよね。――あのときはわたしもいろいろあったんだよ。父の事務所が傾いて親はケンカしてて、姉も兄も自分のことばかり。それなのに母は、結婚こそ女の幸せみたいなことを言うし。でももうお互い、中高生じゃないんだから」

わたしは言い、付け加えた。

「三年前に、わたしの婚約が破談になったことは大目に見てあげるから」

言わないつもりだったのだが、つい言ってしまった。

さくらは目をぱちくりさせた。

「――破談って？」

「佐山さんのことよ。わたしが、結婚相談所で知り合った……まあいいわ。もう終わったことだし、浮気する男なんてこっちから願い下げだから。――でも、さくらが別れさせたってことはわかってるのよ」

「佐山さん……？　はじめてきく名前だけど……」

「そう言い張るならいいわよ。わたしは伊藤律さんからきいてるけど」

「そうか。じゃあきっとそうだね。ごめんね、みーちゃん」

佐山のことは何もきいていないが、考えればわかる。佐山がわたしにいろいろと隠すようになり、約束のキャンセルが重なったのは、さくらが「別れさせ屋」の律といちばんうまくいっていた時期だ。

「――さくら、伊藤さんと結婚すれば？」

ふと思いついて言った。

「――律ちゃんと？　なんで」

「さくらが失踪して、はじめて連絡をとったのは彼でしょう。彼だけはほかの男とは違うんじゃないの？」

「律ちゃんは……。あのＴｗｉｔｔｅｒのあと、普通に連絡くれた人だったから。みんな、絵のことであれこれうるさいけど、律ちゃんだけは言わないし」

「それって大事だと思うよ。宮地洋太朗はさくらのことをわかってないし、佐伯渉は年上すぎる。八名井司郎は将来性がなさそう。さくらの悪いところを知りつつ、プロポーズしてきたのは伊藤さんだけでしょう。そこそこ稼げるみたいだし、いまもなんだかんだ、気にかけているし。そういう人って貴重だよ」

　わたしは急に、伊藤律こそがさくらの夫にふさわしいような気持ちになっていた。育ちは悪くなさそうだが、堅気ではない。司法試験だって本当に合格しているかどうかわからない。要はさくらの同類である。

　さくらのような女は、西新宿の古いマンションに住んで、ちまちまと結婚詐欺まがいのことをしているのがいちばんふさわしいのだ。

「そうか。――なんだか、そんな気がしてきた。大事だよね。わたしの、ダメなところも含めて愛してくれるって」

　さくらはしばらく考えてから、ゆっくりと言った。

「さくらには結局、それしかないと思うわ」

「みーちゃんは？　これから、本を書くんだよね」

「そう。小さな出版社だけど、出版するめどはたっているの。さくらのことを書きたいのよ。さくら、新しい人間になりたいんでしょう。本当のことを明らかにすれば、再出発もしやすいと思う。もちろん変なことは書かないよ。了承してくれればありがたいわ」

「――そうだね」

　さくらはつぶやくように言い、うなずいた。

紅茶はすっかり冷めてしまっている。さくらは思い出したように両手でカップをつつみこみ、ゆっくりと飲んでから、口を開いた。

「――そうね。それが、いちばんいい方法だね。みーちゃんは本を書いて、有名になる。わたしは結婚する。そうしたら、ふたりとも幸せになれるね」

わたしはアイスコーヒーに口をつける。

わたしは本を書く。さくらは結婚する。

薄くなったアイスコーヒーとともに、さくらの言葉が体にしみていく。

才能ではない。適性というものだ。人は適性に合った生き方をしなくてはならない。

心からそう思った。

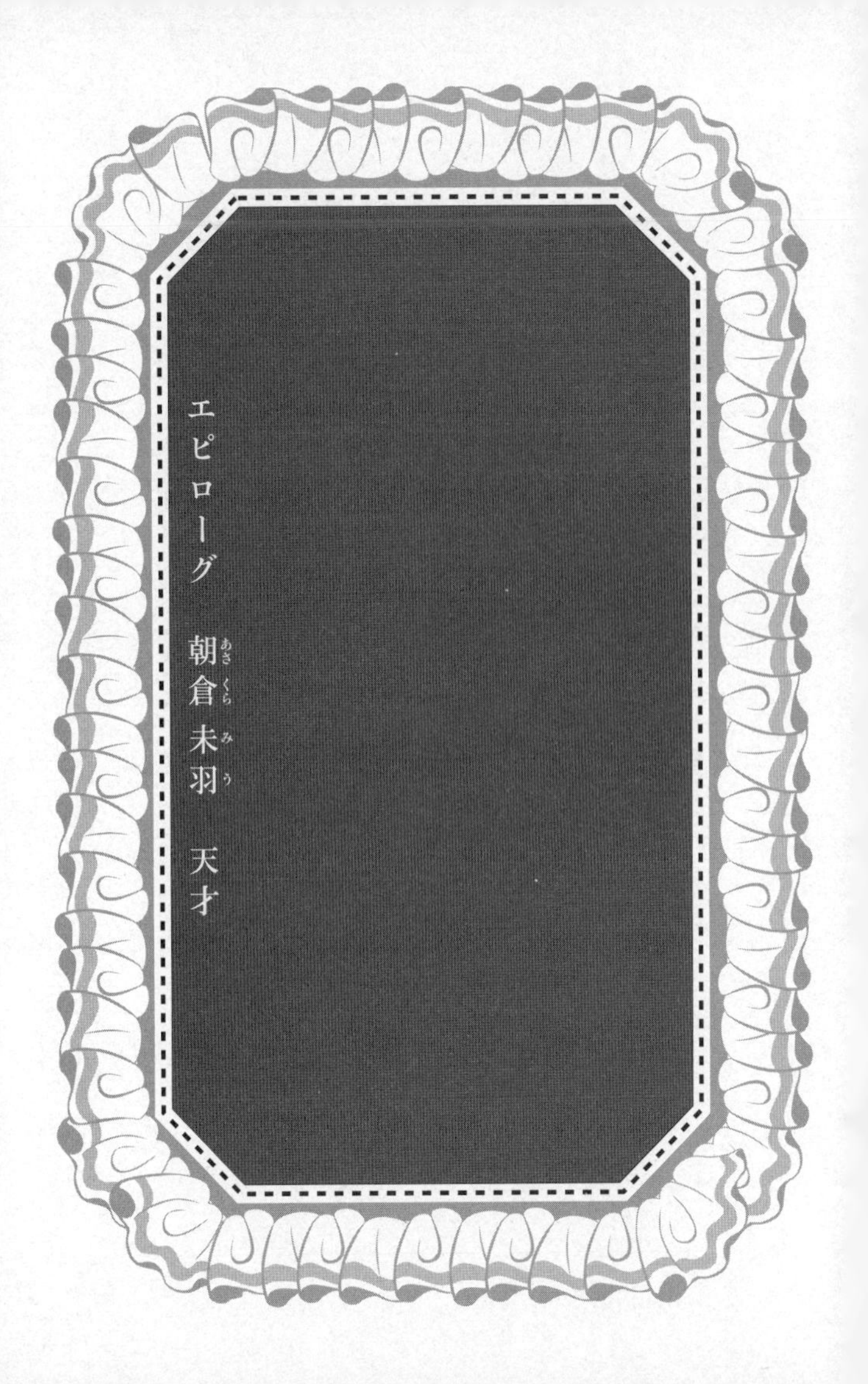

エピローグ　朝倉未羽　天才

成田空港の最後のゲートを抜けると、ふわりと桜の香りがした。

誰かの香水か、桜入りの何かの残り香だろうか。春のゆるい空気とあいまって、一か月ぶりに故郷に帰ってきたという実感がわく。

この時期に海外へ行くことは前から決めていた。ヨーロッパの小説や映画の舞台を訪ねるというムック本の執筆の依頼があって、リフレッシュも兼ねて行ったらどうかと担当編集者の谷本（たにもと）から提案されたのである。急な仕事ではなかったが、イギリスなら大学時代の友人が住んでいるし、以前から行ってみたかったのでちょうどよかった。

ウェールズ、スコットランド、北アイルランドをまわり、最後に湖水地方でガイドをしている友人を訪ねて数日滞在させてもらったら、一か月はあっという間だった。

仕事用のノートパソコンは持っていたが、一回も電源をいれなかった。ずっと根をつめていたので、何もかも忘れたかったのである。海外用のレンタルスマホの番号は、谷本と姉の未咲にしか教えていない。

さくらの本は、わたしがいない間に出版されているはずだ。

取材を始めてからちょうど一年である。

タイトルは『ｓａｃｒａ――虚構のアーティスト』。

下世話な本と思われそうだが、あくまでノンフィクション、ドキュメンタリーとしてひとりの女性の姿を追ったつもりである。幼なじみであることを生かし、虚言を糾弾するだけではなくて、嘘とわかりつつ惹かれてしまう、さくらの魅力も書いた。

天性の美貌で男を翻弄し、人を利用して生きてきたが、三十歳を過ぎた頃から歯車がうまくまわらなくなる。やがて我に返り、怖くなって姿を消した。この物語は女性読者の共感を呼ぶだろう。

ただしきれいごとではない。さくらには変なことは書かないと言ったが、完全に守れたかどうかはわからない。

内容が内容だけに、出版情報はぎりぎりまで伏せることになっていた。発売日に日本にいなかったのは、騒動が落ち着くのを待って帰りたかったからである。

もちろん騒動など起こらないことが望ましいが、ある程度は起こってもいい。そのほうが本が売れるだろうから。

これはわたしの挑戦でもある。訴えたければ訴えればいいと思う。他人の作品や名誉を盗み、嘘で人を傷つけてきたのはさくらのほうなのだ。

完成原稿のゲラは、わたしが出国する直前にさくらに送った。それが、さくらが出版を許可する条件だった。さくらはどう思っただろうか。ゲラを読み、訂正させたいと思っても、わたしは日本にいない。そのほうがいいと谷本も勧めた。

谷本は頼もしい味方だ。ムック本の仕事を依頼してきたところからも、わたしの文章を気に入ってくれているのがわかる。うちは小さい出版社だけど、これまでにも芸能人の暴露本を出したこともあるし、外部からの圧力には強いんですよと胸を張っている。体育会系の男性で、若いが人間的にも信用できる編集者なのである。

表紙はさくらの写真にしたかったが、さすがにそれは頼めなかった。まだ本物を見ていないが、舞い散る桜のイラストになっているはずである。

さくらはそこそこ有名だった。記者会見も開かずに消えたので、最初は興味本位で手にとられるだけだろう。しかしこれが単なる暴露本でないことは読めばわかるはずだ。わたしはこの一年間、取材と執筆に力を尽くし、すべてを出し切って仕事をした。次は社会的なテーマで企画書を書く。この本を名刺代わりにして、大きな出版社を回るのだ。

空港からスーツケースを送り、身軽になってから、自分のスマホの電源をいれた。

思ったとおりと言うべきか、たくさんのメールが入っている。

わたしは苦笑しながら駅のホームに降り、電車に乗ったところで、メールが多すぎる

——送ってきている相手が、思っていたのと違うことに気づいた。

いちばん多いのが馳川志温。次がガラナ。

そして筧沙久羅、尾野内シューマが二回ずつ。

さくらの側の人間でなく、取材対象からということである。

何かまずい記載でもあったのだろうか。

わたしは焦った。ほとんどの名前は匿名にしたが、わかる人間にはわかってしまう。取材対象の悪口になるようなことや、表沙汰にできないことは書かなかったつもりだが。

谷本からのメールはスマホになかった。馳川志温の最後のメールは、とにかく電話くださいとある。

わたしは泡をくってパソコンを開いた。つながりにくいポケットW-iF-iをつなげようと四苦八苦していると、スマホが鳴った。

電話をとると、話す前に声が飛び込んできた。

『朝倉さん？　本当に朝倉さんですか？　馳川ですけど』

わたしはとなりの乗客のしかめ面に背を向け、口を隠して声を絞り出す。

「はい。いま電車の中なんです。仕事で海外に出ていて、連絡とれなくて申し訳ありません、何かありましたか？　馳川さん」

『何かって、それはこっちがきき』

ぶつ。スマホが切れた。ポケットＷｉＦｉ同様、電車の中なのでつながりが悪い。

わたしはスマホをスクロールし、メールを読んだ。


言われたことと違うじゃないですか。どうしてわたしがすすんで協力したことになっているんですか。これじゃまるで、わたしがさくらと組んでいたみたいじゃないですか。

確かに内容は間違っていません。朝倉さんは、自分が書くとは仰っていないわけですし。

でも後味が悪いです。

わたしは、これがさくらの宣伝のためだと知っていたら協力しなかったと思います。


今日新聞で見たんだけど、八重子ちゃん、本を出すんだってね。

もしかして未羽もお手伝いしたの？

だったらママ鼻が高いわ。イギリスから帰ったらメールちょうだいね。


本の内容が、お話と違うようなのでご連絡します。

秀読社に電話してみたのですが、作者が変わったと言われるばかりでした。

私の作品に好意的なのは嬉しいのですが、失礼ながら、筧さくら様に手放しで誉められても、あまりありがたくないというのが本音です。

教室を特定されると運営にも関わりますし、迷惑しています。

作者が変わった？　どういうことだ。

尾野内シューマの作品を手放しで誉めた？　そんなことはない。素朴な感想は述べたが、そこは主題ではないし、細かく書くと取材対象がわかってしまうから注意を払った。シューマは女という設定にしたはずである。約束通り恋愛のことには触れていない。転校の原因についても、当時中学生であるということに配慮して書かなかった。

いったい、わたしの本はどうなったのだ——。

いつまでたってもつながらないスマホとパソコンにいらだって、わたしは新宿に着くまえに電車を降りた。そのまま駅の外に出る。

谷本に電話をかけようとしたとき、ふたたび電話が鳴った。馳川志温だ。

「——はい。朝倉です！」

『朝倉さん、いまどこにいるんですか？　サイン会には行くんですか？』

「いま——日暮里です。サイン会って——あの」

『もしかして、朝倉さんって何も知らないんですか？』

「――はい、本当に、ずっと日本を離れていて」

『――あ――なんてことだろ。信じられない。いや信じるわ、さくらだもん。だから、注意しろって！』

馳川志温はひとりごとのようにつぶやき、最後には叫んだ。ごん、と、何かを叩くような音がした。

『だったらすぐに、ブックストア景安堂に行ってくださいよ、朝倉さん。東柏駅のすぐそば。さくらいるから。一時からだから間に合うわ。わたしは修羅場なんで行けないんですけど。てか二度と会いたくないわ。さくら、なんであんなに調子乗ってるんですか。あなたのせいですよ？　もう、ほとほと呆れてますよ、わたしも、ガラナさんも』

「ブックストア景安堂ですね」

わたしは通りがかったタクシーをつかまえ、東柏駅へ、と言った。

タクシーの後部座席で谷本に電話をかけたがやはり出ない。

仕方ないのでガラナにかけてみる。

「――もしもし、お仕事中、申し訳ありません」

『――朝倉さんですか？』

ガラナはすぐに出た。

『ああよかった、朝倉さん。探していたんですよ。出版社にもかけたんですが、海外に行かれているとかで。いま日本ですか？　サイン会には行かれるんですか？』

またサイン会だ。わたしは頭を抱えたくなる。谷本はなぜ、何も教えてくれなかったのだろう。

「はい——。申し訳ありません。わたしも状況がつかめてなくて。本のことで失礼があったんですね」

『失礼というか……戸惑っているんです。馳川志温さんから事務所に連絡があって、対策を練ろうと言われたんですけど、その前に、朝倉さんからお話を伺いたいと思って』

ガラナはこんなときであっても、おっとりと言葉を選んで話す。早口の馳川志温とは会話のリズムが合わなそうだ。

やっとパソコンがつながった。わたしはスマホを耳にあてながらメールソフトを開く。

谷本からメールが入っていた。

事情は筧さくら様、および秀読社の佐伯様から拝聴しています！

朝倉さんから筧様への手紙、依頼メール等、すべて拝読済みです。

詳細はあちらのアドレスにご連絡していますが、変更箇所の確認はお任せくださるということで、ご希望通りすすめます。

表紙の写真撮影も間に合いそうです。秀読社のほうもＯＫです！

実は、佐伯様と私は大学のサークルが同じなんですよ。大先輩です。

最終決定は遅くなりましたが、結果的にはＷｉｎＷｉｎになると思います♪

ではでは、あとのことはご心配なく、ゆっくりと英国をお楽しみください！


「——すみません、ガラナさん。後日に必ずご連絡します」

わけがわからなかった。わたしは電話を切り、スマホで本の検索をした。

ｓａｃｒａ——虚構のアーティスト。朝倉未羽。

インターネットではひっかからなかった。書籍通販サイトにもない。

駅についた。わたしは足早に本屋に向かう。

ブックストア景安堂の入り口の壁に、さくらの大きな写真が見えた。

近づいたらそれは、大きなポスターだった。

ピンク色のニットを着て、震える少女のようにこちらを見つめている。長い睫毛に縁取られた瞳は、吸い込まれそうに真っ黒だ。

秀読社新刊発売記念！　筧さくらサイン＆握手会
「嘘つき女さくらちゃんの告白——十四歳の私が、大人になるまで——」

著　筧さくら
協力　朝倉未羽
孤高のアーティスト、sacraの作家デビュー作！
渾身(こんしん)の自叙伝、さくらうさぎ誕生の真実！
わたしは知らなかった。本当の芸術、そして愛――。
孤独な少女が求めた恋と友情。嘘で塗り固めた黄金を捨て、最後に残ったものは――。
ママになった筧さくらが、すべての真実を明らかにします！

わたしの目はポスターに釘付け(くぎづ)になっていた。

とりわけ、「著　筧さくら」の文字に。

協力　朝倉未羽、の部分のフォントは小さい。筧さくらの名前の大きさに比べたら、ゴミみたいに小さい。

心臓が速い動悸(どうき)を打っていた。

まさか。信じられない。まさか。

いや信じるわ。さくらだもん。――だから、注意しろって！

注意したつもりだった。けして丸め込まれないと決意して、書き上げるまでさくらと連絡を絶ち、発売日には海外にいた。

サイン会の会場は二階である。エスカレーターを上がると、サイン会が始まっているようだった。エスカレーターのすぐ横の広いスペースで、人が列を作っている。みんな手に本を持っている。

表紙は、舞い散る桜の中にたたずむさくらの横顔。ポスターとは違う写真だ。肩に、桜の花びらが落ちている。

わたしは震える手で壁ぎわに積んである本をめくった。何回も推敲（すいこう）して、覚えてしまったわたしの文章。苦労して連絡先を探し、取材して聞き出した生々しい言葉。あちこちが少しずつ改変されている。

タイトルは、『嘘つき女さくらちゃんの告白――十四歳の私が、大人になるまで――』。

出版社名は秀読社とあった。谷本のいる、小さい出版社ではなくて。

わたしは呆然（ぼうぜん）としてエスカレーターのそばに立ち尽くす。

スペースの奥には、グレーの髪をした痩身の男――佐伯渉。そして、その横に赤ん坊を抱いた筧由香が見える。ふたりはよりを戻したのだろうか。

――赤ん坊？

ぞわりと背中に悪寒が走った。

人混みが割れて、いちばん奥に座っているさくらの顔が見える。――目が合った。

「――あっ、みーちゃん！」

さくらは叫んだ。

あたりにいた客がふりかえり、わたしを見た。

さくらは長い事務テーブルの向こうに座っている。ひとつサインを終えたところらしかった。目の前のサラリーマン風の男の体が横にずれ、さくらが立ち上がる。さくらは輝くように白い肌と、ニットの色と同じ、ピンク色の唇をしていた。

筧由香がわたしを見つけた。あらあら、と口が動く。ふりかえり、はい、と赤ん坊をうしろの女に渡した。

わたしはうしろの女が誰だかわかっている。権田牧子――さくらの母親だ。

牧子はかたわらの高級そうなベビーカーに赤ん坊を横たえる。

赤ん坊――ママになった筧さくら。マンションを訪ねていったとき、どこかから赤ん坊の泣き声がしたのを思い出した。さくらの胸は大きくなり、ふんわりとミルクの香りがした。

わたしはバカだった。どうして思い当たらなかったのだろう。

さくらが、剽窃（ひょうせつ）や盗作を暴露されたくらいで、失踪なんてするわけがないではないか。

さくらは絵に見切りをつけ、新しい人間になろうと決意したのだ。イラストレーターの可憐（かれん）な少女ではなくて、作家にして美しい母親に。

子どもは無垢で、何の罪もない。さくらの悪行がどんなに明らかになったところで、母親であるという事実にはかなわない。

「みーちゃん！　こっちに来て。みなさん、紹介します。今回わたしの助手と、インタビュアーをつとめてくれた朝倉さんでーす。すごく才能あるんですよ！　彼女がいなければ、この作品は書けませんでした。サイン会、来られればいいなと思っていたんだけど、間に合ってよかった」

わたしの前に道が開けている。書店のスタッフが、どうぞどうぞとわたしを案内し、さくらの前まで引っ張っていく。

夫婦のように並んでいる佐伯と寛由香の横に谷本がいる。彼はわたしを見て、自信ありげにうなずいた。最後に会ったときに、自分は外部からの圧力には屈しないんですよといったときと同じ顔で。

正式な出版契約書はまだ結んでいなかった。谷本を信用していた。愚かなことに。

作者が、表紙がさくらのほうが本は売れるだろう。秀読社から出したほうが大きく宣伝できる。さくらが書いたことにしたほうがいいのに決まっている。わたし以外の誰にとっても。

それともわたしにとっても、このほうがいいのだろうか？

わたしの名前だって消されたわけでもない。さくらはわたしを有力者に紹介してくれようとしている。

いったん秀読社から本を出すことができれば、パンプスのかかとをすり減らして出版社をめぐって、営業しなくてもすむ。

そういうことなのだろうか？　さくらは、わたしのためにこうしたのだろうか？

わたしはふらふらと前に進む。ベビーカーにはさくらの娘がいて、まっすぐにわたしを見つめてくる。目の大きな子だ。さくらにそっくりだ。伊藤律には似ていないような気がする。寛由香がとろけそうな目で赤ん坊を見ている。

ここで叫びだしたらどうなるんだろうと思った。違うんですよみなさん、これを書いたのはわたし！　さくらは一行だって書いてないし、書いたとしたら、変なことを書き加えて台無しにしただけ。この子は、わたしの作品をとったのよ——！

「朝倉さん。これからもよろしくね」

さくらは軽く首をかしげ、わたしに右手を差し出した。

きちんと切りそろえられ、桜色のネイルの塗られた指。小さくてやわらかそうで、すすべてを黄金に変える魔法の手。

みんながわたしを見ている。わたしとさくらを注視している。佐伯も、書店のスタッフも、手伝いのライターなんてどうでもいいから、早くサイン会が再開されないかなとさくらと握手するのを心待ちにしている読者たちも。さくらそっくりの赤ん坊も。

立ち尽くすわたしの右手を、さくらはすばやく握った。

「ありがとう、みーちゃん。大好き」

そして、ニコッと笑ったのである。

本文デザイン／成見紀子

本書は、集英社文庫のために書き下ろされた作品です。

集英社文庫

嘘（うそ）つき女（おんな）さくらちゃんの告白（こくはく）

2017年1月25日　第1刷　　定価はカバーに表示してあります。

著　者　青木祐子（あおきゆうこ）

発行者　村田登志江

発行所　株式会社 集英社
東京都千代田区一ツ橋2-5-10　〒101-8050
電話　【編集部】03-3230-6095
【読者係】03-3230-6080
【販売部】03-3230-6393（書店専用）

印　刷　株式会社 廣済堂

製　本　株式会社 廣済堂

フォーマットデザイン　アリヤマデザインストア　　マークデザイン　居山浩二

ISBN978-4-08-745538-0 C0193